静语清音

刘静／著

北京日报出版社

图书在版编目（CIP）数据

静语清言 / 刘静著 . -- 北京 ： 北京日报出版社，
2023.7

（新时代散文）

ISBN 978-7-5477-4460-4

Ⅰ . ①静… Ⅱ . ①刘… Ⅲ . ①散文集－中国－当代
Ⅳ . ① I267

中国国家版本馆 CIP 数据核字（2023）第 007318 号

静语清言

出版发行： 北京日报出版社
地　　址： 北京市东城区东单三条8－16号东方广场东配楼四层
邮政编码： 100005
电　　话： 发行部：（010）65255876
　　　　　　总编室：（010）65252135
印　　刷： 成都市兴雅致印务有限责任公司
经　　销： 各地新华书店
版　　次： 2023年7月第1版
　　　　　　2023年7月第1次印刷
开　　本： 880毫米×1230毫米　　1/32
印　　张： 9
字　　数： 226千字
定　　价： 78.00元

　　每个人都有文学，至少有自己的童年、亲人、家园……如果你能将其唤醒，就像本书作者那样，会有一种纤细、灵动、温厚的灵魂归来。因此，这本书不是让人拜读的，不过是些零散话头，或可让你远眺一下自己几乎清零的从前。

——韩少功

自　序

许是骨子里有点内敛，或是自信心不足使然，提笔为自己的第一本散文集作一篇自序，还是有些难为情。突然想起我才从外地回到家乡那会儿，偶尔用短句记录心情的日子。

一天饭后，友人问我："文学是条很苦的道路，你确定要走吗？"

"苦？"

对方嘿嘿了两声，我满脸木讷，猜不出是不是这就代表回答了我所问的问题。

我自认为跟文学是搭不上边的，一是读书甚少，文学根基薄；二是我除了偶尔看看文学书籍外，从未和从事文学的朋友们交流讨论过，更谈不上有什么文学创作。用我自己的话讲，我的一些短字、短句压根儿就称不上是写作，充其量算是"草根一个，只不过用平淡的文字来记录青春的痕迹，让这些记录化为我的记忆留给自己及家人"。

人是要有感恩之心的，虽然是再平常不过的客套话语，但感谢的话一定要说。我辍学较早，学识有限，从事写作，谈何容易！但我非常幸运，身边像阳光般温暖地照耀着我的人有许多，无论是精神上，还是知识上，对我的影响都较大。我清晰地记得：2018年，第一篇关于家乡澧南的日记晒在朋友圈，被同样有着文学情怀的谭斌书记看到后，悄悄帮我投到我们县文联主办的纯文学刊物——《城头山文学》，文章被刊登出来了我才知晓。

1

谭书记的帮助，在他看来不过是举手之劳，却让我备受鼓舞，且由此与县作协主席谭晓春先生结缘，也结识了澧县的很多作家、诗人。谭主席和作协的老师们给了我很多指点与鼓励，我开始静下心来，慢慢寻找自己的内心，尝试着写自己想写的东西……从零开始的成长路上，感谢的话一言难尽。

有了强烈的多读多写的欲望后，也就有了动力。积少成多，加上机缘巧合，促成了这本书的整理及出版。本书没有华丽的辞藻、优美的语言，有的只是如话家常，还显得很"土"。这与我出生的地方有关——一个小小乡镇，其实就是农村。原谅我写的内容的局限性，我的眼界还是比较窄，书里大部分素材都是家乡的人和事，记忆大都停留在我的小学阶段，我那邮票般大小的家乡，即二十世纪九十年代的农村。就是这样的农村，让我内心富有、充实，觉得人间美好，生活值得珍惜。那些零碎的记忆，一直珍藏在我的脑海，并渗入我的血液。我怕倘若不用笔头记下，将会错过些什么。

我要特别感谢前辈韩少功老师，他在百忙之中认真地看了我的初稿并赠予留言、提出建议，为我加油打气，那种对于后辈的深情厚谊，让我格外感动。正如韩少功老师所言，这本书不是让人"拜读"的，不过是些零散话头，主要用来远眺一下我自己几乎清零的从前——或者说，与我有类似经历的你，也可以做到。

初夏的夜，望着满天繁星，我对自己说："文学之路，虽然辛苦，但令人愉悦！"

2022 年 5 月 12 日晚

凝眸时光　静语流年

——评刘静散文集《静语清言》

谭晓春

　　不久前，青年作家刘静发来她的散文集《静语清言》书稿，请我写篇序言，我实在没有推辞的理由。五年前，朋友把她的一篇文稿推荐给我，知晓她是一位初涉写作的青年，便编发了她的散文作品。短短五年时间，刘静在憧憬与萌动之初，从现实出发，用文字滋润着新的路径，业已衍生出丰美的散文创作果实。

　　正是在这一理性思维的光照下，刘静切入俗世生活的美好，以孜孜以求的姿态去拥抱生活，并勤恳地投身创作，同时把自己的日子过得淡定从容、宠辱不惊。工作、生活、俗世与写作相得益彰，从岁月的滋养中生发出了如许淡泊和宁静。

　　此后，刘静仿佛有如梦似幻的暗香温润，她身心靠近时代，融入生活的凡尘，诸如骑行大地风景、淡墨挥毫书法、曼妙舞动身姿、自然轻松写作……刘静，已是上得厅堂下得厨房的女子。

　　生活像一块磨刀石，一直打磨着刘静。也许是得益于书籍的滋润，她的性格显得格外沉静，有时静得清冷、恬淡。当然，这种静与她的文字描绘的静截然相反，并反射出一种柔情的灼热。写作是梦想，生活是现实。刘静只是为生活找到一处可以去往的绿洲，在心灵的深处敬畏文字、敬畏自然、敬畏生命。让梦想照入现实，穿越生活和情感的屏障，抵达人性的纯美之境，借助语言表达对完美心灵的渴望。

事实上，如果你有幸成为她的"微友"，你会在她的朋友圈里，感受到她的才气与情趣；当你深入到她的文字中，你会发现，春夏秋冬都弥漫着不同的色彩……已经没有什么可以让我过分地执着或专注，刘静的这部散文集却让我一口气读完并意犹未尽、流连忘返。这部散文集共分四辑，分别是"乡村记忆""小驻流光""静语清言""读书远行"。二十多万字的书稿，刘静耗时五年之久，在文学艺术上不拘格套、独抒灵性，归于平淡，其创作成果，令人感念。

当然，透过刘静的文字，读者亦能感受到光鲜背后常人难以想象的辛酸，撕裂感与疼痛感常常从她的文字里蹦出来，灼伤读者的眼睛，继而是心灵碰撞在生活的现实之中，精神却游走于社会边缘，作为女性作家，若要获取人的主体意识，进而突破自身局限，实属不易。

刘静作品的情感不失柔和婉约，但似乎更多的是铿锵之音。这恰与她行走的人生之路相关，可谓水天一色、浑然天成。读之、思之便觉其笔触如炽热的情感散发着暗香。

刘静写融入血脉里的乡村，写耕耘着的父老乡亲，写勤俭劳碌的父亲、母亲、舅妈……她淡淡会意时光，感悟生命中那些细小清美的情节。儿时的乡村、流逝的光阴、远离的亲人，就这样走到她的面前，让她在沉寂时惭愧，在疲惫时坚毅，在尘世冷暖中心灵回软，在被欲望裹缠时警醒。

《黑丫的夏天》静听叶落，刘静的乡村如此宁静，在岁月的指缝间盛放安暖，遇见世上最好的爱……淡泊的性情在宁静中不断提升。她的文字里有善念，常常有人性的温暖和投向弱者的悲悯目光。

王国维说："大家之作，其言情也必沁人心脾，其写景也必豁人耳目。其辞脱口而出，无矫揉妆束之态。以其所见者真，所知者深也。"

五年的写作，刘静机杼声起，密密地织着，就再也没停顿过……《我亦匆匆夜归人》是一种执着的守望；《烟火人间》是烟火的流放，是对童年的回望。也许，刘静与文字结缘，是一场自度、沉潜与享受……

刘静的散文创意来得真诚、自由。阅读的直觉告诉我，她一直是在真诚地写作。时至今日，几近达到挥洒自如的境地，其作品文字清新，情感细腻，妙思顿悟，诗意自成；怨而不恨，哀而不伤，堪称美文。

刘静的散文无论写人叙事还是写景状物，大都取材于日常生活。如此，让我想起梁实秋先生的《雅舍小品》，尽管缺少大师幽默诙谐、点石成金的功力，但她用率真、直接和真性情的语言，坚持把质朴平凡的生活当成艺术品精雕细镂、刻画入微，把平淡的生活气息烘托得温暖而雅致，整体上做到了朴素、自然、冷静，从中折射出给人温暖、给人美感的生活和生命的感悟。

这是一种禀赋，也是刘静自带的光芒。

好的散文，无非是形散神聚的融合——形神有规矩、聚散无定法。当我合上这部散文集的时候，一个既有柔美之姿又有侠骨之气的刘静，宛如梅花的暗香，正用静语的表达方式飘过来。我有理由相信，刘静定会创作出更多、更好，像梅花一样高洁芬芳的作品！

序刘静的散文集《静语清言》

阳桂生

文学小友在我的河边屋开了一家小酒馆，庆贺者众。酒足饭饱之余，大家移坐于庭院，谈文学，话诗风，期间论及我已出版的散文卷，于是有人索求。

在网络传播发达的今天，还有人愿意看纸质书籍，有人喜欢总是令人高兴的，于是去书房里找出来一本，签名画押，拱手相送。

签名时知道了她叫刘静。

其实几个月前，朋友曾向我推荐过刘静，我不曾留意，前不久，另一位朋友也向我推荐了刘静。

刘静由是浮出水面。

同时发现对她的好评也纷至沓来。

名字中同样有一个"静"字的另一位女士，在微信朋友圈里点评澧州文坛的十二金钗，排位第一个就是刘静，称之为澧县文坛最美丽的一朵小花，原来她俩除了爱好文学，还有一个共同的爱好——艺术摄影。

2019年，在美丽的内蒙古大草原上，她俩毫无预兆地相遇了。

从小喜欢摆弄相机的这位女士说自己虽然没多大本事，却瞧谁都不合眼，但刘静使她感觉到了相似的气息。经营过影楼的刘静，用出彩的摄影作品征服了她，然后彼此在心里抱拳相敬，这世界上就多了一份惺惺相惜。

明明十二金钗，为何只拈出刘静做文章呢？

这个回答如下：只因刘静正筹备出一本书，邀请我写篇序言。

刘静，"80后"，湖南澧县人氏。在她十二岁那年的某一天深夜，在睡眠中遭遇1998年那场大洪灾，澧水大堤决口，汹涌无情的洪水将澧南垸扫荡一空，导致她的家中一贫如洗，她只能勉强读完初中，随即辍学。之后转学手艺，从事艺术摄影十余年，期间完成中南大学成人自考，回家乡后曾就职于澧县公安局，业余继续完成专升本，现就职于澧县自然资源局。从2017年开始，她动笔写一些散文速写，记录所见所闻，渐渐涉及乡土、情感、读书等方面，在报刊和网络平台发表散文和报告文学等文学作品二十余万字。

精湛的摄影艺术加流畅的写作能力，让刘静成为一个好学上进，具有复合性才艺的、难能可贵的女青年。

上天会眷顾每一个努力上进、乐观生活的人。

生活从不会亏待用心生活的人，每一个以心为舟、泛舟远方的人，都会在人生中收获不一样的芬芳和美好。要提醒自己去仰望星空，多靠近那些美好事物，每天给自己一点希望，不为昨天而叹息，只为今天更美好。

珍惜当下，善待这即将流逝的片刻，因为它须臾间就会成为永不复返的时光。

这一切的美好，只有用相机拍下来，用笔记下来。

记下来，它就会成为永恒！

目　录

第四辑　爽心乐事阅奇观：读书远行

第一辑

前尘旧梦说昔年：乡村记忆

黑丫的夏天

七月，中午。太阳炙烤着热气腾腾的大地。

黑丫骑着她的小摩托，沿澧水河边的一条乡间大道奔驰。她戴着一顶红色头盔，脖子上汗水不住地流淌，洁白的 T 恤衫已经完全湿透，贴住了后背。这是一天里最热的时候，她感到浑身如同被熊熊烈焰包围一般，简直不能呼吸。她口干舌燥，出门时急急忙忙，忘了带上水杯，现在只想找点什么东西解解渴。远远望去，前面路边有一棵大柳树，树下搭着一个简陋的小屋，旁边就是一片西瓜地，黑丫决定到那里歇一歇。

黑丫在河边生活了快三十年，她也曾经外出工作，但最后还是回来了。外面的世界很精彩，她以前绝没有想到，她会回归这片有点偏的土地，守护这一方的安宁。父母日益衰老，又体弱多病，需要有人照料，作为独生女的黑丫，有义不容辞的责任。她权衡了很久，最终还是回到了自己的家乡。为了留在这里，黑丫参选了村辅警并顺利通过，她任职已经一年有余，主要负责维护澧南镇回龙片区的治安和稳定，处理村民日常纠纷、参与环境整治等。在别人看来，她不过是个"假警察"而已，但黑丫自己却非常喜欢这份工作，做得有滋有味——用她自己的话来说，那就是"找到了体现自己价值的位置"。

每天清晨，她都穿过葱茏草地，在澧水河南岸的大堤上慢跑，风雨无阻。晨跑，是她多年养成的习惯，不仅锻炼了意志，也强健了身体。她人比较随和，有股韧劲，能吃苦，做起事来总是认认真真、风风火火，又有条有理，所以颇得同事和村民们的欢喜。

就说刚才吧，一个电话惊醒了还在午睡的人儿，那边火急火燎地催促黑丫，说村里有个老人，独自一人驾驶一辆电瓶车在梦溪侧翻到了沟里，受了伤，看起来情况不妙，要黑丫立即赶到现场去看看情况。接到电话，黑丫昏昏沉沉的头脑一下子清醒了。她一边给医院打电话，要医院派救护车，一边跑出村部警务室，到车棚推出自己的小摩托，就向电话指定的地方风驰电掣般赶过去。等她到达现场的时候，那个老人瘫坐在地上，白色碎花棉衫和黑色粗腿裤上都是泥水，脸上也有泥巴。她额头磕到什么地方，破了一块皮，鲜血渗了出来。老人痛苦地哼哼着，似乎神智也不太清晰了。黑丫马上蹲下身，扶住老人的后背，查看受伤的地方，帮老人止血。她不断安慰老人，询问她是否有骨折或者其他的问题，老人开始激动地啜泣起来，紧紧地拉住黑丫的手，就像见了自己的子女一样。医院的救护车和黑丫的同事差不多同时赶到，黑丫协助医生赶紧把老人抬上救护车。由于黑丫还要在警务室值班，她只能让同事陪老人去医院。看着他们离开，黑丫才松了一口气。

她这时才感觉到太阳很大，空气都热烘烘的，让她发闷，几乎喘不过气来，但她心里还是美滋滋的——怎么说呢，帮助他人，总让黑丫感到值得，她觉得自己能被别人需要，也是一种荣耀。辛苦一点又算得了什么？这种精神的愉悦，可不是容易得到的。只要村民和同事对她充分信任，她就很满足了。

黑丫和村里留守的老人和小孩打交道最多。在如今的农村，青壮年多外出打工，只留下老人小孩在家。这些老人小孩会遇到很多困难，面对他们的求助，黑丫总是毫不敷衍，真诚耐心地为他们解决问题。她喜欢这里，这片广袤的澧水南岸，古老的冲积平原，肥沃的生命之地，是她的家乡！弯弯曲曲的河岸边，有大片不规则的沙滩地，人们在这一片片沙滩地里种上了长得郁郁葱葱的作物。中间很显眼的是一畦畦西瓜田，这时节正是西瓜上市的旺季。

太阳下这样曝晒，明天又够受了。黑丫加速，小摩托突突急吼，向那棵大柳树全速开过去。虽然她很爱美，一直注意保养，但工作不可避免地经常要暴露在太阳下。本来她生得肤色就不是那么白净，大家都叫她黑丫，她多少还是有点在意的，爱美之心人皆有之嘛，何况她还那么年轻呢！有好几次她在野外出警时间过长，皮肤都晒得脱皮了，火辣辣地疼呢！此时，她又热，口又干，真需要歇一歇，在瓜棚那里买一个西瓜解解渴。

一转眼，她就到了大柳树下。她停了车，把车身都已经滚烫的小摩托停在树荫下，然后摘下头盔。她的头发如同刚刚洗过一样，湿漉漉的，满脸也红通通的，似乎喝多了酒。一丝从田野上吹来的热风拂面，她都觉得凉爽。黑丫走到小屋边，向旁边望去，映入眼帘的是一片绿油油的瓜地，瓜蔓蔓延满田，大小不一的西瓜有的如同熟睡的婴儿，被茂密的叶片遮蔽着，有的像少女，才露浅笑半面，有的则完全暴露在田野里，像呼噜大作的壮汉袒腹高卧。黑丫喉咙里早就火烧火燎了，看见这些西瓜，不由得垂涎欲滴。她走到小屋门口，大声呼喊着："有人吗？"

屋子里走出一个老人。老人佝偻着背，身穿旧式背心，洗得褪了色，但很干净。老人卷着裤脚，打着赤脚，这是很常见的农村老人家，满脸皱纹，笑容挚诚，看起来很慈祥。老人看见黑丫，惊讶地"哟"了一声。黑丫看见老人，也觉得眼熟。

"是你呀！天气热，进来进来，歇一会儿！"老人立即热情地说。

黑丫心里正在犹疑，是在哪里见过老人的呢？一转眼，看见房间里桌子上摆放着几块才切开的西瓜，瓤红籽黑，汁液直淌。她不禁咽了一口口水。老人似乎知道黑丫贼溜的眼珠子转的啥，于是热情地指着西瓜说："西瓜清甜的，吃吧！姑娘，你不记得我了吧？你跟我闺女倒长得有点像呢！她暑假才回来过。吃吧，天气热，解解渴！"

多么温暖的话语！想必老人家看见了黑丫，忽然就起了对女儿的惦念，这也是农村人的质朴，黑丫真真切切地感受到了一种温情，她有点不好意思起来。老人拿了一块西瓜递给她，又给她搬来一把椅子，将风扇转向她吹。黑丫有点感动了。她也不客气，拿了西瓜就开始啃，那红艳艳的起沙瓜瓤嵌着黑色的瓜籽，渗透出水分，让口渴难耐的黑丫恨不得一口就吞进腹中。她咬了一口，如咀嚼冰雪般脆爽，既解了渴，又想起了儿时的趣事——真是清甜，甜到了心底里！黑丫自小就住在河边的村落，儿时赤脚在村边瓜田里跑来跑去，和同伴偷摘了外公的一个西瓜跑到水中嬉戏的画面，又浮现在脑海，她不禁笑了。这个老人多像外公啊，不是容貌，是神态。是不是所有的老人都这样子呢？

黑丫一边吃西瓜，一边和老人聊开了家常，她这才记起自己曾帮助过老人。原来有一次，她骑车经过一个长长的陡坡时，看见一个老人用一辆三轮车拉着沉重的肥料上坡，到了坡中间，已经筋疲力尽，停在那里进退两难。她把小摩托停在路边，走过去帮老人推车，一直帮他推到坡上才告别。老人盯着她看了很久，都不知道怎么感激她才好。黑丫对这件事印象很深。一询问，果然如她所料，老人和老伴也是留守老人，帮子女带着孩子，还在这里种西瓜，他们希望自己不依赖孩子，不给他们添麻烦，坚持自力更生、自给自足。黑丫不禁对老人产生了深深的敬意。很快，一块西瓜吃完了，老人又给她递来了第二块。看着笑吟吟的老人，黑丫觉得特别亲切，她没有拒绝，继续捧起沉甸甸的瓜，大快朵颐。

"老爷子，麻烦给我摘两个瓜，我买点带回家可以吗？"老人笑眯眯地点点头，爽快地答应了一声"好呢"便走向墙角。镂空搭建的砖瓦缝隙里，整齐卷放着一些五颜六色的塑料袋，老人选出两个较厚实的黑色袋子，就要出门向瓜田走去。

这时，老人口袋里的电话响了。老人边走边掏出手机，开始接听电话。他的脸色瞬间大变，手也开始颤抖，脚步也停了下来。他转过身来看了黑丫一眼，脚步踉跄，差点没站稳，手中的塑料袋也落在了地上。黑丫见状，连忙奔过去搀扶住老人。

"老爷子，您怎么了？身体不舒服？"

老人缓缓回过头，指着地上的袋子对黑丫说："丫头，瓜你自己摘，我不要你的钱，你帮过我的忙，吃两个西瓜算什么！只是还要麻烦你，现在骑摩托送我去趟医院，可好？"

"去医院？您这是眩晕症犯了吗，家里有药没？"

老头摆摆手，嘴角颤抖着，无助地答道："是我老妈子。之前说出去转一转，我刚才还奇怪，这个时候了她怎么还没回来，不晓得是掉到河沟里去了！刚刚是医院打来的电话。"

"掉到河沟里？"黑丫脑海里闪过先前那个老人的画面，马上问道："您老伴儿是不是上身穿着一件白色碎花棉衫，下身是黑色粗腿裤？"

"丫头，你见过我屋里老妈子？"老头一把抓住黑丫的手腕，眼睛瞪得如铜铃，眉峰也挑得更高。

黑丫将老人扶到凳子上坐着，笑着说："大爷，我可以告诉您，您老伴儿是平安的，没事，您先别急！"

老人哪里信黑丫讲的这些，焦急地起身要赶去医院。黑丫连忙补充道："大爷，我是咱们这儿的村辅警，才不久接警说有人不小心掉到河沟里，是我去处理的，您老伴儿没事，救护车早就把她带到医院治疗了，您老伴儿只是有点擦伤，应该没有其他的问题，主要还是受到些惊吓，当时匆忙，没能联系家人，您不要焦急，我送您去！"

老人向黑丫投来感激的眼神，自言自语地嘀咕着："老天保佑！老天保佑！哪里就有这么巧的事！"他这似乎才从恍惚里回过神来，立马又捡起袋子，走向瓜田。他麻利地选出两个最大的瓜，装入袋子，急急忙忙地提过来，交给黑丫。

"丫头，提起，我们走！"

"走！我这就送您去医院，但这西瓜斤两得称一下，该多少钱是多少钱，您也不容易，我不能再白吃您的，钱您得收着！"

"丫头，这是我的一点心意，救命之恩，吃两个瓜算什么！我要是收钱，老妈子知道后也会骂我的，必须得谢谢你呀！"

老人一时不知道哪里来的力气，径直推着黑丫往屋外走。拗不过老人，黑丫叮嘱老人返回去把门锁好，趁老头转身之际，顺手把一百元钱塞到了悬挂在窗户边的菜篮子里。她想，等把老人送到了医院，离开时再告诉他吧！

黑丫放好西瓜，戴上头盔，发动了小摩托。她载着老人，冲上了依然灼热的乡村路，朝医院快速驶去。

黑丫感到夏天就是一个青春涌动激情澎湃的季节，是一个生命肆意燃烧的季节，她在记忆中回想那些给过她帮助，或者她关心、帮助过的人，重温每一个爱的细节，想象爱从心中流淌出来，如同烈日般滚烫。黑丫虽然觉得有点辛苦，但是她感到了一种幸福，一种被人信任、依赖并赞扬的幸福。时间真是最好的魔法师，在它的手里，每个人都在不知不觉地悄悄成长。汗水不住地淌下脖子，头发应该又像是才从水里出来的一样了，不知不觉，她洁白的T恤衫又湿透了，贴在了后背。她依然感到浑身如同被熊熊烈焰包围，她仍然感到口干舌燥。她目光紧盯着前面的道路，稳稳地、快速地前进着。

这是火热的夏天，黑丫喜欢的夏天！

烟火人间

　　农村的孩子，对烟火这个词不会陌生。灶前有柴火、灶头有烟火的平常日子，是尘世间最本真的生活。回忆的影像匣道里，火一直在熊熊燃烧着，熟悉的身影在锅台边忙忙碌碌，我还是个小女孩，蹲坐在灶口往灶膛里不断添柴火，火光一闪一闪映在脸上……

　　我生在农村长在农村，烧火是十二岁以前每天必见乃至必做之事。对一次捡拾柴火燃烧起火堆烤火的往事，我一直记忆犹新。我那时候只有五六岁，是在冬天，一家人骑自行车往返道河，那情景历历在目，至今还能清晰地记得每个细节。母亲的娘家在道河，我们还住在土地面的老房子里时，父亲买回一辆自行车，这便成了父亲驮母亲回娘家的交通工具。黑色的自行车很高大，油光发亮，那模样真是威风。父亲坐在三角形黑皮革座上，母亲系着结婚时买的红色绒布面料围巾，带上自己编织的毛线手套，扶着父亲的背坐在后面，小小的我被包裹得严严实实，坐在前面横梁上，父亲让我双手扶着银色龙头，那弯把手式样的龙头由两根银色铁架组成，中间正好可以卡进我的小手指头，父亲曾反复叮嘱我别把指头塞进去，我还是会违背父亲旨意，悄悄地将手指头放进缝隙，捏刹车时，手指时常被夹，痛得嗷嗷叫。路程现在看来很近，但对当时骑自行车来说，还是有点远，时间久了脚会冻得打哆嗦，尤其是我那垂在风中久久不动的双脚，每骑个两公里，父亲便会在路边拾点稻草，捡几根细小枯枝，就地生起一堆火，母亲蹲下身搂我入怀，手托着我的手和脚，凑向红色的火焰。热气迎面扑来，让人觉得非常舒适。沾了雾气凝结成水珠后有点潮湿的厚毛袜逐渐被烤干，水蒸气在小火堆燃烧的熊熊火焰炙烤下挥发。我的脚变得暖和，一种幸福的感觉油然在心中升起，这是我对火最早的印象。

我七八岁时，小姨还未出嫁。山里的孩子尤为勤快，在家的小姨自然也是，没事时就会上山捡捡茶子，拾拾柴火。一次假日，我闹着要跟小姨进山，几番讨好后，小姨答应带上我，前提是必须牵着她的衣服跟着走，千万别跟丢了，我连忙点头答应。山上的茅草比我个儿还高，在大山里，我第一次见到了扑腾着飞过、长着漂亮尾羽的野鸡，认识了枞树渣（其实就是松针）、茅草、刺等各类引火用的小柴，除这些轻便的，小姨还会捡回一些不太粗的树枝，回到家中将其燃烧到一半，夹到一个黑坛内储存起来。这黑坛其实就是农村腌菜的旧坛，裂了些缝，或是缺了个把，磕碰出了口子之类，经常被柴熏，就变得黝黑。燃烧的火放进黑坛，盖上盖子，不一会儿就会冒出深灰色的浓烟，几分钟后揭开盖子，火焰完全熄灭，用火钳夹出，再娴熟地敲碎，燃烧后的柴立刻变成了黑色小块，我清晰地记得，人们叫这火屎，是极易引燃的。后来我才知道，这其实就是木炭。外婆做饭时，丢上几坨能快速燃烧，特忙时还不用添柴，炖钵子时丢上一两块，也能有火气。

外公没事时也会上山找寻些柴，男人力气到底大些，拖回的都是些很粗的树或者大树蔸，丢在角落里慢慢晒干。过年人多时，外公才会把这些柴拿出来待客。外公弄来的这些柴经烧，不用不停地加柴，城里客人围坐在火堆旁会干净一些，周围红色透亮的小火用来烤糍粑，简直是再好不过。

外婆有点马大哈，灶台是她常待的地儿，烧火的模样像极了她那性格。不管是稻草、碎屑啥的，只要能点着火，一把抓了就往灶膛里塞，锅里的水开始翻滚沸腾，提上两个水壶，三下五除二灌满，然后把淘洗干净的米下锅，需要添火时蹲在灶口，用烧火棍捅灶膛几下，再把那些细小的树枝用手折成一节一节的，塞进灶膛里。里面没有明火跳跃，外婆便鼓起腮帮子，用旁边一个竹筒做的吹火筒吹动几下，立即火星飞舞。火星把火种带给了树枝，树枝沾染上了火种，噼里啪啦燃烧起来。火烧旺后，再把那些干燥的粗枝添加进去，整个灶膛里就成了火的海洋，锅里的米也泛起来。外婆粗手粗脚地做着这些，动作麻利娴熟，她前脚走，我后脚就能立马学样。直到外婆制止，我不但不害怕被骂，反而咯咯地笑，外婆当然不会知道我笑的是她脸上擦上了黑灰尘。

以上是道河山里，树木多的地方关于烧火的往事。我自己常住的地方刘家河又不一样。这里靠近县城，又是澧水河边，属于流沙之地，没有茂密树林，但家家户户勤勤恳恳的优良传统是一样的。尽管这片区域较为"富裕"，已能烧上便捷的煤炉子，但人们还是习惯将地里废弃的油菜梗、棉花梗拿来烧火，而且还"很讲究"。在棉花采摘完毕后，男人们会将干枯的棉梗扯出来，敲掉泥土，再一担担挑回来，铺在地面晒干，女人们则系着摘棉花时使用的大围裙，两手戴上白色大手套，搬个小凳坐在屋前，握着棉花梗，在距离根部三分之一处，用膝盖一顶，其余地方再对折，然后用稻草捆扎好，扎成一个小把，抛往墙角。遇上好天气，街坊邻居几乎都做着同样的事情，妇女们边折把子边聊天，那场面竟还有点苗族人农忙时坐在一起的味道。全部扎完后，男人们将小把子摆在一起，再用提前搓好的稻草绳捆成一大捆，一捆一捆整整齐齐地码在屋檐下，蒙上塑料布，可以遮风避雨。收工后，女人们会起身，把剩余的碎末扫在一起，放进厨房，开始点火做饭，炊烟袅袅，迎接夜幕的到来。

打我记事起，我们就没与奶奶同住。三间未经粉刷的砖瓦房时常渗透着七彩阳光，父母亲带着我住一侧，叔叔带着婶婶和弟弟住另一侧，奶奶则住在中间堂屋后的一间略小的房间里，各开炉灶。年轻家庭的厨房都会有一口崭新的大灶，大口径铁锅，灶台周边镶有瓷砖，旁还设计有暖炉，便于用热水。有些老灶台用泥坯垒成，虽不精致，但经过岁月的打磨光亮干净。无论新旧，用这样的灶台做出一两桌的饭菜倒是轻松得很。奶奶一个人过，用不上这样的灶，聪明的老人到卖菜的姑妈家搬回一个腌榨菜的坛子，请人在坛子中间切了个方形口子，坛子周围用铁丝轻微捆扎，上面架个普通小铁锅，这灶简单便捷却实用，奶奶随地拾些小树枝、废旧纸张等，便是她生火的材料，柴火鸡、南瓜饭、锅巴粥，照样做得清香。有了之前烧火的经验，我会胆大地一会儿给奶奶这边添根树枝，一会儿到自家厨房添个火把，偶尔烧到废木板时，木板上有铁钉蹦出，发出响脆声音，我便会躲老远，直到闻见母亲放在锅里的辣椒、茄子被烧出香味时，才再次凑拢。

移民建镇后，陪伴我们一大家子十几年的平房更换为楼房，尽管煤灶、液化气已普遍，但朴实的农村人舍弃不了烧火的习惯，大多数家庭仍旧会在楼房的后面搭建一个小偏屋，继续搭上柴火灶，勤俭持家的乡亲们会觉得"节约一块是一块""闲着也是闲着，大把的柴没人捡太浪费"。父亲也是闲不住的，不上班的空当就会去捡许多柴，这些柴大多为倒下的枯树，被父亲锯成一样的尺寸，整齐地码放在后院，成为一道漂亮的背景墙。父亲爱好做美食，家里那口大锅没有闲置，继续履行着使命，用蒸笼蒸粽子、用铁锹炒瓜子花生、用圆铁盘做荞麦皮、用小火熬制米泡糖、用旺火炖猪头等，各类美食源源不断地出现在我家餐桌上。每年城里的朋友过来小聚一下时，都嚷嚷着要自己烧火，亲自煮上一顿香喷喷的柴火饭……

近些年，农村也讲究起来，开始流行圆形烤火桌，用铝皮制作而成，分为桌体和烟囱，桌面中间留有炖小火锅的位置，下面留有灶口，塞进干柴燃烧后产生的热气会让桌面变得滚烫，烟囱由桌面上方延伸至墙外，用来排烟，烧上一小会儿，室内温度会

上升许多，穿棉袄的人都会大汗淋漓，犹如进了暖气房，一家人围在桌前吃饭或是聊天，都很惬意。织毛衣、闲聊、烘干衣物等，再也不用担心灰尘。朋友们羡慕地夸赞道："有这么个烤火的地儿，真是幸福！"至今我才知道，这些农村每天经历的事，在城市里却是不太可能实现的，一时竟有点"你站在桥上看风景，看风景的人在楼上看你"之意。

燃烧的火焰，升腾的烟雾，火热的生活，总让人感到安心，得到慰藉，觉得人间可留恋、可珍惜，而诗意的炊烟，也大概就是这般产生的吧！

冬日月光

或许是毗邻澧水的缘故，没有烤炉的房间有些冷。于这银色的夜，我移步窗前，阅读起冬日的月光。季节不同，月散发出的光辉似乎也不一样，给人的感觉也有所不同。我曾站在窗前同样的位置，感受过春夏之月。如今欣赏这冬之月，却又是一番滋味。

在诗人的眼里，冬日月光温柔神秘，其引力能使海波咆哮，使悲绪如潮生波涌。月下的叹息可以结聚成山，月下的清泪可以溉兰百畹。我没有那么多浪漫情结，充其量想到"幽寒、孤傲"等几个多少与之相关的形容词。许是深夜，有着更深的静，静到将时光一下退至二十世纪九十年代，小学时光里那个冬日的月下……

人的大脑有大容量，但记忆却有选择。有些往事会被彻底遗忘，有些却刻骨铭心。我读小学时，学校离家比较近，不寄宿，只能走读。我从小就不爱睡懒觉，每天清晨必定是全校第一个到校的。很多人都夸奖我说："这丫头读书坚心。"倒不是有多少艰苦，他们大概是称赞我把读书这事放在了心上。越被称赞，越有干劲，我喜欢被老师和家长夸奖的感觉。

小时候的冬天好像要比现在冷许多，乡下很少有家庭使用温度计，也没有看天气预报的习惯，路面冻住了，起了很厚的冰，屋檐上结长长的冰柱，水缸里有大约一个指节厚的缸口一样大小的圆圆的冰块……这些都足以体现气温之低。奇怪的是，那时的孩子们好像压根儿就不怕冷，他们欢天喜地，玩耍折腾得脸红通通，头发根儿都冒热气，这些场面至今我还记得非常清晰。

话题还是要回到月光，我要讲一讲我上学时的月光。我所就读的学校叫刘市完小，位于澧南镇一个叫"三百亩"的农田上。在我十岁那年，由屋后的兴隆小学搬迁过去并改名。兴隆小学很旧了，我的父母曾在那里读过书。我也在那里读到了二年级。老学校由一栋三层的镶着生锈铁栏杆的黄色砖瓦楼房和一个简易食堂构成。全校占地面积还不及现在私人别墅面积大。学校的院墙上插着玻璃碴，院内种着两排万年青和松树，还有两棵长得非常茂盛的海棠。这些绿植陪着孩子们度过了快乐的童年。

　　二年级读完，我们就迁到了新学校。新学校和老学校完全不一样，占地面积很大，有几栋贴有白色瓷砖、墙壁粉刷得雪白的楼房，一个宽阔的操场。学校大门设计成弯月一样的造型，一至三年级在第一栋楼房里，四至六年级在第二栋楼房里，教学楼侧面分别贴有"1栋""2栋"的数字标识牌，每间教室门上都贴有年级和班次牌。学校西北角的食堂镶着粉色的瓷砖，第三节课时，便能闻到香喷喷的蒸饭味儿；东北角是幼儿园区。我们第一次知道了"教学楼"这个名词，全新的环境让小小的我们也能感受到"搬家"的喜悦，自豪感油然而生，好像这学校是属于我们的私人物品。尽管家与学校的距离由半公里不到变成了六公里，但我们仍"不辞辛苦"。这样，我就得以饱览了冬日的月光。

　　我家的条件不算富裕，除生日和新年外，几乎不会穿新衣服，当然也不会有特厚的很暖和的棉袄穿。我清晰地记得，一天清晨，大约四点，父亲透过我们家那扇唯一的窗户朝外望了一眼（冬天的窗户用透明塑料布蒙着，用以挡风），嘀咕了一句："起冰了。"我并没有意识到与以往有什么不同，像往常一样迅速起床，穿上衣裤和母亲为我纳制的黑色布鞋出门。在开门的瞬间，冷风迎面扑来，冲进了温暖的房间，忽然被风一激，我马上打了一个寒战，才知晓外面是多么冷。此时月光皎洁，地上的雪不像鹅毛大雪那般飘逸蓬松，已全部冻结凝固，看起来丁点都不会沾在鞋底上的那种，走动时也不会发出"咯吱咯吱"的响声。不知是天上的月光映衬着地面的雪，还是地面的白反射着天上的银辉，总之那天早上特别亮，明月当空照，孤寂而明亮，亮到时光过去多久都让人没法忘怀。毫无疑问，这样的冰天雪地走路是很困难的，走一步滑两下，用"步步小心""战战兢兢""如履薄冰"形容再贴切不过。农村很静，年幼的我在这广袤的月光下滑冰似的走走停停，摔倒了就爬起继续前进，反正没觉得疼。残夜正在消失，月色苍白，与茫茫的雪地交相辉映，我只觉得我走进了一个无边无际的白色梦境。在这个梦境里，我想到了安徒生笔下那位卖火柴的小姑娘。我此时也正在雪地里行走，不过我没她那么可怜。我还想到如果我有烧鹅，一定会送她一只。到校后我才发现，布鞋早已湿透了。我放下书包，在课桌上点上蜡烛，扯下自带的旧报纸，像模像样地垫在鞋内缓解湿冷，冻僵的小手环抱着火焰，用蜡烛燃烧的微弱热量取暖。这时，我也和卖火柴的小姑娘一样，憧憬着能穿上保暖鞋。讨了些热气，搓搓手，晨读开始……不觉下课铃声响，早餐时间到。此时天已大亮，月光全然褪去，男生们开始遛陀螺热身，女生们开始踢毽子取暖，冬日暖阳喜滋滋地登场，映照在同学们灿烂的笑脸上……

汽车鸣笛声一下打断了思绪，我回到现实中，眼前的景色让我感到迷离惝恍：月光斜泻，笼罩着澧水两岸，素洁温柔的光线让我忽然想到，幼时读书的学校早已不在，我正站在记忆里的学校正对面——新澧州的高楼里，任由月色晕染五味杂陈的内心。

我常在想：人为什么喜欢怀旧？其实我们怀念的不是原来的时光，而是怀念小时候那个单纯的自己。2021年岁末，月光在心间缓缓流动，儿时的我，在记忆里那明亮的月色下，一步一个脚印，缓缓地和我一起向前行走。

团年饭

爆竹声中一岁除，春风送暖入屠苏。
千门万户曈曈日，总把新桃换旧符。

一片爆竹声送走旧的一年，饮着醇美的屠苏酒感受到春天的气息。初升的太阳照耀着千家万户，家家门上的桃符都换成了新的。这首家喻户晓的古代迎接新年即景之作，透着浓厚的生活气息，充分表现出过年的欢乐气氛。

中国一直是个重视仪式感的国度。有各种各样的节日，于是也就有了各种各样的仪式。春节便是其中最盛大的一个节日，足以集结所有美好，自然也就有很多具有象征意味的"仪式"。在过年时，鞭炮响彻天，红色迷人眼，辞旧迎新中致敬过往，眺望新的希望和梦想。

小城生活，物资有限，简约又不简单。在这一天里，我们张贴对联、围桌团年、拜年贺岁……父辈们用扎实的日子，裹住生活的阴影、命运的流离，秉持着坚韧的生活态度，守护着属于"他们世界里的万物"。儿辈们则谈天说地，追求心中的诗情画意，那悠然洒脱捉摸不定，似浓雾中虚幻缥缈的彩云。

家，历来都是我们接受教育的第一站！有人说："你给孩子什么样的仪式感，他就会从中获得怎样的价值观。"念家，大概就是父母用最本分的方式传递给我的价值观吧，"父母在，不远游，游必有方"，这种思想在我脑海中，居然早已根深蒂固。

记得小时候，还是孩子的我最期待的就是年夜饭。那会儿的大年三十儿，父母从一大早就开始忙碌，包饺子、炸丸子、炖猪头……我则总是打着"帮忙"的名义围在厨房里，一会儿吹着热气吃下一颗母亲刚炸好的糯米肉丸，一会儿喊着要父亲切一块刚煮熟的猪耳朵，一会儿捧着重要日子才喝的"高端"饮品，年夜饭摆上桌前，小肚皮早已经吃了个半饱，缺着门牙咧嘴傻笑的表情、父母忙碌的身影，填满了童年记忆，多少年也挥之不去！

转眼已过而立之年，每每与朋友们聊起，倘若现在让我们这辈人去做一桌年夜饭，可能着实有些难度，诸多人均选择直接进饭店，或是东拼西凑端几样特色菜拼成一桌，精美容器盛装的菜肴味道虽好，却着实感觉少了点什么。我们知道，其实真正值得期待的从来都不是食物本身，而是一家人一起忙碌的过程。

岁月的成长变换，让我们都能清楚地感受这份缺失。于是有了越来越多的人学着父母的模样，开始尝试亲自去做各种菜肴，学习并去了解过年的各种仪式及其内涵，我将其称之为家庭担当，也是一种文化的传承吧！

营造一份小小的仪式，为这一天赋予特殊的意义，甚至可以用心准备一份礼物，让老人和孩子感知到子女与父母的爱。父母的爱在延续，也能赋予孩子们爱人的能力。新年的仪式感，要让我们的父母亲能够感受到：您养我长大，我陪您到老！要让我们的孩子能够感受到：纵使时光往复，父母依旧爱你如初！

至亲的人不应该是看着彼此渐行渐远的背影。因为，无论身处何方，家永远是我们的归宿；无论怎样的境遇，家都是我们的退路和后盾；无论相隔多远，家人之间的爱和支持也永远都不会消失！

唠嗑乡土

中国人无论住在国内还是国外，都格外重视土地和种植。这大概是因为我们历史上所有的王朝都重农，以农为本。农民和土地分不开，靠种地谋生的人，更明白土地的可贵。这些种地的农民聚居的乡村，构成了中国文化的重要载体——乡土。

一个安居的乡土社会，每个人都在土地上自食其力地生活。乡下老家，一家家都划有小小的一方地，种植各种农作物，妻子指望丈夫在农田上的收获，尚幼的孩子自己在家做饭、学习，等待田间劳作的父母回来。一个家庭的生活几乎都在这方土地上，所有的一切都深深烙下了土地的印记，一代又一代人身上，都有着泥土的气息。

城里人常说乡下人土气，似乎带着几分藐视的意味，但这"土"字却用得合情合理。乡下人没有见过城里的"大世面"，在陌生的环境里，显得有些手足无措，他们不明白怎样应付汽车、去高档餐厅怎样开启大门及如何使用现代化的卫生间，这些都是现代生活的常识，不属于智力问题，就相当于城里人到了乡下，连狗都不会驱赶，更不会生产劳动。这是同一个理。乡土社会中造成许多"文盲"，并非因为乡下人"愚"，而是他们有着自己的生存环境和应对环境的生存之道。

我是一个地道的乡土人，童年和学生时代几乎都是在这片乡土或类似于乡土的环境中度过的，我们的文化，我们的习性，很多都可以从土地里找到传统和根据。好比说中国人的含蓄和富有人情味，就是一例。在乡土社会中，人际交往讲究的是感情。在农村，有一种默契叫信任。亲人间、朋友间、邻里间关系非常紧密。每个人的生活都会得到其他人的关照，乡情如同一片广阔的水域，而小孩子们就如同一条条小鱼，穿梭其间，自由自在。我就是在这"穿百家衣、吃百家饭、街头串街尾"的环境里耳濡目染，与现在城里"不要和陌生人说话""邻居左右互不认识"的生活恰巧形成鲜明对比。"跟我见外个啥？"在农村是最常听见的话语。乡土社会的一个典型特点就是这种环境里的人都是在熟人堆里长大的。如果套用《论语》里的一句话，"学"可以解释成和陌生人的最初接触，"习"便是待人接物的不断陶冶，"不亦说乎"是描写人在相互熟悉之后的亲密感觉。乡下的孩子从出生起，就已在"学而时习之"了。这里的每一家都会以自己为中心，画出一个人际关系的圈子，这个圈子就是他的关系亲疏的情感位置图。在乡村里，"街坊"有喜事要请酒，新娘子来了都挤着围观，生了孩子要送红蛋，有丧事要帮忙助殓等。乡土社会的联系有一种自发的信用，是发生在这里的人群中的一种自觉道德式的行为。人们对一种公认的行为的恪守和默认，体现了乡土文明的淳朴特点。乡土文化里的很多不成文规矩，每个身在其中的人都熟悉到不假思索即可执行。尤其是人与人之间帮助和依靠的关系，那种可靠性，是经由共同环境和共同经历产生的相互熟悉，再到信任。这种信任是不需要契约的。所以由陌生人组成的现代社会是无法用乡土社会习俗来应付的。也正是这不流动的圈子，才是"乡土"的特性，其产生的"土气"，即封闭性，使发展、改变相当缓慢，于是，"土气"便成了贬义词，"乡"如今也未必就是衣锦荣归之去处了。

但现实是，传统乡土社会结构，在现代社会模式的冲击下，已经日渐式微。一种新的、还没有确立的新乡土面貌，正在孕育之中，也许不久的将来，就会破壳而出，再现这片土地上的辉煌。

办　客

　　中国人向来讲究情分，亲情、朋友情、师生情等，社会关系往往因此盘根错节，一个家庭一旦有喜庆之事，必宴请关系亲密之人，隆重庆贺一番，这在我们这里叫作办客。前往赴宴之人，必须给主人一点祝贺的"礼金"，这就是办客往来的所谓"人情"。来而不往非礼也，于是每个人都在这种氛围里"你来我往"，维系着交往的关系。

　　城里和乡里办客方式不同，讲究也不同。城里叫宴请，通常有婚宴、喜添贵子（千金）、生日宴、升学宴、乔迁宴等，主家定好时间和地点，给所有宾客呈上喜帖，以前是纸质的那种，现在流行电子版请柬，接到邀请的亲朋便会如约而至，主人会请很要好的且很懂礼数的朋友帮忙迎接宾客、分发香烟，自己也会站在宴会厅门口迎接，然后逐一引领客人就座，我们称门口帮忙的人为"知客士"，客人到得差不多后，十一点半左右统一开席，如是婚宴，有威望的、亲和力较强的亲属则会带上新人给宾客们一一敬酒致谢，场面温馨热闹。如今经济条件好了，赶上了潮流，新人们一般会在酒店内举行婚礼，有大气的婚礼布置、欢乐的气氛，众人皆大欢喜。宾客会自动找到主家安排的"记账人"随些礼金，也叫份子钱，离开时会接到主家回馈的小礼品。

　　在农村办客就有点不一样，一般我们叫整酒。记得小时候，懵懂的我是很喜欢村里人整酒的，因为同村，大家都熟，我们小孩可以到处吃酒，可以自由进出，无须大人带领，平时吃饭上不了桌的我们，趁此机会可以正儿八经地坐在长板凳上，嗑着瓜子花生，吃着扣么儿酥（一种零食），没有大人会凶你或是叫你到一边玩去。就拿吃结婚喜酒来说吧，那会儿新娘似乎都是羞答答地被我们这群小孩簇拥着进入新房。身着红色套装的新娘脸蛋红扑扑的，高高盘起的发髻上插着和衣服一样红的花朵，花朵是用塑料布做的，每朵花之间用透明鱼线穿插连接，花朵周围还会穿些白色椭圆形的小珠子，映衬得新娘子那模样也像娇艳的花朵，好看极了。见过新娘的每个女孩子都会祈祷自己快些长大，成为世界上最漂亮的新娘子，那梦想简单又甜蜜。休息片刻的新娘随后会被女长辈带领出来，新娘手托着红色带"囍"字的圆盘，圆盘内放满小酒杯，女长辈则手提着银色亮堂堂的水壶，将每个酒杯里都倒一点点水壶里的糖茶水，娴熟地带着新娘给每一桌都恭恭敬敬地呈上，并一一介绍宾客给新娘子认识。水没倒出来就听大人们说，这叫新娘茶，甜甜的，坐上酒席的我们馋得直流口水，都嚷嚷着要跟大人一样喝新娘茶。大人们饮用完毕会按各自的心意，将杯中塞上二十、五十、一百等不同金额的"茶钱"，等待新娘过来收走，己亲（男方和女方很重要的亲戚）会放得略多一些。待收到我们这儿时，喝过茶的孩子们大眼瞪小眼，一个个目瞪口呆，大人们开始笑话我们："这茶好喝得很，但是要给钱呢，不给钱不许走的呢！"逼急的我们没办法，不害羞地直言："今天就这么着，长大赚钱了再补啊！"逗得一桌人笑得前仰后合。那时没觉得难为情，更不知道酒席上有人情。

上述是婚礼上的琐事，还有生日宴的。农村里，六岁、十二岁、三十六岁、六十岁好像都是必须整的，说是能冲什么坎儿。我的父亲很信这些，我家整酒留下深刻印象的，就是我的六岁生日。当天，尽管是农历十月，仍艳阳高照暖烘烘的。记得正好学校举行期中典礼，学校给成绩优秀者颁发了奖状，我获得了第一名的好成绩。当我骄傲满满，以飞一般的速度跑回家邀功时，家中已宾客满座。我清晰地记得，堂屋中间墙上挂着一块红床单，床单上贴有一元、十元、二十元、五十元等不同面额的钱。我很是好奇，问询后方知是母亲娘家人送上的，和生孩子后娘家人送摇窝什么的是一样的意思，也是娘家人底气厚不厚实的一种体现。外婆、舅舅等母亲的娘家人坐在了堂屋正中间的位置，旁边便是叔叔、姑妈等父亲这边的亲戚，再旁边一点就是街坊邻居、远方亲友了。农村吃流水席，先来的先吃，后来的稍微等一下，集齐两三桌后即可开席。普通家庭一般是二十来桌的样子，一天下来，送走客人后，父母会坐在床边一起清点账本上有多少户头，以及收了多少"人情"。父亲边数钱边解释说："好记性不如烂笔头，一一记下后，日后方便还上人家的，有来有往，日子才长！"再后来，是母亲三十六岁生日的时候，具体情形我记不太清了，只知道母亲那天很漂亮，从不打扮的她盘起了头发，已完全没有农村妇女的样子，特有气质。放学回家时，一块很大的蓝色玻璃挂在堂屋中间的墙上，玻璃左侧画有一棵迎客松，右侧写着恭贺母亲六六大顺的小字，玻璃中间能当镜子使用。母亲骄傲地说："这是娘家人送的。"

　　讲到这里，我顺道想讲讲摆酒席的点滴。我们农村地方大，在家整酒不用担心场地，左右邻居家的地方随便用，遇上阴雨天，搭上个红棚子，想搭多远都行。帮忙的人也都是邻居，主家上门邀请一下："到时候接您帮忙呢！""要得要得。"乡亲们交往都简单而淳朴，礼数到位，就基本作数。正日子的头一天，妇女们就集中到主家，麻利地拖出大红色塑料盆，清理出碗筷，洗净后装入挑棉花的箩筐待用。男人们则负责摆桌椅，大家各自分工，无须交代。你要问一个家庭为何会有这么多套桌椅和餐具？那我真要告诉你：在农村，每个家庭都会有一两套待客的大圆桌、板凳、碗盘等物件，桌椅的背面用毛笔写着自家孩子们的名字，譬如我家的椅子、凳子、方桌背面，就是我亲自写的"静"字，大好天气下，在院子里给桌椅板凳写字的情景我还记得很清楚，父亲告诉我那样会干得快些，墨迹在木板上会留很久。一九九八年老家发生洪灾，家里什么都冲走了唯独留下了父母添置的那些宝贵桌椅，至今仍在，且字迹丝毫没有褪去。早几天邻居办客，为儿子举行婚宴，门口摆的有拱门和简单的婚礼布置，生活质量和以前比，早已不可同日而语。但照例会到隔壁左右借桌椅。我正好在家，擦拭桌椅时发现，我们久违了的那些家乡习俗，多少年仍没变，这大概是对乡亲们淳朴生活的最好诠释吧，也是我这般碎碎念的理由！

街坊们同样会前去贺喜，然后感叹着：

"娃娃都长这么大了，走在一边哪里会认得出啊……"

主家会点头应答着，分发香烟给客人，满脸洋溢着骄傲和喜悦。

米粉情结

　　璐璐不知道中午吃什么，说点外卖牛肉粉，坐在隔壁桌的我听到后立马应声："给我也点一碗！"站在一旁的秋秋姑娘表示很难理解，为什么粉会百吃不厌？点粉的二人相视一笑，米粉情结，外人不懂也！

　　牛肉粉乃常德特色，色泽鲜美口感润滑，一直受到大众追捧。因地域差异，吃粉有"七（吃）圆滴（的）还是扁滴"这么一说。记得在许多年前，我就碰到过一回。那还是2004年，第一次离开澧县，到了长沙，要吃早餐，于是点了碗米粉，结果老板呈上一碗米面——就是扁的那种。至少在我生活了十七年的家乡，大家伙一直都这么叫。我问老板是不是上错了，老板用他在长沙做了多年生意的腔调回答"就是嘎扎样范"（就是这样的）。从此，只要是在长沙吃粉，我脑海都会第一时间冒出这么句话。也正是从那时起，我便知道，米粉有圆扁之分。

　　在外漂泊的人，会特别想念家乡的人、事以及味道。离开我土生土长的澧县出外打拼，到再次回归澧县，差不多十四年光景。由于比较恋家，每年回来次数颇多。每每从外地回来，无论是白天还是夜晚，我都会先吃上一碗米粉。或是牛肉码子，或是牛肉、牛杂、牛腩等加粉一炖钵。在家乡吃上一碗地道的牛肉粉，那幸福的味道绝不亚于女生品味巧克力的丝滑感。澧县女子大约都喜欢本地粉那种风味辣爽吧，在外的人大抵都像我一样有这味觉情结，每回一次澧县，同在长沙的闺蜜薇薇都会嘱托我给她带点去。像我一样从异地回来的人，再次启程时都会把后备厢塞满，有做好的新鲜牛肉钵、新鲜米粉，分量大约能过足两天的瘾。

回到澧县，工作和生活发生了很大变化，心里难免有落差，能够随时随地嗦上一碗牛肉粉让我得到了很大安慰，似乎是从前遭受了背井离乡之苦，老天爷想以这样的方式补偿我。这也让闺蜜薇薇非常羡慕。或许她也想跟我一样回到家乡，回到父母身边，但成人世界有太多的不可以、不能够。在这个一心想回的小城好好生活，也便成了我和她的共同期许。虽说不是每天都嗦粉，但这确实已成常态，且从不曾厌倦。

去年同学聚会，得知同学婷丫头开了一家早餐店，主打各种口味的米粉、米面、早酒之类，特意前去光顾。土黄色大碗中调少许酱醋作料，正宗鲜活的米粉在煮沸的锅里烫上几下，放入碗内，配上足量的大片纯正牛肉，佐以农村自制的腌菜萝卜等小碟凉菜，口感真是极好！我喜欢带上情感，对牛肉粉一直情有独钟，牛肉粉端上桌时，真心觉得很幸福。我向来没有太大志向，能在自己喜欢的小城，和熟悉的人一起柴米油盐，就觉得挺好挺好。婷打趣着说："静静，你喜欢写东西，下次给我写篇牛肉粉的文章吧！"我笑了笑，有些不好意思，但这话还是听进了心里。

接着就是小城里的摸爬滚打，早餐时一碗牛肉粉，中午点外卖时偶尔会点上一份，晚上下班后想减肥不吃米饭，时常会和闺蜜严严一起选择嗦粉，地点有时是小馆，有时是高端酒店，方便快捷，又能满足口味和脾胃，不亦乐乎。随着常德米粉名气越来越大，销售模式越来越广，远在长沙的薇薇或是更远的同学朋友，再也不用托我带新鲜米粉过去了，下楼便能在便利店或超市买到包装好的，口味多样，加热后，能快速解馋。粉继续愉快地吃着，只是一直没提笔。终于趁着午休，拿起笔来，随便唠叨两句，也不管成文不成文了。

味蕾上的家乡

——记老家的道河千张

记忆因为某些细节得以清晰留存，可以具体到某天在老家吃过的食物滋味。不得不说，食物这个载体太具魅力，每个人都可能对自己家乡的某种食物有所偏好，无论相隔多久、跨越多远，始终不能将之从自己的味觉记忆里抹去——那已经成为关于家乡的一部分，早就融进了血液。

在我的家乡澧南镇道河，就有着一种特色食品，让男女老少、城里城外人都钟情不已。尤其在寒冬时节，餐桌上的炒菜逐渐被热气腾腾的小钵子代替时，定会有一盘食材以待下锅，那便是深受每家每户喜爱的道河千张！

喜欢吃豆制品的人一定不会对千张陌生，这传统豆制品，一般每张长四十厘米，宽三十六厘米，薄如纸，色黄白，有丰富的营养，可凉拌、清炒、煮食，人们常常将它和鱼、鸡一起炖着吃，味道鲜香、口感绵软。千张的制作比较烦琐，要在特制工具内层层压制，成品千百张叠加在一起，如同一摞纸张，据说在赣、皖地区也称为千张，而苏北则叫作百叶，北方某些地方也叫豆腐皮、干豆腐。

不过，在品尝过众多地方的千张后，我还是喜欢老家道河千张的味道。道河一直盛产千张，是得到了大家公认的佳肴，自然不是浪得虚名，有着与众不同之处，堪称地理标志性产品。

道河地处澧县澧南镇，北距县城十千米，因道水从腹地穿过而得名。从这里走出的女子大多肤色白皙，一个个水灵灵的，男子勤劳智慧，他们伐木架桥，依岗筑屋。凭依这条清秀的河流，使得山中盆地绿草如茵，田块齐整，好一派田园风光，被誉为澧县的后花园。我的母亲、舅舅、小姨等一大家子就是喝着道河水长大，走出这山窝的。

我的记忆从二十世纪八十年代开始，那时候物质还是很匮乏。受经济等原因限制，处于社会底层的孩子们，对于美食的向往自然是非常强烈的。走亲戚简直就成了过节一样值得高兴的事情，因为到亲戚家，就会美美地吃上一顿。而我最喜欢去的地方，就是外婆家。

道河的外婆家没有其他改善生活的方式，每次去后，系着围裙的大个子外婆都会卷起袖子，用四四方方的木制升子装上点稻谷，嘴里"咕咕咕"地唤着，撒上把谷子，将鸡群引到一起，然后突然出手捉只鸡，这只鸡于是就成了我们的盘中餐。

鸡肉炖千张，小孩们抢着吃鸡肉，大人们则就着二两粮食酒，吃着炖得快没有汤汁的千张，津津乐道。那种情景再平常不过，没觉得有什么奇怪。随着逐渐长大，许多人纷纷离开乡镇，逢年过节时便会有许多在外地的人不停地托父亲购买道河千张，父亲便先电话定制好，然后骑上他的两轮摩托，二十斤、三十斤、五十斤地陆续带给大家伙儿，送到县城，或是送上短途和长途汽车。父亲是热心肠，据他说，每年过节作坊日夜加班赶制产品，因忙不过来，会早早地把门关上不再接订单，而千张大家都喜欢吃新鲜的，所以这些"宝贵"的千张大多靠他那点薄面才订到。有一回，父亲去拉货时，就曾亲眼见过师傅们累倒在地。爱美食的父亲还会不厌其烦地教给每一位购买千张的人其吃法，将千张切成细蒜叶宽的丝条，炖在肉、鱼、海鲜中，不断根、不煳锅；或是将其晾至三四成干，切好，在盐水中浸两小时，晒干，可存储两三个月，上餐时再用滚水发活……这些细枝末节勾起我强烈的好奇感。道河千张的魅力究竟在哪里？为什么能成为大家交口称赞的美味佳肴呢？

父亲对于本地的这道美食，充满了骄傲，他告诉我，道河千张可是一绝，走不出常德就能卖完！即使在澧县，千张到处都有，可唯独道河千张，质地细嫩，页片薄，筋丝好，口感佳。主要原因，还是这里的水大有文章。据说从这里到牛头山，五里路段的河水清澄甘洌，水质非常好，可以直接饮用。这一段的水取来所制作的千张，品味绝佳，其他地方的水，就不成。还有一个非常神秘的现象，就是道河千张非常薄，可以做到如同纸张一样。一般的千张每千克约十页，但道河千张每千克可达二十页，甚至三十页。同一师傅同样做法，只要离开道河，就做不出这样薄的千张。

二十世纪九十年代，有国家领导人过来视察，还亲自品尝过当地千张呢！这是父亲知道的版本。经上海方面的的专家鉴定，道河这段河水，可以达到矿泉水水质标准。该段道河岩沁水中含有二十九种矿物质元素，这真是吸引人的地方，的确没吹牛。我知道，道河千张绝不只是民间传说。2018年，恰逢回澧县工作，为挖掘澧县地方特色菜肴，澧县举办了"十大名菜"评选活动，按照口味、质地、造型、色泽、营养卫生、创意等标准评选，道河千张拔得头筹。中央电视台也曾采访道河千张手工作坊并播放节目，《舌尖上的常德》《沅澧遗韵》《澧州文化之旅》《澧县志》等大型图书文集及国家、省、市报刊对道河千张均有过介绍。

这是城市之外没有被熏染过的乡村，喝着一瓢瓢山泉水长大的淳朴村民们一直保持着日出而作、日落而息的规律生活，恪守着千年传统秩序。从泥土路到水泥路，再到如今的石板路，按照比时间快半拍的节奏劳作的乡村理所应当地繁荣富强起来，乡村振兴点"豆"成金，小山村发展成为千张小镇，镇里成立了道河豆制品协会，协会整合现有豆制品经营户，规范经营市场，组织集中经营，统一原料供给、统一生产标准、统一产品品牌、统一产品包装、统一产品价格、统一产品销售，建立农村电商平台和渠道……小康楼青砖白墙闪闪发亮，千张文化熠熠生辉。凌晨三四点的山脚下，豆制品加工厂就开始忙碌起来，大伙都在忙活赶制豆制品系列年货，阵阵豆香味从冒着腾腾热气的作坊中飘出来，整条街上都弥漫着属于这个镇子的豆香味，然后迅速钻进人身上的每个毛孔。作坊旁摆放着新鲜豆腐乳、腊八豆，一长溜熏得焦黄的腊干子、臭豆渣整齐地立在木板上，这些挥之不去的烟熏香味，似在提醒人们，年货季要到啦！作坊内，工人们正有条不紊地忙碌着，好一派繁忙热闹的景象！

千张的制作技术，其实并不存在什么特别的秘密。在这里，师傅们都非常热心，毫无保留，你可以随时询问每一家作坊。做了一辈子千张的伯伯特意为我详细介绍了制作七步骤：浸豆——磨浆——煮浆——杀卤——滤浆——点浆——浇制，我像模像样地听他讲述，前六道工序与打豆腐相同，只有浇制工序不同。首先要把外观圆润、无爆破皮、没有绿色霉点的黄豆浸泡十二个小时，然后将其研磨成浆后，放入大锅中去煮，煮的过程中要防止沉淀，如果煳锅就会有煳味，影响口感。待沸腾以后，把煮好的浆放进一个用棉布制成的漏斗里，不停地有节奏地晃动漏斗，分离出豆渣。这不仅是个力气活，也是个技术活，如此分离两次后就可以点浆了。点浆是整个制作流程中最神奇的一环。倒入石膏水，能起到凝固作用，有关放的比例，言语不多的伯伯故弄玄虚地"神气"起来，用一句"那要看具体情况"搪塞了我一回。他停顿了一会儿，感觉"嘚瑟"够了，才慢悠悠地说："多放一点就会变硬，味道就会不好。少放一点又容易破碎。火候全得靠多年摸索得出的经验呀。"必须为好经验点赞！点浆结束后再耐心等待几分钟，平日里女生们喜欢喝的新鲜、滑嫩、可口的豆腐脑就大功告成了。之后就是千张的最后一个环节——浇制。现在的做法和我小时候见过的不同，老手艺已融入新工艺，千张浇制机代替原来的手工浇制，外观更均匀一些，且效率极高，逐渐年迈的伯伯再也不用担心累倒在地。美丽的道河千张就是这样出炉的。

道河千张的历史已经不可考，但是有资料表明在清代时就已经广为人知，据说还曾经作为贡品献给朝廷作为御膳之用。现如今好吃的食品越来越多，道河千张仍在现代社会中长盛不衰。如今，更多的人崇尚绿色生态食品，了解了这里的青山绿水，吃上道河的绿色豆制品。而道河千张已发展成本土饮食文化的一个品牌，作为常德澧水流域非常出名的土特产，远销长沙、广州等大城市，走出常德，走出湖南，甚至走出了国门，堪称"三湘一绝"，成为澧县饮食文化的一张名片！

道河千张的特别之处，就在于它的薄、筋道与韧劲。在唇齿间演奏的乐章，只有品尝过的人才能体验，那种留存在味蕾上酣畅淋漓的记忆，正是唤醒我们对于家乡永久眷念的情感载体，也正是这舌尖上的记忆，保存了我们隐秘内心里怀念的那些消逝的家乡的过往，让我们能够回望过去，展望未来，固守我们家园那不断升起的无数盏温柔灯火！"山有木兮木有枝，心悦君兮君不知。"唯有道河千张蕴含的关于家乡的滋味，才能让我激起百转千回的柔情与痴心！

舅　妈

舅妈的容颜，正像她的名字——美兰，清秀美丽的兰花，那么自然不矫作，甚是好看。年轻时是，老了也是，精神好时是，即便病了，也是。

我喜欢舅妈，可能是因为舅妈是外婆家除了外婆唯一的女性，也可能是舅妈不仅长得好看而且能干又顾家，令人佩服，抑或是儿时舅妈待我不错令我记忆犹新吧！

母亲娘家坐落在道河乡雁门山脚下，道水从门前穿过，对岸便是廖坪，外婆家房屋依山而建。小时候没有什么地方可去，最远就是跑去外婆家，山间、河边曾留下不少足迹。

从我记事起，大舅小舅就已分家，大舅携两个儿子以及外公外婆住在半山腰的老屋场，站在全是黄土而又踩得发亮的"塌子"（院子）里向对面望，远处山边密密麻麻的村庄一览无余，爬到桃油分泌旺盛的树杈上眺向对岸，更有红军拿望远镜远观军情之架势。小舅和舅妈则住在山脚下的新屋场。小舅是瓦匠，一砖一瓦地靠自己手艺打造着自己的三口之家。他和舅妈建起了那时很时髦的红色砖瓦房，三正间，九扇钢筋窗，那时的我看着很高很高的门，宽敞明亮很是气派，墙上由木格子垫底，彩色隔离布吊的顶，房间有着深红色的整套家具，高组合柜、呈半圆形放电视机的矮组合柜、写字台以及有着很大镜子又可放几层脸盆的梳妆台，还有弹性很好一蹦老高的席梦思床，我去了必让给我睡。小舅很顾家，门前打着农村极少有的大水泥坪，一到农忙季节，场子上就会有一担担准备挑去播种的禾苗；一片片隔半个钟头就用耙子翻搅的稻谷；还有茶籽、菜籽、一堆堆待不忙时要扎火把的稻草堆、一捆捆为冬天准备的柴火，全是热闹场面。屋后一个小池塘，也是我们养鱼的小天地。大人们说这种池塘里的水是从地底泉眼里自然往外冒出来的，源源不断，清凉又透亮，永远用不完，道河的千张如此出名，主要与这水有关，这样的池塘那时到处可见，高处的泉水供人饮用，低处的牛羊饮用。大舅小舅两家之间的垂直距离应该不到四十米，可选择走绕道的平坦路，我们老表四人偏偏爱穿梭于只有荆棘，甚至陡峭处没有落脚地方、落差类似于壶瓶山那样的陡坡，必要时需紧紧抓住树藤弯腰才能前行，穿过大约十几米最陡的坡后，有条略微可见痕迹的小路，可容我们停下来歇息，捡几颗落下的板栗用脚踩几下，扯两个路边的狗屎桃在衣角上用力擦擦，吃饱玩过瘾后，再走个七八分钟，拿竹篙敲上两个野梨子下来，用从来也没长出芭蕉的宽大芭蕉叶包着，带进外婆家门。那个时候的周末和暑假几乎都是这么过的，叫我怎能不喜欢往那跑。我后来喜欢登山，估计应该就是从那时开始的。

可能因我本就惹人爱，也可能因我是儿女辈里唯一的女孩子，舅妈很喜欢我，从不嫌弃我跑多了。外婆有时都会不耐烦地对我说："我硬是搞伤哒（硬是搞伤了，意为短期内累了，文中指外婆被折腾坏了，故意正话反说，表达老人对小孩喜欢的意思），你还不回去？"舅妈则会护着我说："我反正没丫头，喜欢住这里就接（口语，过继的意思）给我，天天给你买好吃的！"虽没接给她，但好吃的真没曾少过。

舅妈打荷包蛋的水平，在我眼里一直是无人能及的，和父母打出的甜甜的那种不一样。一把柴火将水煮到翻滚，一手一个土鸡蛋，熟练地轻轻敲打溜至锅中间，几秒钟随即捞出放在调好猪油葱花的瓷花碗里，一小珠一小珠的油花，肥大的白色裙边包裹着嫩嫩的小黄球，与细小的绿色葱末混合游荡着，好看极了！被贵宾一样招待的我，尽情地享受着热气腾腾的美食，用刻有

"波"（表弟名字）字的白瓷调羹轻拨开浪花，取上一勺吹啊吹，小抿一口，这滋味儿……那时的鸡蛋可不是人人可吃的，同是孩子的我，才不会好到分给表弟一起品尝，惹得表弟嘟起嘴心里不高兴，甚至觉得被冷落，眼泪鼻涕一大把的。我顿时觉得自己快被舅妈宠坏了，心里不禁涌起那股子欢喜劲哟！

在舅妈家，我是可以随心所欲的。每至冬月，农村都似乎比往常要忙许多。打糍粑、做泡儿糖、攘绿豆皮儿（常德地区的一种食物，绿豆粉与糯米粉搅拌均匀，装在圆形铁盘里，在热锅里烫熟）……这样的事情都要几人配合着一起做，男劳力白天要务工，所以每次制作这些食物基本选在晚上，熬夜赶出来。这种场合我也是要凑热闹的，强行规定即便睡了也要叫醒我。记得那时看大人们做糍粑很有趣：首先把晶莹剔透的糯米淘洗过几遍后，放于大缸用井水浸泡一天或半天时间。之后把洗净的糯米滤干水分放进木甑，架在大锅上。炉膛里干柴燃起烈火，蒸熟的时候，用一个小木盆什么的把糯米饭倒入石臼内，小舅和我爸各站一方，用锤子慢慢把一粒粒的糯米饭捣碎，他们有节奏地下锤，趁热打铁。从糯米饭到锤成糯米粑粑，主要是在小小石臼里做文章。两人各自抡着锤子，一上一下，配合紧密和谐，锤子所至，"噼啪"有声伴随着大人们有节奏的"嘿哟嘿哟"声，糯米饭就乖乖地在石臼里完成了翻转，全身接受了"打击"，通透如猪板油般亮堂，筋道十足。一团热气腾腾的粑粑舂好了，屋里等得心急的舅妈和母亲早就准备好了放上生米粉的团筛，弓身放下去，用浸泡在水里的草绳围住粘着粑粑的锤子，转转，锤子与粑粑就很顺畅地分开了。一大团洁白的粑粑就如花般盛开在了团筛里。然后就是捏糍粑，大小都要一样，要把它捏成跟印盘差不多大的一小团。这时我便可以捣蛋了，非得伸上一手，捏得大的大、小的小，有的有毛边，印出来难看，成不了一个整体，早早开裂了。我也不会浪费，自己捏的自己吃掉，引得舅舅、舅妈哄然大笑，倦意全无。

看大人们忙碌的夜晚有过许多。若是遇到半夜做泡儿糖我没起来，舅妈总是会叫醒我，让我吃上第一口最新鲜的糖，没有冷却的糖软软的、甜甜的，尤为适合没有醒盹儿的我。至今每年做糖时，那垂着一根线的简易灯泡下，灯光有点昏暗的床边，舅妈笑嘻嘻地递糖喂我吃的情景依然历历在目。哪怕时隔二十多年！

今天陪着舅妈，两个多小时在一起，突然觉得亲人间坐一坐，说说话，是何等的乐事。这是我在所谓的忙中从未体会过的。望着舅妈幸福的一家：守护在旁边的丈夫、孝顺的儿子儿媳、乖巧的孙女、关心的己亲，再次被感动到。愿不再年轻的舅妈身体健康！日子就这么简单地过着，长久地幸福下去！

老爸的手艺

秋天的太阳，在经历突然降温后，撒娇似的挂在天上，把那温暖惹人爱的光，调皮地洒下来，让人心生甜蜜，倍感欢喜。我家的小狗伸长了身子，躺在场院里享受着阳光，猫咪闹腾地跃上树干"喵喵"叫上几声，好不和谐。温暖的太阳在农村人这儿显得格外金贵。忙惯了的爸妈终究闲不住，抢着时间做起了每年必秀的"绝技"，望着忙碌的背影，听着老人们热闹的聊天声，猛然发现，又到了一年做浆薯皮儿（红薯片）的季节。所谓浆薯，就是红薯，因其有白浆，故我们这儿的人就叫它浆薯了。

家中的热闹可能与老爸的手艺有着直接关系。幸好住在农村，若不然，小小的房间可是挤不了这么多左邻右舍、远亲近邻，吃货能吃出名气，也应该是颇具成就感吧！每年同样的做法，即使只是瞟一下，我也是"眼"熟能详了。父亲挑选入得了眼的浆薯，浸泡、洗净带皮蒸熟，处理浆薯的过程中，他把准备好的橘子皮切到极细小。把蒸熟的浆薯搅匀打乱，与橘子皮、芝麻混在一起搅拌均匀。准备干净的纱布铺在板子或旧床单上，混合好的浆薯泥摊上去然后趁热赶紧捋平，要越薄越好！这几样工序就能让大伙儿忙一个上午。赶着太阳大，将铺好的浆薯泥晾晒在竹篙上，只需要几天，即可脱纱布，再用剪刀或者美工刀切成三分之二手掌大小，讲究一点的话，会切成一样大小的菱形，充分晒干后收纳起，吃多少就油炸多少。贪吃的我和姑妈、侄女们，总会将生的浆薯皮儿一块块地偷吃掉，直到牙齿咬到无力为止。生的吃腻了，就要求母亲油炸几块更换口味。母亲说，心急吃不了热豆腐，炸的时候要注意火候，火不能太大，要小心，慢

慢来。冬天和过年这类日子，浆薯皮儿成了我家独特的招待人的点心。爸妈的朋友我不清楚，我的朋友们反正是特别喜欢，无疑成了我拿来炫耀的资本。如果出售估计应该是供不应求吧！

看着似乎有点笨拙的父亲，其实心灵手巧得很，我每年吃的绿豆皮儿也是父亲亲手做的，之前在长沙的许多年，每次一蛇皮袋一蛇皮袋带给我的，都是父亲一盆盆、一刀刀做出来的，听说父亲还有我不曾见识过的他小时候做的娃儿糕手艺……

一年又一年，父亲坚持做着这小吃，仅仅就是因为我好这一口，他是为了满足女儿的这一点小小嗜好，而这也成了他的快乐，成为他坚持的理由。

一年年老去的父亲母亲啊！永不知停的父亲母亲啊！你们可曾知道，一点点钱就能买到你们要耗许多时日才做得好的浆薯皮儿；女儿亦知道，无论多少金钱也买不来父亲母亲亲手做的可口香甜的浆薯皮儿。我永远敬爱的父母，唯愿你们能想做多少年就做多少年，这一点上，女儿决不阻拦！

母　亲

　　就像风忽然歇了，我安静下来。被踩得严严实实的黑色土地上，放着一只白底搪瓷盆，搪瓷盆外围和底部镶有红色花纹，里面是为我清洗过伤口的血水。搪瓷盆周围湿漉漉的，刚才母亲帮我清洗的时候，一些水被我生气地踢打出来。

　　这是仍然留在我脑海中的画面：母亲气愤地打得我哭天喊地满地滚，周围站着很多大人，有的年老，有的和母亲一样年轻，他们过来拦住母亲，劝她住手。还有一堆看热闹的小孩，睁大惊讶的眼睛注视着我们母女。

　　这件事情是怎么发生的，我早忘记了。听母亲的朋友说，那是她们几个人闲暇时约在一起打牌，只有三四岁的我，老在一旁吵吵闹闹，一刻也不消停。劝说的人越多，我反而闹得越发起劲。母亲忍无可忍，她觉得需要压压我的混账脾气，于是就发生了那一幕。但是她动手的时候，失手打到了我的鼻子，鼻血喷涌而出，大家都吓坏了，母亲当然也慌了神。她立即让我仰着头止血，又慌慌张张找来棉絮塞进我的鼻孔，然后拿搪瓷盆打水给我小心清洗。

　　在乡下或者小镇，打闹的事情经常可见。孩子间、邻里间、夫妻间，都如此。我们母女的打闹，也一直在继续。

　　后来母女"打闹"的记忆就什么都很清晰了。那时我已经十一二岁，知道了很多事情，这次经历有点"刻骨铭心"：母亲要去打牌，平时从不要她管的我，莫名其妙地非得让她为我扎别家女孩子扎的那种发式。母亲没有理会我，与同伴一齐上了桌，我坚持喊她回来，她不肯，倔得出奇的我一气之下跑去抢走了她的牌。母亲的怒火被点燃了，毫无悬念地，当着几十号人的面，母女俩直接就打了起来。从麻将馆一直打到了家里，母亲气得要命，我也不依不饶，任凭多少人来拉都拉不开。到了家里，趁母亲去抄家伙之时，我拿剪刀剪碎了与母亲的所有合影照片，然后气呼呼地跑到了外婆家……

这火药味十足的场面，就是我对母亲的记忆。这种感受和记忆事物的方式，某种程度上可能决定了我的一些性格特征。直到今天，我也不能理解这样的相处方式，有两次不愉快的记忆都和打牌有关，我至今仍不喜欢打牌。

后来，我读到了初三，开始寄宿，每周回家一次。每次回到学校，同学们都会带着零花钱，待下晚自习时买点饱肚的食物。因为食堂的伙食不太好，我们不爱吃，有时候难免饥肠辘辘。

我记得那是一个冬日的下午，阳光懒洋洋地洒在小院里，母亲正坐在阳光下专注地织着毛衣。我收拾完衣物，走到母亲身边。她好像没有察觉到我走了过来。我只好开口向她要钱，她头也不抬地问：

"你在学校有饭吃，还要钱做什么？"

"我饿，食堂饭吃不饱。"

母亲放下针和线，掀开裹住膝盖的小毛毯，起身进屋，我也满怀欣喜地跟了进去。母亲拿出两块钱塞给我。

"两块钱能买什么？"

"在校总共五天，周五只读半天就回家，方便面五毛一包，你买四包，不就差不多了？"

母亲的算盘如此，与我想象的夹心面包、袋装牛奶完全不是一回事，方便面根本就不在我的食谱之列，我还是想解解馋的，并不仅仅只是吃饱肚子那么一回事，两块钱让希望瞬间落空。我认为母亲太抠门，心里委屈，眼睛瞪着母亲，毫不客气地将钱揉作一团，狠狠地扔给母亲。

"你的钱我不要！"一转身我就气愤地冲了出去，任凭母亲的声音响亮地回荡在堂屋。

母亲可能大受刺激，她一直追赶到学校。我坐在教室里，透过窗户窥见母亲在向班主任诉说着什么，肩膀时不时抽搐一下。我隐隐约约听见老师说："青春叛逆期，做大人的别跟孩子怄气……"

随着年龄增长，经历开始丰富，听闻有关母亲的事情也逐渐多了起来。有老乡告诉我说："你母亲长得高大结实，怀你七八个月时还能挑水、挑粪，一跤摔倒立即爬起来，胎儿竟然很稳。"

"她母亲厉害着呢，娃娃出生时有九斤八两，愣是在自己屋里顺产的，医院都没去过！"一旁的人附和着说。

大我几岁的表哥来我家时，也会学着大人模样回忆过去："差点就没得你了。你妈去菜园子浇粪，叫我看着摇窝里的你。我觉得摇摇窝像荡秋千一样好玩，就越摇越猛，摇着摇着竟摇翻了。你被压在棉被下，哇哇大哭。我力气小，掀不开摇窝，又怕你妈骂，立刻开跑，你妈从菜地里回来，见状赶紧搬开摇窝掀起棉被，你已哭不出声了。结果你妈追着我大骂……"

从大家回忆的那些情节里，我能隐约感受到来自母亲的情感。

我出生的小镇上，大部分母亲都整日在地里劳作。孩子多的家庭，还会带上大一点、能帮点忙的孩子下地。我母亲结婚时，正赶上了计划生育，开始实行"一对夫妻，只生一个孩"的政策，提倡"一家三口"。我自然成了家里的独苗。小时候，母亲与我没有太多言语交流，也不教给我任何下地的生产知识。她随父亲日出而作，日落而息，如燕子筑巢一样，耐心地建造着我们的小小家园，候我慢慢长大。

真实的生活里，酸甜苦辣皆有，对于贫苦农民来说，苦难往往不经意间就会发生。如果遇上灾难，可以说是雪上加霜。

一九九八年发生的罕见洪灾，让才换上大房子的我家变得一贫如洗——大水冲毁了家园，冲走了一切。我被提前安置到相对安全一些的县城。听说母亲在河堤上临时搭建的塑料棚内，朝我所住的兰江闸这边望着号啕大哭，那眼神，应该比我怒视她时绝望得多。

慢慢长大的时光里，母亲似乎没怎么教育过我。用她的话说就是："你向来自己做主，我说的话什么时候起过作用？"这倒是真的。我们母女之间，也许磁场不合，多说半句话可能就会引发争吵。母亲不是温柔的人，脾气不大，但也不小，是出了名的沾不得——你不能把嘴巴放她身上，谁要说了她，她很容易生气，可以做到一直不搭理对方。我不像父亲那样让着她，为减少冲突，能不说话时我尽量不说，因此，母女间实在谈不上有什么沟通、交流。

孕期在家的几个月，差不多是我离校后在家生活时间最长的一次。母亲照顾我的起居，安排一日三餐，并且尝试陪我散步谈心。生产时住进医院，母亲为我擦洗身子，劳心劳力，感动至极的我，却没勇气大方地对她说声"谢谢！"母女相处之道千万种，也许，沉默就是适合我们这对母女的吧！

与母亲真正接触多起来，应该是从外地回澧后。那时我灰心丧气，早没了顶撞她的底气。母亲自然是心疼的，在我面前小心翼翼起来，怕开口惹得我不高兴，完全没了气势汹汹的态度。我们之间言语依旧不多，气氛相对来说却温和了不少。

在老家找到新工作，生活回到正常轨道，照顾儿子的事自然也落到了母亲头上。母亲笑容多了起来，被儿子逗得大笑时，她饱满的脸上也会出现褶皱，平时早睡晚起的她，开始了早起晚睡的生活模式，比照顾幼时的我明显要用心一些。儿子每天在学校的午餐是早上做好带去的，放学时母亲也定是早早地去排队等候。我下班到家也总会有些吃的，有时是一盘切好的凉薯，有时是洗净了的葡萄，或是去了皮凉拌的西红柿。母亲竟然知道每天要为我们母子补充一些果蔬营养，而且还尽量不重样。

除了照顾我和儿子，母亲还照顾她的母亲，也就是我的外婆，堪称典范。

母亲是家中老三，没有像他大哥一样读上许多书，也没有像她二哥和小妹一样学个手艺。她只有老老实实务农，守着自己的一亩三分地。现在不种地了，就在家门口的工厂上班。用她自己的话说，是"能搞一天是一天，尽量不给小人（子孙后辈）添麻烦"。

说到我那逞强的外婆，九十岁的她，非得学年轻人那样，想用脚踩断细树枝，一不小心滑倒摔断了腿，不敢做手术，便瘫到了床上。虽然艰难，母亲还是主动承担起照顾外婆的责任。每天擦洗、喂饭、换盆，不厌其烦。为了让外婆能站起来，她再次扮演起"凶狠"模样，逼着外婆每天扶着墙训练，练习起立和挪步。外婆望她的眼神，和我儿时望着她的眼神一模一样。半年下来，外婆竟奇迹般地能迈步走上一会儿了，母亲乐开了怀……

再后来，我搬家了，与母亲分开住。母亲似乎有些不适应，隔两天就要打个电话交代穿衣吃饭，过两天又要问什么时候能回家吃父亲炖的钵子，再隔三岔五地送点鸡蛋、新鲜蔬菜。一次，母亲在电话里听出我声音有些不对，忙问怎么了，我见搪塞不了，就说小感冒。当晚下班回来便见母亲已赶过来，并熬好了稀饭，说是感冒没胃口，喝点粥是较好的。有那么一个瞬间，我想起老舍先生的一句话："人，即使活到八九十岁，有母亲便可以多少还有点孩子气。"有母亲，是幸福的。只要有母亲在，你就有最后的包容和依靠。就这样，我完全习惯了与母亲相处，虽然不是在她怀抱里撒娇的那种方式。

就在前不久，母亲说要给我送来一条新鲜鱼，原本下班后要去上课，但我立刻向老师请假，在家等着母亲，为她准备晚餐。

我其实还未曾为母亲做过饭，还在学习厨艺的我没有什么烹饪经验，平时喊别人吃饭都较随意，今天反而紧张起来，不知道怎么安排才最妥当。从什么时候起，竟跟自己的母亲客套起来，把她当成了"客"？冰箱里有香肠、西红柿、红椒等，下楼买了把青菜，一个西红柿蛋汤、红辣椒炒香肠、一小盘青菜，再加上母亲送来的鱼，不出半小时，一顿家常便饭就已备好。

"手艺这么好了啊！饿不到肚子了啊！"母亲品尝后，连连夸道。

母亲不太会做饭，什么都是三五下弄熟就好了，不太讲究美味适口。她常因我不喜欢吃她做的饭而自责，看到如今我自己会做饭了，非常欣喜。在她眼里，我做什么都是最棒的。再大的孩子，得到母亲表扬，心里都如蜜甜。

提到母亲，我似乎话匣子关不住，又似乎好的歹的不知从何说起。我会在工作场合或是社交场合适时地赞美别人，却从不曾称赞过母亲，还随时挑着她的刺，一些鸡毛蒜皮的事情，常被我放大后数落：不要这家长那家短啦；不要爱面子讲排场啦；不要给老爸买便宜鞋子后故意报高价骗他啦；不要没经我允许悄悄塞钱给我儿子啦，等等。对于我的数落，一向傲气的她从不反驳，似乎我说的都对，我压根儿不知道，母亲从什么时候起特别"听话"了。上个月带母亲做体检时猛然发现，人们口中那个身材"高大"的母亲个头似乎在缩小，眼神也不再犀利，偶尔对视，那眼睛里一闪而过的像是一种求助的眼神。医生问及身体状况时，她像孩子害怕打针一样，忐忑不安，老老实实地对医生说着症状。在旁边陪同的我心里不由刺痛了一阵——一年年平平淡淡过去，衰老在逼近她。

一年一年，一月一月，一日一日，一时一时，一分一分，一秒一秒，光阴就这样悄无声息地溜走了。不知不觉中，天真烂漫的孩子渐渐变成野心勃勃的青年；慷慨豪爽的青年渐渐变成冷酷的中年人；血气旺盛的中年人渐渐变成顽固的老头子、老妈子。所有人无一例外，母亲也是。儿女的生命是不依顺着父母所设的轨道一直前进的，这些年走过的弯路，这些年的瞎折腾，让母亲操碎了心，伤透了心。岁月不饶人，母亲随着我的成长，渐渐苍老了。我的心里，不时涌起丝丝愧疚！

母亲做的布鞋

说起来，我也有双千金难买的贵重鞋，那便是由我母亲亲手制作、带着温度的布鞋。

二十世纪六七十年代，许多人都穿布鞋，轻便、合脚，类似于现在的老北京布鞋。那种舒适的感觉，我这个"80后"也有着深刻体会。

布鞋的鞋底是由许多个布底板叠加制作而成，也称"千层底"，那时都是手工纳制的。我生活的家庭里，为解决保暖问题，小脚太姥姥会做，大脚外婆会做，巧手母亲也会做，母女三代人当然不会知道，她们擅长的纳鞋底现在成了一门即将消失的传统技艺。尽管母亲的手工精湛程度不能与那些布鞋制作技艺非遗传承人相比，但母亲制作的布鞋总是软软的，做出的棉布鞋里面总是热乎乎的。是母亲心细，还是怕冻坏了自己女儿的脚？母亲常念叨："寒从脚起，做丫头时一定要把脚暖好！"

记得那年，浓雾笼罩下的深冬格外冷，没有烤炉，父亲便找来一口大旧锅，灶台上用过的，大抵是哪里破了个小洞，已没法烧水做饭了，烧柴火倒是可行。于是，那些劈开的柴被父亲摆放在锅里燃烧，木柴燃烧散发的热立刻温暖了整个屋。刚好那一年脚跟起了几块冻包，遇热就发痒，母亲晓得后，边骂边在火旁边烧好白萝卜，将烫手的萝卜按在我的冻包处使劲滚，疼得我嗷嗷叫。待我安静后，母亲就拿起她手中的鞋底，慢慢地一针一针地纳。当我昏昏沉沉地被父亲抱到床上时，在迷迷糊糊中还看到母亲抬起手，将针尖在发丝间来回拨动的模样，后来我才知道，母亲这是在润滑针尖。

在农村家庭，一个家里做什么事，大多都是夫妻双方一起分工合作。比如母亲要做鞋子，父亲则会帮忙搭把手。最初做鞋底，是由门板上打样开始的。所谓打样，是指将一块块收集起来的碎旧布头，用米糊糊在纸板上，待快干时，继续用米糊将其余的布一层层粘贴于大门板上，通过太阳晒干，从门板上取下，就是鞋底料了。再按照脚的大小剪成鞋底形状，母亲称这个为"样儿"。打样过程里，搬门板、和面糊、搬出去晒之类的事，就都由父亲做。

接下来的事情，父亲就插不上手了，画料、剪料、合缝、分缝等十多个步骤均由母亲完成。年轻时的母亲眼神可好了，我还没看清，线头就从细小的针眼快速穿过。鞋底需要五六层剪好后的"样儿"整齐重叠，再一针一线地纳实，所谓"千针底"，一点不假，这样密实纳出的鞋底才会厚实经穿。纳鞋底时母亲一般会用双股线，右手中指的第二个关节处戴上一枚大约一指宽的铜顶针，舌尖轻舔一下右手食指，指头捏住线头麻溜地旋转一下，便打好了结。双股线随着针头，在铜顶针的助力下，密密麻麻走满鞋底。母亲做出的针线活不起角、不起空、不起皱，针距均匀整齐，在她出嫁前和出嫁后的村子里，都是闻名的。而现在，母亲看手机或是做稍微细致点的活，都已需戴上老花镜，穿针眼的事也必须由我代劳，是因年迈，还是年轻时用眼过度？我没法道清楚。

纳鞋底只是制作布鞋的其中一道工序。鞋面缝制也是重中之重。鞋子是否美观、是否保暖就在鞋面上体现。聪明的母亲会选用从密织防风性好的旧衣服上拆下来的棉布，按脚背的厚度、脚踝的弯曲度剪裁，双层棉布中塞满棉花（棉花是自家地里采摘后特意留下的，轻柔绵软），再缝合。鞋面基本完成。

缝合自然也是纯手工，没有像现在一样使用物理方式重压定型，使之黏合。包边时，母亲会选用牢靠的麻绳反复走线，这样才不会轻易脱落。竣工后，母亲会为我脱下旧鞋子，换上新鞋子，第一时间叫我试穿。通常都是我单脚点地，手扶着母亲肩膀，抬起穿上新鞋的那只脚，任凭母亲那儿捏一捏，这儿摸一摸，随后又将食指和中指塞进我脚后跟比画，说是两个手指头没被挤压，则是刚刚好。实际穿上成品后，确如母亲断定的那般，合脚得很。上脚轻巧，软软的、绵绵的、轻轻的，脚底与鞋非常贴合，好像给了脚一个舒适的家。从那时起，我对触觉的细微感知，便被这布鞋的舒适感唤醒。在日复一日的行走中，越轻松，越温暖，脚力自然就会越长久。

　　时尚一直在轮回，经典美好的东西会一直被流传。数千年来，不管各朝各代服装怎么变，布鞋都一直流传着。

　　我母亲纯手工制作的老布鞋，任何流行元素也没法代替，不仅仅是舒适，更有一份温暖与深沉爱意在！

十里花堤

我想讲的"花堤"位于汤汤澧水南岸，与彭山风景区毗邻，和澧南豆腐特色小镇、钦山生态产业园等地相距不远。春季这里芳草鲜美、落英缤纷、空气新鲜，乃健身达人们周末有氧健身之佳地。"十里花堤"据说全长约五公里，建设面积三十一万平方米，以澧水为纽带、沿河岸布线，集防洪、道路、旅游、休闲观光等功能于一体，成为滨水休闲风光带，实在是造福南北两岸人民的一个景观工程。

现在呈现出来的全新大堤，从彭山景区至原刘家河码头，被分为两个部分。以艳洲老桥为界，西边彭山景区方向，舒适的柏油路依山傍水完美地延伸至彭山景区，连绵起伏的蜿蜒大道被民间跑团称为"最佳澧州跑道"，柏油路左侧的原生态森林与右侧视觉宽广的澧水河在天色微亮的清晨交融，汇成一个天然氧吧，有心旷神怡之感。炎炎夏季，落日余晖下，静寂中沏上一壶清凉茶，悠然坐在阴凉江边，观一场盛世烟花，岂不美哉！老桥东边河堤与之不同，宽阔的水泥大道蜿蜒东去，似乎一直连接到旭日升起的地方。道路两旁每隔几米就立有挺拔的路灯，像两排年轻的士兵在这片土地上站岗。久违的澧州游子归来，从张家滩路口下高速，很远就能瞧见星空映照下那闪闪发光的南岸大堤和澧水大桥，那是心心念念的家的方向啊！大道右侧被分为两层：上层堤坡上种满了以桃花为主，樱花为辅，枫杨点缀的绿植，为一坦平阳的澧南垸增光添彩了不少。2020 年的春天，大朵大朵的桃花在徐徐的微风中招手，似乎在告诉澧水两岸的孩子们：春天来啦，用笑脸迎接鲜花怒放，再大的困难都会过去！真是好一个

"桃花流水窅然去，别有天地非人间"！河堤第二层铺满方格小砖，比上层主路面略窄一点点。小道显然是散步专用的，周围建设有停车场和其他公共设施，让各年龄段、各工作岗位的人都能放慢节奏，舒适地走在道上，充满着幸福感。

十里花堤不仅有赏心悦目的风景，更蕴藏着深厚的文化底蕴。千百年来素有"九澧门户""鱼米之乡"的美称，澧河水悠悠流淌，澧水大堤坚定不移，见证着一代又一代岸边长大的澧水儿女们。屈原行吟，在这里留下了"沅有芷兮澧有兰"的佳句，柳宗元偶尔行经，更是惊叹南州之美莫若澧。无数文人墨客都赞誉过这片膏腴之地。依据《史记》记载，"吴楚军时，广为骁骑都尉，从太尉亚夫击吴楚军"，猜测李广可能到过此地。

移民建镇后的澧南人民，生活上发生了翻天覆地的变化。用三年时间完成变迁，十多年的磨合时光，让原澧南镇、道河乡和张公庙彭山村在 2016 年合并成新澧南镇，有着澧县南大门、澧水右岸、城市后花园等众多称呼，因与县城一桥之隔，且是县城南边唯一的乡镇，紧临着县城，新农村新风貌，假日里，自然吸引了更多踏青的人们。

近两年，赶上了好政策，与十里花堤建设同期的，还有农村人居环境整治，让乡村颜值更高、农民生活品质更高，实现乡村宜居宜业。

在回龙村村部值班的日子里，正遇上菜园子统一改造，居民随意搭建的铁皮棚子、散乱栅栏不见了，取而代之的是特色小菜园、小花园、小果园，村与村之间会进行比拼，每户之间会进行竞争，都在争选最美庭院。居民脸上乐呵呵，多么和谐的氛围啊！

经过高堰村打鼓台，黑色城墙造型的路沿吸引了我的脚步，小小的堰塘有的用木桩围起，有的用大小一致的石头围起，原本黑色的污水池经过改造，水清见底，鱼儿欢跃，日月映照其中，

可谓"锦鳞游泳、静影沉璧"。宽敞的百姓大舞台足可容纳该村爱好广场舞的女人们，多么幸福的生活啊！

　　不跟风，味道才不会被风带走。带不走的，才是你独有的味道！一路走过，人与草木、与村庄，或一群人与另一群人交流融合，这就是澧南独特的味道吧！多想在这十里花堤绿山墙间恣意畅游，筑一朵云垒一方月光，让生活恬淡到极致……

奶 奶

　　突然打出"奶奶"这两个字，有些不适应。似乎这个词只像"别人家孩子"一样，是"别人家奶奶"。我的语言、文字里，从未出现过这两个字眼。我和奶奶之间，更没有像倪萍姐姐特为姥姥写的《日子》一书中那般相濡以沫，在蹉跎岁月中温柔老去。我只知道，如果奶奶还在世，算起来当有九十四岁了。

　　奶奶健在时，我一直称呼她"嗲嗲"。现在听着觉得土极了。小时候很羡慕有爷爷奶奶的孩子，隔壁的一对龙凤胎与我同龄，有爷爷奶奶疼爱，总是争先恐后地"大嗲小嗲"喊来喊去，一块桂花糕没分均匀，叫小嗲评理，一个玩具没到位，嚷着要大嗲买，撒娇的程度是只有奶奶的我望尘莫及的。在叔叔还被箩筐挑起的时候，父亲便没了父亲，也就是说我的出生成长中，是完全没有爷爷这个概念的，那时奶奶就是我父系祖辈唯一在世的亲人。

　　奶奶是个倔强又坚强的农村妇女，独自带大四个子女，一晃便是四十载。那个年代，丧偶后不再找人，再正常不过。记忆中的奶奶是典型的二十世纪八九十年代的老人形象，布满皱纹的脸颊旁，满是银白的发际里，总是夹着一根带有细波纹的普通黑夹子，笑的时候眼睛会眯成一条缝，嘴里没有一颗牙齿，嘴唇配在微翘的下巴上，倒很像童话故事里慈祥的奶奶。倘若谁侵犯了她的鸡啊、菜地啥的，奶奶会毫不示弱地立马拉黑脸吵个通遍，争个输赢，翻脸比翻书还快。奶奶个头不太高，背上的巨坨似乎压得她从来就没直起过腰杆，听说奶奶年轻时身材原本挺拔，也是大家闺秀般，很是漂亮，背是后来才越来越驼。是生活压得喘不过气？还是岁月让成熟的稻穗低下了头？父亲不清楚，我也无从知晓。

　　与奶奶相处的那些光景中，我能感觉得到，奶奶是不太喜欢我的。重男轻女思想极其严重的她，在这片落后农村的土地上，表现得尤为明显。奶奶小小的个头配了双大手和大脚，她自食其力，不依靠任何人。闲不住的她，在做完田间地头所有农活后，会拖着弱小的身躯，提着那时流行的白色长筒泡泡儿（米泡做成的一种食物，二十世纪七八十年代农村小孩特别喜欢吃的零食），穿梭在澧县街道、来往船只及澧水河码头。奶奶头脑聪明，知道这玩意儿老少皆宜且提拎轻便不费劲，走街串巷出去卖定是满袋子出，空袋子回，她专挑人多的地儿去，几乎没啥成本的小买卖，收入差不多全是利润。我不知道远隔一河的她，在交通不太便利的年代，是如何在一年仅去那么两三次的县城找到货源的。才几岁的我，哪抵得了一圈圈环绕而上的泡儿筒筒的诱惑。长长的，香喷喷的泡泡筒成了我天天期待的食物，我多么希望奶奶的东西卖不完，剩余的能赠予我。可吝啬且偏心的奶奶，总会将仅剩的完整无缺的少许，悄悄塞给帅气惹人爱的弟弟，待分给我时，只剩那些断成小半月形的残缺品。长大后的我，特别爱吃甜食，所有与甜味有关的食物我都爱吃。或许是因小时候美食的匮乏，让我觉得吃甜食时的感觉最幸福，不知会不会与奶奶的泡泡儿有关。弟弟去当兵临行分别时，奶奶忍不住抽泣，我曾半好笑半安慰地调侃道："给弟弟包一袋泡泡儿去吧，边吃边想奶奶！"曾经的心理不平衡，转瞬已是回忆！

　　不花钱的东西奶奶倒是挺大方。奶奶每天都得做饭，于是练就了一手好厨艺，那个年代，奶奶为我杀鸡宰羊的印象丁点儿没有，独有南瓜饭记忆犹新。有兄弟的家庭长大成家后都会分家，父亲叔叔们也不例外。一家三代七口人同住在中规中矩的红砖瓦房内，父亲带着母亲和我住北边那间，叔叔带着婶婶和弟弟住南边那间，奶奶则住中间。为不与大家共饮食，奶奶在前厅单独搭了一个简易小灶，用铁丝做了加固，上面架着一口被熏得发黑的小铁锅。奶奶煮饭有一个沥出米汤后再小火焖熟的步骤，其间，奶奶会将遍地可见的南瓜洗净切成小块，掺在米饭里一起焖着，不一会儿工夫，香味会飘满整个房间，揭开锅盖，透过浓浓的蒸汽，色泽饱满的金黄色米粒会呈现在眼前，大字不识的奶奶会魔术？真是神奇！奶奶会盛上满满的一碗，送到不爱吃白米饭的我面前，这似乎成了我对奶奶最深刻的记忆。直到现在，南瓜仍是我最爱的食物。如今物质丰富，生活质量提高，南瓜饭似乎已没人做，南瓜羹，我仍能吃两大碗。这是我念念不忘的南瓜情吗？

曾依稀听父亲说起，奶奶娘家条件是不错的，她是七姊妹中的老幺，唯一的女娃，兄长们对她疼爱有加。但每个人的命运似乎都有定数，奶奶落户到刘家河，一路磕磕绊绊历尽沧桑，能体现她身家的东西早已为了生活置换完毕，唯有那串随身携带的各个年代的古老铜钱一直保存了下来。流行踢毽子的时代，想要父亲代讨一个铜钱做鸡毛毽子，奶奶硬是没肯，直到成家那年，奶奶也没什么赠予的，不懂礼数且抠门的她竟取下几颗铜钱，用小方巾包好，递到我手中，只是什么话也没说。这情景一直留在我的脑海里。去年年底，我看到一张奶奶偷看孙女结婚化妆的网络照片：婚礼当天，一位奶奶怕打扰年轻人，怕人嫌弃她老，就躲在门外偷偷看孙女化妆，被发现后，她不好意思地想关上门。这一幕，被摄影师抓拍到，从放大的照片中，依稀可以看见奶奶眼里的泪光。这场景，一下子就让我联想到我的奶奶，这不正像极了那年……

随着儿子的出生，懵懂少女已为人母，奶奶也晋升为祖奶奶，重男轻女思想极重的奶奶眼神里流露出难以掩饰的喜悦，看得出比任何人都高兴，并用她的方式诠释着那隔代亲：儿子吵着要人陪着玩，奶奶全程陪着；儿子在外打架惹祸，奶奶不问青红皂白地跑去和人理论；儿子被我打得嗷嗷叫，奶奶心疼地反复念叨"能有什么错""这还是亲生的吗""黑丫头（我小名）心咋这么硬"；就连她自己的孙女和众外孙从未享受的过年红包，在重孙子这里也破了例。每逢过年，奶奶会学着父亲母亲那样，包着红包，嘴上念着"新年快乐，好生读书"等简短的话给儿子，传递她的祝福。要知道，这已是这位八十岁老人的最高礼遇了！我知道，父亲母亲也知道，奶奶多么想有带重孙子的权利，哪怕一点点，可同样疼孙子的父亲母亲，又怎会让他们以外的人带呢？竟也怪，儿子从不嫌弃因年迈眼神不好手艺退化的祖奶奶炒出的饭——那只有老人家自己才愿意吃的干枯发黑的饭，像模像样地一勺一勺地嚼着，时不时趴在祖奶奶越来越弯的驼背上，摇啊摇……

现在想起奶奶已故时的情景，距今约有十年了。当时要求表哥全程拍摄下来，可我却不敢回放。脑海里有父亲捧着奶奶的遗照走一户磕个头的场景，有姑妈们撕心裂肺的痛哭声……我记得我有一个落泪的特写镜头，我没有像母亲、婶子她们那般边哭泣边念念有词，只是豆大的泪珠在眼窝里回转。我不知道人为什么会离去，离去后的亲人是不是与我们再无任何瓜葛？又或者，在冥冥中，她仍然和我们紧紧地联系在一起？

随着奶奶的离世，父亲没了母亲，我也没有机会再喊一声乡土味浓的"嗲嗲"。那一刻才懂得，家中有老是个宝！心中有一个挂念的位置，已然在世间空缺……

旧　地

　　周末登山计划因天气原因取消，晨练至儿时住过的地方——
这有我曾经的踪迹，如今残垣断壁的老家。是积极生活时忘了一
腔乡愁，还是滚滚尘世摸爬久了后变得淡然？荒寂的十字路口，
陌生而又熟悉的感觉令人心底五味杂陈，潇潇微雨给人带来轻
寒。

　　故乡，是人生开始的地方，也许还是终结的地方。每个人心
里都会为故乡留一个位置。那些个走出去的文人，总能用文字将
自己家乡情、家乡事、儿时记忆描述得有声有色。文学的力量就
是这般大，读者读到时，便立刻会走进一个不同的世界，一个映

照了现实的世界，并对之产生共鸣。沈从文先生就曾记录过他的沱江、他的小镇、小镇上的翠儿，引无数人慕名寻迹。

站在多年前属于我们村的这口堰塘边，我能看见阳光照射下隔壁高个儿的娥妈挥起床单撒向池面，熟练地清洗着，略微拧掉水后，又用棒槌使劲敲打，再找同样前来清洗衣物的三婶帮忙一起反向拧干，然后放入铁桶，挎在手臂上离去；村口的大树下是人们闲聊的好去处，五六个小孩拥抱着大树，孩子的妈妈们扯着张家长李家短……一晃，当年的孩子已长大，孩子的妈妈也已随孩子们离去，分散居住于各个城市里。

故乡，是取之不尽的素材，一直有着无法替代的位置。永远保存在你心中、我心中、我们大伙儿心中。

百家米

记忆很神奇，有些很久以前发生的事，尽管细节已记不那么清晰，却在头脑里一直挥之不去。比如，我对农村亲人过世后“讨百家米”一事，就留有比较独特而鲜明的印象。

农村把白事看得非常重要。亲人去世，会有一系列隆重的办丧仪式，表达对亲人逝去的不舍。那些复杂的、极具仪式感的细节，让人们在悼念过程中表达对逝者的尊重与哀思。我素日很少参加那些仪式，也不会与老人们谈及，具体的习俗我还真说不上个一二三来。

二十世纪九十年代初，我生活在澧南镇兴隆村，这里的人们依水而居。一条沟渠，或是一个堰塘，周围便围满了红砖瓦房，当然，也不乏木板房。兴隆村分十一个大队，我家属于十队，也是最靠近城镇的农村，后改为刘市，一个“市”字，似乎将农村生活提高了档次。记得是在一个周末，我一个人待在家里正埋头做着作业。忽然，同学瑜出现在我家门口，手臂上箍着一道黑色袖标，我的脑海顿时闪过一丝诧异的念头，瑜的亲人不是刚办过后事吗？瑜静静地站在门口，没有说话。这不像是平日话多的瑜，我问他怎么了，瑜还是沉默不语，一句话也没说，眼眶里闪着泪花。我和瑜是发小，瑜就住在村头，没事就一起撺掇着瞎晃荡。那时候天空很小，世界很小，小到本村的几个人就是你认识的全部。对于男同学的出现，我误以为他是要邀我去玩弹珠，正准备丢下作业本开跑，这时瑜妈妈从旁边探出身来：“静儿，你家大人没在啊？”“嗯！”我小时候话语不多，简单答道。“是这么回事，我们想找你家讨把米，瑜儿吃了有好处。我们就不进门了，你用缸子舀一小点来，意思一下，回头你告诉你妈，她晓得的！"左右不是陌生人，我嗯了一声，听话照做，从母亲梳妆台下的柜里舀出了一杯米，走到同学身边。此时我才看清，他肚子那里系着一个布包袱，他母亲和我母亲一同捡棉花时用的那种，里面已经装有一些米，垂在他膝盖的位置。看我疑惑地将米倒进袋子，瑜妈妈说："我们要讨满一百家，今天瑜就不同你玩了，明儿个再来坐。"说完便走了，瑜走了一段路，回头望向我，仍旧没有说话，也没像平常那样蹦跳，那神情，是觉得这样子挨家挨户"讨"米难以启齿，还是因他也不知道这中间的来龙去脉而感到迷惑？我站在门口目送他们走到下一家，然后看着他母子俩，用同样的方式叫人、等待、说明情况、再等待、离开……

父母回来后，我将经过告诉了他们。父亲解释说："这是讨百家米。"

"讨百家米？"我疑惑不解，像听一个神话。

父亲告诉我："讨百家米是一种民俗，流传了很多年。谁家中有老人去世，会根据一种约定俗成的'五七'算法，推算要不要讨百家米，有灾劫的、影响后人运程的，就要讨百家米。"

我听得一愣一愣，"五七？五七是什么？"

"那说来话就长了。"父亲点了一支烟，不紧不慢地打开了他的话匣子，"在农村，人去世后要'做七'，就是每七天举行一次仪式，共有七次计四十九天，其中头七、五七为我们众所周知，也是格外重视的。如果有一个以上的'七'与农历上的日期'七'撞上，视为'犯七'，没有'犯七'者，要到'复山'前到村里其他人家讨米，讨足一百户，在'复山'时候煮来招待参加祭祀的人吃。'复山'就是安葬后第三天，逝者家人需要上坟添土，这时需准备一些食物进行供奉，还要烧纸焚香……"

"难怪瑜妈妈让瑜讨百家米。"我好像有些懂了，又好像不完全懂。

"是啊，还有穿百家衣呢！这样的孩子易养活。"母亲补充道。

"百家米是我们农村的说法，附近城镇也都有这样的习俗。以前老人在小孩满周岁时，会抱着小孩到各家各户收集百家米，然后将米带回煮成稀饭，让孩子吃下。期盼着小孩可以被一百个家庭庇护。体弱多病的孩子吃了百家米，能增强抵抗力，借着百家的福气和力量，驱走可恶的病魔，长命百岁。"父亲喜欢讲故事，爱热闹，乡邻的红白喜事都爱帮忙，各类风俗也颇为熟悉，讲起故事来也头头是道。如果有个儿子，他肯定也会带着他到处坐茶馆嗑瓜子，听南北故事。

我也曾听姑妈说过，有小孩的家里，大人到各村去化米，满一百家为止，每家给的米数量不限。我的儿子出生后，姑妈建议我也让儿子吃百家饭，当然，这时的百家饭已无须讨要，大意是指小孩子在本村的一条街玩耍时，遇上饭点被邻居邀请吃饭，就可欣然吃，遇饭吃饭、遇菜吃菜，不必推辞，这叫随意式散养，农村说法叫"泼皮"。姑妈还想着帮我收集一些"百家衣"给儿子，说是保佑平安。

时间一晃又过了多年，让我没想到的是"讨百家米"这个农村长辈都知道的习俗，我就只见过这一回，仅此而已。比起从没见过的，我也算是"开了眼界"。其实，百家米也好，百家衣也罢，都是人们对美好生活的一种寄托。"民以食为天"，这看似寻常的米，却蕴含着种种滋味。而吃百家米所煮的饭，也许更多的是在咀嚼人世间的悲与欢吧！人们对美好生活的向往，自古及今，一直未变。

清明会

今年的清明节，亲戚们聚在一起，先扫墓，然后到我家吃饭。嫂子跑了趟娘家，最后赶来的。嫂子是大姑妈的大儿媳，大嗓门的她远远就嚷嚷着："等我等我，清明饭我也要来赶饭！"

"清明饭？"我满是疑惑。

"是哇，给嘎嘎磕头了，她老人家说叫我过来赶饭（已开餐的饭局，临时赶去）。"众人大笑。

"嘎嘎"是我们乡里话，外婆的意思。嫂子刚刚给她的外婆，也就是我奶奶磕完头，就打电话过来告诉我，已逝的奶奶隔空告诉她，我家里已准备好晚餐，要她直接来吃。纯属笑话，一家人自娱自乐也！

说到清明祭扫，有些地方是不允许外嫁的女儿及子孙参加的，至少是不能在正头老板（已逝者的儿子）的前面，说是会扫走福气。比如，我们就不能到我外公坟前祭扫，倘若要去，也要等两个舅舅都去过之后。大姑妈一家全都在本村，相当于就住隔壁，我们没兴这讲究，加上每年父亲和叔叔扫墓都很早，更不存在什么冲突，能不忘老祖宗，每年去看上几回，是父亲最高兴的事，没多少文化的他坚定地认为：这就是传承。

"清明饭没听说过？还有清明会呢！你就更没听说过啦！"小姑父笑着。

"清明会？"我满头雾水。

"是啊！那是我们小时候最热闹的事，场面好盛大的咧……"父亲开始了他的"闪经"模式。"闪经"也是我们当地的说法，说故事的意思。趣事一个爱说，一个爱听，甚好！

父亲说："清明会是宗族里的最高权威组织，每年这天，有威望的一些族人就会自发组织这个会，热闹程度不亚于春节。借这个节日把大伙儿聚拢，在祭奠和缅怀先人们的同时，搭台唱戏，吃围桌饭，有时还会表扬那些对家族或社会有贡献的族人，增强家族荣誉感和凝聚力。"

"还有这回事？"对未知领域，我总充满着好奇，讨好式地赶紧为父亲递上杯茶，搬来凳子坐在其身旁："您快说说怎么个热闹法？"

每当这个时候，父亲会习惯性地咳嗽一声，跷起二郎腿，抿上一小口茶，不急不慢地放下泡有很多茶叶的杯子，黑瘦的脸上露出得意的笑容。整套"仪式"动作做完后才开口。

"那个时候都有祠堂，比如我们刘氏的祠堂，就叫刘家祠堂。清明祭祖之时，男女老少能到的人都会从四面八方赶到，队伍浩浩荡荡，但是有一项规定，出嫁的女儿能参加，女婿不允许参加。为头的几个人一般都比较有威望，条件也较优越，会先垫资将会组织起来，然后由全族人集资，按现在讲法就是 AA 制，不会规定金额多少，多有多出，少有少出，一律自愿。用餐时会有大几十桌，场面那叫一个气派！大家边吃边聊，把酒言欢，其乐融融。在吃饭的同时，还会搭台唱戏，露天场合的表演，有味得很！"美妙的时光里，总是让人深陷温柔之中。父亲脸上泛着光，时光仿佛回到了从前……

"打架的时候你看到过没？"比父亲略大几岁的姑父插话问了一句。

"怎么不打呢，中湖不就打了一场恶架嘛！"中湖，是离我们不远的一个村，多数户头姓羿。与我们村不一样的是，那个村姓羿的有两处祠堂，分有大小。话说大羿家祠堂先举办清明会，唱了三天的戏，小羿家祠堂后举办，唱了四天，大羿可不依了，集合男丁跑来闹事讨说法，小羿家的男丁也不是吃素的，光脚的不怕穿鞋的，农村的方式简单明了，结果就是直接干上了……

清明鸟叫声、热情的招呼声、卖香烟瓜子的叫卖声、动听的荆河戏唱腔，好似远古的音符，飘荡在清澈的天空。祠堂里香火旺盛，人声鼎沸，草坪上人头攒动，摩肩接踵，台上演员，台下戏迷，一个如痴如醉地唱，一个聚精会神地听，人间有戏，戏里戏外，我脑海里闪现出的这幅市井图想必是带着情怀的！如此盛大而多情的节日里，庄严而神圣的仪式让大地流光溢彩。老人们每年敬奉祠堂的烟火气，在我心里愈发神圣。

人是需要仪式来确定自己身份定位的动物。父亲也不记得从什么时候起，他们那代的仪式没有了。在我这辈，我只知道清明节是祭祀先人的日子，慎终追远，孝悌当先，是思想交融、家道传承的重要节点。父亲带着我跪在祖宗坟前，焚香祝祷，感谢父母生养之恩，追思祖宗泽被后人之德。父亲是个老传统，将早几年续的族谱看得尤为重要，一直珍藏在箱底，说到激动处，他将厚重的族谱翻出来，向后辈展示着谱上的脉络。我分不清父亲碎碎念的讲述是在为我分享他的幼时经历，还是希望我能领会他的意思，将家族风尚代代传承？自从我们认为我们已经长大，走出农村以后，农村的那些代代传承的古老传统便逐渐被人抛弃。父亲不知道，即使他未曾离开家乡，清明会也已成为他的一种乡愁，其所包含的意义超越了时空，成为一种不可磨灭的文化符号，成为他永恒的记忆。

送灯亮

一到大年三十，千家万户张灯结彩，共迎新年的到来。这一天对于每位中国人而言，都有着很特殊的意义，游子无论再远，也要赶回与家人团聚。各地更是流传着许多民俗，如吃年夜饭、守岁、放爆竹等。在我们这还有一种习俗，每个家庭都会照做的，那便是送灯亮，简称"送灯"。今年的除夕为腊月二十九，一些原本大年三十的必办事宜也就都提前到这一天，包括送灯。

送灯的含义，一般指送希望，灯代表光明，寓意前途一片光明。生日礼物送灯意思就是照亮你的前程，另还有"关心、温暖"的意思。我这里所提及的"送灯"，是在大年三十晚上，待天即将黑的时候，长辈带着晚辈给祖上送灯，让逝去的人在这隆重的节日里也能感受到亲人的问候及温暖。湖南湖北等地一直都有这一风俗，具体就是在自己逝去亲人的坟上，拿着蜡烛、纸钱及鞭炮去为亡人上坟。

早年经济没这般发达时，送灯用的是油灯，怕被风吹灭了，所以要用皮纸糊成灯笼。现今人们早已不再送油灯，通常是使用蜡烛，有些家庭会使用电子灯。时间也没那么固定了，不会等到晚上，团年饭后，人们就会第一时间前往，远处的开车，近处的就徒步过去。这种风俗应该不算是什么封建思想，属于祭祀祖先的一种方式，表达着人们对逝去亲人的思念。对于活着的人而言，也算是一种心灵寄托。

关于送灯习俗，由来已久。民间流传着这样一个故事：传说元朝末年的时候，朱元璋的母亲到光山乞讨，由于饥饿又身染重病，就病死在路旁，被当地百姓埋在光山天赐城一带。后来朱元璋做了皇帝，便派人到光山祭奠母亲，可是山上有很多坟茔，派来的人一时不能确定哪座坟茔才是皇帝母亲的。朱元璋感念光山人对自己母亲的善行，就让人给整座山上的坟茔前都点上蜡烛。一时间，山上山下灯火通明，煞是壮观。后人学习朱元璋的做法，直至今日每到这天，仍会到亲人坟前送灯。

我的家乡澧南镇离澧州城不远，城区公墓以及澧南镇祖祖辈辈先人们的坟茔，都在这里。傍山而卧的小土堆朴素安静，连绵望不着边际。听说下面埋葬的先人会保佑澧水两岸的子孙。因送灯亮的人多，每年这个时候，交警会加岗指挥交通，以免出现交通堵塞。三十晚上漫山遍野点点烛光，乡镇干部则必须要在镇里二十四小时值守，以防火灾。大家各司其职，守护一方安宁。

其实，大年三十送灯亮并不是简单的烧个香磕个头这么简单，是比较讲究的。有些地方不但要给祖坟送灯，而且每家每户要将灯开到天明。人们常说：女同志不送灯。这个说法比较片面，完整解释是：出嫁的姑娘不允许送娘家的灯，只有娘家人无人送灯后，才由嫁出去的姑娘代送。所以娘家人最忌讳嫁出去的姑娘给娘家送灯，据说会让娘家人丁不兴旺。也就有了"女不观娘家灯"之说。但媳妇可以送灯，因为她已是婆家的人。尚未出嫁的姑娘可以送灯。

我家的这些传统事宜，一直是父亲带头操办，而且要带上所有家庭成员。他爱热闹，且一副无事不知无事不晓的样子。不太年迈时就已喜欢唠唠叨叨，或许是想让孩子们从小耳濡目染，让我这辈人潜移默化记下些规矩。奶奶坟头离家没多远，我们基本是吃完团年饭后的下午两点左右开始，父亲、叔叔、姑父带上各自的孩子们，前后十多个人的家族队伍徒步过去。

说到这里，我记得一个细节：父亲把鞭炮够不够响看得蛮重，说是春雷闪不闪光，与祖宗远近，保佑程度大小，尤其是对后人发展都有很大联系。所以鞭炮的数量与质量，父亲会一一把关。上坟账是体现心意，亲兄弟都得明算账，分得很清楚，各自买鞭炮，不能谁包干，谁请客，即使买单时谁先付款了，其他人也都会给钱，不推诿的。现如今提倡安全环保，禁止燃放烟花爆竹，商家们也灵泛，立马用新鲜菊花取而代之。

一路上会碰到许多很久以前的老邻居，很多都是定居在外地，或者因各自在不同地方发展而久未谋面，母亲与大家客套着，倘若不是送灯亮不便停留，或许要拉着手说上好一阵子话。走到奶奶坟前，父亲会提醒我们烧香跪拜时得严肃点。父亲是长子，一般由他开头。奶奶长眠的坟堆上的杂草每年都会被父亲和叔叔清理掉，继而再添把土，比没人打理的坟茔显得干净许多。较低的一侧立有石碑，石碑是前些年父亲、叔叔、姑妈们一起定制的，"养育恩深似东海，哺乳情重比南山"的金色字样赫赫醒目，一米多高的石碑上还刻录着奶奶所有后辈的名字，以小家庭为单位，足有几十号人。父亲会弯腰蹲在石碑前，取上一炷香（三根）、两根蜡，避开风头点燃，然后烧纸钱。烧纸钱父亲也要把关，一次不能太厚，而且要折一下，再一叠一叠加烧，也不许用棍子拨乱，否则奶奶可能就收不到了。每次见到父亲凝视着盘旋而上的黑色烟灰慈祥的模样时，众人都会很安静，似乎感受到奶奶就在身边，也在亲切地望着我们。

纸钱燃尽后，大家纷纷围着坟茔磕头，且每个人都喃喃自语。依然是父亲开头：给祖宗们拜年啦！随后就是简述我们的生活状况，我们怎么样啦，有点像工作场合的"述职"报告。随后母亲会说：请祖宗保佑大家清吉！保佑孙孙学习进步，考个好大学……叔叔婶婶也会有些类似的祈祷。年幼时，从没弄懂过为什么每个人都有那么多话要说，而且说辞都不一样，又大致一样。

在此之前，放鞭炮也是送灯时的一大重点。小时候比较害怕坟堆，哪怕是成人后面对奶奶的离世，每次去坟前磕头也纯属出于礼貌，不会逗留太久，但父亲和叔叔则不同。他俩会娴熟地拔掉杂草，提着一大盘鞭炮直接站在坟堆上，扯出一头用劲甩开，使其尽量摊开，然后把鞭炮围着坟堆一圈圈绕，将后人各自买的也连在一起点燃，兄弟二人会认真地倾听鞭炮声响。鞭炮多则放的时间会长一些，我知道，爱面子的父亲定是企盼让周边听着的人说这是谁谁谁的坟，放好大的鞭炮。弟弟从没觉得害怕过，一股脑地大声说："伯伯多放点，多放点，把奶奶炸醒了就好啦！"一阵热闹后，坟堆被炮屑铺满，留下后人祭拜的痕迹……

现在一切从简，烧香、点灯、磕头等一系列程序后，送灯过程基本结束。静观几分钟，见一切正常，送灯人就会启程回家。父母还会忙碌地赶往土地庙祭拜。目前为止，我还没有担起这些家庭事项，尚不知这土地里到底深藏着一种什么力量，我常在想：究竟是一种什么力量在我们周围？人们对这些习俗出奇地认同，应该是生活状态的一致体现，有些骨子里的东西，我还真是道不清！

右岸小叙

澧水以南，就是右岸。我算得上是个地地道道的澧南人，可惜没成什么气候。我也有浓浓的乡愁，我时常将自己调侃为澧水右岸农民代表，毕竟一直坚持没有将户口迁走，在外十几年后，依旧坚持要回澧，也算担得起这个称谓。也因此想以澧水南岸"农民代表"身份，扯扯澧水话题，唠唠家乡！

真正回想起来，从儿时到现在，很清晰的记忆简直是屈指可数！我们那个年代，没有电脑和综艺，虽然贫穷，但是生活却是兴高采烈的、无忧无虑的，现在回忆起来，真是甜蜜！"80后"的首批独宝们应该都是从"虫儿飞，飞到嘎嘎提""包饺子包饺子捏捏捏"开始的吧！澧水河有如年迈的老母亲，年年岁岁守护着南北两岸的子女，哺育抚养了一代又一代澧水人。我的出生地刘家河（因刘姓较多，又在澧水河边，故称刘家河），是我认为除澧县外最好的地方。这里学校、医院、银行、茶馆、供销社等一应俱全，也是澧水河南北两岸的必经通道。所有河南边的人去县城都必须走我们这里经过，城里人倘若要来澧南也必须走这里，很是繁华热闹。那个时候，家家户户房屋前面是水泥大坪，后面是篱笆筑院。骨瘦如柴的我们，串门都是穿过带刺的篱洞，不走正门。最开怀的莫过夏天的饭点了。每到傍晚，炊烟袅袅，大家会不约而同地摆上方桌，备上三两小菜。男人们就着几粒兰花豆、一碟凉拌干子加耳皮，聚在一起喝点小酒，侃侃大山，颇有点"煮酒论英雄"的感觉。女人们边吃边聊，不需要用扩音大喇叭，她们不时笑声连天，那热烈的气氛，一点不输男人们。孩子们老练地端着碗从村东头串到村西头，沙包、皮筋、啤酒盖、弹珠子，摸爬滚打。天黑时到家，人没掉碗掉了，不过弹珠子倒是装满了所有口袋，隔天到学校，谁听话就奖赏谁！不过问题也来了，那会儿布料质量可能差些，膝盖和脚尖总是会磨破。周末的白天，澧水河畔就是我们的娱乐场所，只要不下水，我们可以尽情玩耍。岸边每天停放着许多修补油漆的船只，农村孩子倒是挺活泼和机灵，我们打着赤脚在鹅卵石缝隙里扒废弃的铁钩。带着条件优越点的城里娃娃，像东道主似的，用拾废铁变卖的钱买点零食款待客人。拖上家里的锅灶，齐心协力搬到澧水河中心的洲上，扯野葱，模仿大人做饭，还美其名曰感受生活，响应号召"自己动手，丰衣足食"。现在想起来也不知道饭煮熟没，只依稀记得好像还蛮香！身上被太阳晒破了皮，如今已是两个孩子妈的璇子，可还保留有这段记忆？

说到读书，我们就读的刘市完小是整个澧南最好的学校，那个时代称为兴隆小学，红色的砖瓦楼房在当时很是气派和神圣。学校就在我家隔壁，自认为这是自己地盘，熟得很，在教室里就像在家一样随意。记得二年级时，看见男同学爬窗，我也跟着一起爬，因此第一次挨了老师打，而且是站在讲台上被打屁股打腿。老师一边打，嘴里还念道："叫你爬，叫你个女孩子爬窗户……"老师姓龚，高挑美丽，皮肤白净，家住县城。当时想着："给我等着，长大后……"（大致是要"报仇"的意思）。可惜通信不发达的年代，分开便再无法相见。时隔二十年，一次聚餐聊天中，无意间得知这"失散"多年的龚老师竟是我们文联主席的亲妹妹，儿时的趣事念出来，乐了众人，却再也不敢提"雪恨"了……

我是个喜欢到处跑的人，独自一个人跑得最远的地方就是外婆家道河（当时喊打岩场），一辆单车一架就闪人了，可以形容成跑灶门，喜欢骑车的缘故是不是从那时候开始的？澧南的兴隆一带因为是流沙土质，是没有稻田的，一到道河那边，走在

田野间闻着稻谷的清香，看着大人们插秧、收谷，我们就自己招呼自己。"山里"的游戏仿佛比我们"平原"地区的游戏更多。茶水泡饭吃饱喝足后，表哥表弟们（重点申明：我乃众宠）找来很长的竹篙去打板栗，我们分工合作，摇的摇，打的打，捡的捡，小家伙们倒也折腾些个来，我是不敢碰满身是刺的板栗，都是他们用脚踩后剥开给我吃，真是甜！孩子们的新鲜感总是不能保持太久，玩腻的我们又找到高高的草堆，站上去学电影里的情节从上往下跳。那时睡在草堆里都不痒，现在手碰碰稻谷都怕灰，是人变了吗？还是那个时候从上往下跳就特别好玩？闲着又砍许多手指粗的竹子做竹筏，然而按照书本上的方法做出的竹筏并没有承载我们几个老表，水上漂没有上演成功，而是被水冲散得无影无踪……我们最值得表扬的是精力旺盛。水上乘筏失败后又转为水里摸螃蟹，只要是男孩子都有过此经历吧，那个时候男女一起下水真不足为奇……咦，我孩提时代怎么是这么过来的？直到1998年洪灾搬迁，儿时无拘无束的生活匆匆结束。移民建镇后大家都各忙各的，大人们也几乎不再种地，上班的上班，孩子们也长大了，外读的外读，田野乡下似乎与我们不再搭边，澧水右岸的人们顺理成章地过上了貌似城里人的新农村生活。关于双龙回龙两条懒龙……还是去年回澧后道听途说……

家在澧南

成长过程中，无意间听到故乡这个词。故乡是什么？年少时天天想离开，年纪大了天天想回来的地方。背上行囊看足世间的美景，那种走过天涯海角都不能相忘的情，让漂泊多年的我，回到自己的故乡——澧南。

——题记

澧南垸史

懂事后的我，知道了澧南垸，这是洞庭湖区一个有近三万人口和三万亩耕地的独立垸子。

据史料记载，在1949年以前的八十七年中，堤垸平均每三年溃决一次，解放初期的1950和1954年各溃决一次。

1998年，我十二岁，正是懵懵懂懂的年纪。就是这年，保持牢固平稳四十三年之久的澧南大堤溃决了。

父辈们也从未见到过如此凶猛无情的洪水，富饶安稳的澧南垸瞬间被夷为平地，消失在一片茫茫泽国之中。从此，这里就改作蓄洪垸，数万群众被"移民建镇"迁上山冈。

为了记录澧南垸历史，澧南镇党委、政府修立了一部《澧南垸志》。有幸从垸志中取得两份史料，应算是重温历史吧！1966年7月那份，是澧南公社编写的《澧南垸垸史》。垸史的语言非常朴实，史料也非常翔实，记录了新中国成立前多灾多难的澧南垸和新中国成立后的澧南垸。

细读后方知垸子是从1722年开始建上垸，后在1732年、

1836年分别建立了中下垸，1842年才合并为十里坪垸。

那时流传着："养女不嫁十里坪，半田半地磨死人；天干三日苗枯黄，落雨三日水汪洋；三个年头二年荒，肩挑箩筐奔他乡。"在黑暗的旧社会，澧南人民遭受着自然灾害、苛捐杂税、日本帝国主义侵略、没有文化等苦，过着牛马不如的生活。

新中国成立后，在党和毛主席的英明领导下，制度大改变、水利大修复、农田大建设、粮食大增产等，百姓翻了身，十里坪的顺口溜也改为"澧南是个好地方，既产棉花又产粮。旱涝保收收成好，生产生活有保障。"学校由原来的四所增加到十四所，还有农中一所，学龄儿童百分之九十八以上都入了学。早些天在乡下收集旧石磨时，父亲还与叔辈们叹道：我们小时候学校教室阁楼雕花精美无比，学校大礼堂热闹非凡，如果没有拆除，那里的"宝贝"可多着呢，随便一砖一瓦、一木一钉都堪称艺术品……从父亲那段抹不去的记忆里，我仿佛听到莘莘学子的琅琅读书声……

另一份《火热的岁月》，是一批二十世纪六十年代末至八十年代初曾在澧南公社工作过的老同志对那段火热岁月的回忆。

在这本书里，我看到关于隋代松州故城遗址的文字记录，这座消失的城，道听途说很多次，它已历经一千四百多个春秋，至今犹存残迹。肃敬之情油然而生。

据老同志整理出的资料得知：澧南筑堤建垸的历史不到三百年。澧南垸最大的特点就是垸情险恶。因夹于澧、道二水之间，三面环水，一到汛期两水高悬地面防不胜防。

我印象里，村口的高音喇叭通知一下，全村使得上劲的男人们就会裤腿高卷，拿起扁担和空扁平篓子齐奔大堤，一边交代家中女人照顾好老小，一边说是去"防汛"。现在知道这就是防汛。

只要汛期一到，任凭大雨滂沱，大家都会投身于抗洪抢险的战斗中。百姓们就是用这样的方式齐心协力谱写着一曲曲保垸子、保家园的动人之歌。

刘家河码头

走到刘家河码头，时光回到童年。二十世纪九十年代末，生我养我的这地儿是这片土地上最繁华的"城"，也是我儿时眼里的全世界。

父亲以开船为生，我所熟悉的河码头正是从澧南去县城的唯一通道，分别设有客船和货船通行港口，车辆、人群川流不息。我的童年几乎是在这清澈的澧水河畔、成片的鹅卵石上度过的。每当船靠岸的时候，码头上油布棚式样的三轮出租车发动声、甘蔗小摊主叫卖的吆喝声、自行车铃铛的叮叮声，热热闹闹响成一片。充满魔力的声音伴随了太多人的岁月，着实令人着迷。

出了码头是热闹繁华的刘家河大街。街北边红色墙面的供销社高楼里，商品琳琅满目，售货员漂亮热情，以至于二十多年过去了，我依旧能一眼认出卖学习用品的那个姐姐！每回即使不买任何东西，在里头空手溜达上两圈，只有柜台高的我们隔着玻璃瞧瞧那些商品都觉得过瘾。顺着坡道往中间走，是刘家河大街的中心地段，卫生院、邮局、茶馆都坐落在此，穿梭于此的人络绎不绝。沿街门面前一字排开摆放着菜农每天售卖的各种蔬菜瓜果，谁家要是来个舅舅、姨姨、老表啥的，大人们就会出来买些美味佳肴回家。主街两侧分别为东街和西街，同龄的娃们每天都会从东街头串至西街尾，从这村串至那村，那时的孩子们或许没曾想到长大后会离开村子去向那远方吧！街道尽头是通往道河的黄土公路，供汽车行驶。道路两边则是自然散落着的碎石、沿路的沟渠以及一望无垠的稻田。没骑自行车的情况下，我就经常坐码头上的三轮车，一路颠簸去外婆家，感觉那时的马路好宽好宽呀！现重踏上，大道已如屋旁走廊般狭窄，是眼界开阔了吧！那

　　所熟悉的河码头正是从澧南去县城的唯一通道，分别设有客船和货船通行港口，车辆、人群川流不息。我的童年几乎是在这清澈的澧水河畔、成片的鹅卵石上度过的……码头上油布棚式样的三轮出租车发动声、甘蔗小摊主叫卖的吆喝声、自行车铃铛的叮叮声，热热闹闹响成一片。

　　　　　　　　　　　　　　　　　——《家在澧南·刘家河码头》

唯一一届初中三年换了三所学校就读的学生已长大，待我们回忆这些点点滴滴，对我们的子女谈起时，眼里是否会饱含泪珠？

记忆中的道水

漫步在小河河堤上，极目远眺，弯弯的河流，静静的山冈，没有都市的喧嚣繁华，也没有大江大河惊天动地的宏伟气魄，但却自有一股恬淡的风韵，河水看起来似乎永远都那样清澈、波澜不惊，碧玉一般温润、天然。

这就是外婆家门口的小河——道水，这条山中小河在澧县地区再普通不过，名不见经传，甚至于没有文人墨客歌咏过它。它发源于山，流走于山，百余公里的道水像一条飘逸的玉带，源出慈利县五雷山麓，自西向东流过外婆家门口，由道河口注入澧水。河面大约六七米宽。河两岸，一边是广阔的平原，一年四季种满庄稼；另一边住着人家。外婆居住的村子里的人们，如鸟儿一样，自筑巢垒，他们傍水建房，房屋周围都长满了竹子，栽种了各种果树，还辟有篱笆围的菜园，这里开门见河，恬静宜人。春日里，划小船穿行在"绿色长廊"，一派清新云水花木间，颇有"武陵渔人入桃源"之感。

道水穿行在秀丽的群山之间，温润婉媚，如小家碧玉一般，惹人爱怜，不像我熟悉的澧水河，粗犷豪放，有一股男子的气息。

道水如今已没有航道。据说往昔这里也曾云帆高张、渔舟点点，呈现一幅绝美的山水画卷。但这一切已经消失，我小的时候也不曾看见过那盛景。

可道水虽小，她那清纯的河水却滋润着一代又一代的人。

盛夏，河水清澈见底，每天清晨，蒙蒙水汽悄悄退去，透过河面，河里的水草、游鱼、螺蚌都一目了然。孩子们喜欢聚集在一起，去水中热闹一场，他们戏水消暑，扑通！扑通！完全不知道惧怕，一个接着一个，下饺子一样跳入清凌凌的河水，溅起巨大的雪白水花。他们在水里你追我赶，大声喧哗，尽情展示着水性，摸着鱼虾。

河水是全村的饮用水源，干活口渴了，随手捧起喝上几口，绝对安全。河岸边，一大早上拎水、淘米、洗菜的人更是络绎不绝。

河面上，建有一米宽的水泥桥，用来方便人们到河对岸劳作。每年秋天，大人们挑着一担担稻谷，"吱呀吱呀"的扁担声伴随他们跨过道水，喜形于色地往家运送劳动果实。我记得，挑运稻谷的过程中姨父还曾闹下个笑话。

那年头，流行女婿上门给岳母家干农活，姊妹多的家庭还会相互比较女婿们谁更舍得出力。记得我很小的时候，一到农忙父亲和姨父就会不约而同跑过来给外婆家帮忙，只因外婆有着一亩三分地。父亲一直忙于耕种，是干活的好手，来到外婆家自是插秧割谷样样会；姨父一直在工厂上班，几乎未下过田，所以对于农活一律束手无策，为了不当闲人，姨父主动承担起挑夫的工作。播种时挑秧苗，担子较轻，姨父还能应付过去，到丰收季节挑稻谷，沉甸甸的稻穗常常压得姨父直不起腰。从田里挑回外婆家途经道河时，因为有上下坡的缘故，姨父总要走三步停两步，歇上好几回。其中一次，姨父实在累得不行，便索性放下担子躺在河边的草地上休息，哪知这一休息竟然睡着了。待外婆从田里回家准备做饭时，发现他躺在那里已经酣酣入睡，这才叫醒了他。一说起这个，家人们都笑话他故意偷懒，姨父百口莫辩，以至于到今天大家一聚会都还在讲述这件事。

如今，孩子们已长大，从道水温暖的怀抱里登舟，踏上人生的旅途。外婆、舅舅、姨父这辈的人也随孩子们搬离山村进了城，过上了不一样的生活。清流潺潺间，生命源泉沧桑变迁滚滚东去，山村也变得寂静，唯有这道水，在成就一方水土，养育一方百姓的同时，继续演绎着灿烂的四季。

道水四季常流，翡翠般的溪水依然清冽可口，河底的沙石、鱼草依然清晰可辨，葱绿的水藻依然铺满河床，艳阳闪耀下，隐约透出神秘的碧辉。

我不禁想起了那句古语："上善若水。"

第二辑

寻常世间共清欢：小驻流光

春联故事

　　转眼之间，一年又将结束。春节在即，年味却渐渐不如儿时浓厚。以前，我曾写过置办年货的文章，想一想，春节前后那曾经的热闹氛围，究竟是由一些什么元素凑成的呢？就目之所及最让人耳目一新的，恐怕是贴在家家户户门两边的春联了。

　　去年疫情防控期间，因工作关系春节需值守，放假时已是正月初八，年轻人已出门或是上班，过了最热闹的时段。我这个年龄段的人跟着大人走亲戚有点尴尬，留在家中又很是无聊，小芳建议我可以自己找找乐子，比如趁此了解一下春联文化，说是里面蕴藏着许多故事，琢磨对联是件很有趣的事情！她是喜欢钻研的人，碰到一个感兴趣的点，会琢磨通透，我与她乃两路人，也就是说她感兴趣的对联，我完全不通，况且我也不是文化人，文学功底较薄，对联方面的知识以前压根儿没有。

　　今年临近过年，县书协组织一批书法老师及书法爱好者为老百姓写春联送温暖，先后到过一些镇街，这类不用说话只是搭把手的事我倒也乐意。偏巧周末风雪交加，寒气凛冽，一向安静的津市灵泉休闲广场却因众人到来而变得热闹起来。在这里，真是"风景这边独好"。弯弯的小河因冬日水枯不再喧哗，依偎在小河两侧的除了依旧葱绿的树木外，还有一排排透着艺术气息的小木屋，屋子因主人的装修品位不同各有千秋。因今天有客人，木屋里的灯笼都不约而同地点亮了，很有节日的气氛。集结的诸多书画家们在古香古色且烧有柴火的小屋里说笑着："新年纳余庆，嘉节号长春。这是天下第一副对联！"

　　"人间喜庆康平世，虎岁承欢祥泰春。横批：瑞虎迎春。"

众人你一言我一语，你挥毫我泼墨，才华横溢的大家兴趣盎然，留下一副副佳作，遒劲的笔力，把对新年的希望和期盼，全部概括到了红红的纸上。高谈阔论间已能让人感受到年味了。

只有贴了春联才像过年的样子。以前住农村老房子时，家里各个门上都会贴上春联，有学生的家庭一般是学生自己写，不会写的就会请村上字写得好的老人写，老人们嘴上说着"我哪会写什么啊，你若看得上，我就勉为其难了"，心里可是乐坏了，大家喜欢这样互相帮忙，也根本不计回报。不知从什么时候起，印刷的春联在市场上流行起来，买副春联似乎成了迎新纳福的象征，代表这家这年日子肯定红火，越殷实的家庭买的春联越大，春联的内容也是相当霸气，但通俗易懂，从祖国蒸蒸日上繁荣富强，到各行各业繁荣昌盛，什么都有。以至于乡下原来写春联的老人们无人求，无事做了，相互祝福新年快乐时也会自嘲说"老喽老喽"！

小木屋的对联写完后，琴房主人李老师准备就着今天的日子直接将对联贴好。这群艺术家们早已习惯什么都自己动手，就地取材，取出家里存放的灰面，掺点水，在小炉上按顺时针方向慢慢搅拌，待灰面水开始变得浓稠，并冒出气泡时就熬得差不多了，我们称之为糨糊。取一把小刷，将糨糊抹在对联反面，沿着边缘涂抹均匀，一人贴众人指导调整上下左右，最后才成功贴上。

贴春联是有讲究的，其学问不会比写春联少。对联的贴法众所周知，一般是贴在大门两旁。但左右顺序，并不是所有的人都懂，有些人偏偏会贴错。屋里又是一阵讨论声。

昌老师笑着说："贴对联图个吉利喜气，即使贴错了，一般也没人会提示。上联下联怎么区分，我们有几个人真正搞得明白呢！"

向来严谨的陈主席立马回应："古时候的对联因为是从右向

左书写，所以上联在门右边。现在由于书写习惯从左向右，所以也有把上联贴在门左边的。许多对联，有的横批明明是从右向左书写，上联却贴到左边，有的横批是从左向右书写，上联又贴到右边，还有的对联没有平仄。对联的博大精深之处，就是因为对联本身的原则和规律。所以贴对联时这个上联和下联不能贴错。"

爱好画画的曾老师也凑上来发表见解："贴春联要看横批的书写，如果横批是从右向左书写，上联就应该贴在右边，反之上联则贴在左边。通过平仄判断上、下联之后，将上联贴在横批首字一方。如横批为'风调雨顺'（左起），上联就应贴在左边；横批为'门临福五'（右起），上联就要贴在右边。"

小时候我曾听老人们说过，如果你一不小心将上联和下联贴错了，那么你极有可能在新的一年里容易做错事，容易与人发生争执，甚至家庭内部矛盾口舌不断，类似"贴错门神"的意思。我倒不信老人的这些讲法。嘻哈惯了的田主席也回应道："对联除了对仗等要求外，一般应上仄下平，就是上联收尾的字要用个仄声的字，相当于现代汉语的三声或四声，下联的收尾字一般是平声，相当于现代汉语的一声或二声。从音韵学角度说，这样读起来有抑有扬，悦耳动听。既然是传统文化，咱们可不能将错就错。许多对联上下联有个因果关系，念反了就不通了。"弄懂对联的正确贴法，的确能避免闹笑话，这点我记住了。

眼前这些中年男子们"七嘴八舌"的样子，着实有些孩子模样，想必是从小开始贴对联，贴着贴着，童年贴到少年，少年贴到了中年，这春联的写法与贴法，想必也会传教给他们的儿子孙子吧！

活动结束回来时，车子驶过美丽的幸福屋场，路边一小块油菜花比其他花儿先来报了到，不太高的油菜梗上争先恐后地开着黄色小花，随风摇晃，一片涌动的金黄，让人心生欢喜。我知道，是春天来了！

做 头

"做头"一词，我印象里是上海女人理发的说法，今天咱说说大澧州的"做头"。

问：什么时候发现快过年了？

答：从我妈准备烫头开始！

2021年的2月，是个充满期待的月份！盼望着，盼望着，终于快要过年了！趁着晴空万里，家庭主妇们洗窗帘、买年货、大扫除……忙得不亦乐乎。当然还有最重要的一项——烫头！

在"过年烫头"这件事上，妈妈们都能保持高度一致！无论南方北方的大街小巷，你总会看到那种只因过年而存在的发型——"阿姨过年专用发型"小波浪卷头。

一早电话问候老妈，只听她嗫瑟地说："你婶儿特意给我留的早上第一个位子。再不烫头，都要过年了！"电话这头的我送上祝福："您好好享受！"

过年不烫头能叫过年吗?!带着这样的决心，趁着休息的空当，我冲进了理发店。这时节理发店里人山人海，各种洗、吹、烫，似乎哪个环节都要排队。恍然发现，我与这些早已脱轨，时尚于我已不搭边。

女人们天生爱美。就发型而言，从我知晓的二十世纪五十年代姑妈齐耳短发，右上角用头绳束一小撮头发开始，到二十世纪六七十年代母辈年轻时流行的清一色的短发波浪，再到二十世纪七八十年代的清纯拉直秀发，又到二十世纪九十年代的板寸、非主流、各种款式的大波小波中波、玉米烫、这样那样烫，接着"00后"的各种看不懂的彩色和劲爆发型，最后又还原到什么微卷、自然美……似乎女人们的发型完美呈现着一个国家的经济发展和国民精神的状态。时尚这东西，经历几个年代绕一圈后又开始循环，似乎诠释着流行终究回转，生活终究返璞归真的道理。

有人曾说，女人这一生总在头发上花费心思，是因为那三千青丝间萦绕着女人的情思。每一种发型都似乎有女人的一段爱情观，藏着隐隐的情丝。头发上的细微变化，反映着女人内心的最隐秘变化，过年为了新气象更换除外。

大多数女同胞们恋爱之前，通常会把头发整整齐齐地扎个短辫，额前鬓角梳得一丝不乱，干净利落。恋爱后，女孩想有女人的味道，会把头发放下来，剪个刘海，或者慢慢地等头发长长一点，再长一点。是不是能让女人把头发放下来的男人，通常也能让她把心奉上来？恋着恋着，女人的直发会慢慢变成波浪卷发……

经历过失恋的女人，似乎会彻底想开。发型开始求新求怪，甚至会把之前留了多年的长发剪成短寸。就像梁咏琪的《短发》："我已剪短我的发，剪断了牵挂……"她们告别上一段感情，肆意张扬着自己的个性，与过去挥手再见，从头再来。

一个发型代表着一个年代，记载着一段岁月。初走向社会，还不懂走路规矩，连蹦带跳甚至飞，较男性化留着板寸粗线条的我，有幸交上两个铁杆闺蜜。芳很注意生活细节，两天去一次理发店，头发吹得笔直笔直的，穿着淑女装拎着小包，高跟鞋优雅地踩着，看一次羡慕一次。荣则烫了三层，在我印象里，只有一些明星才会这么烫。这是个集美貌与智慧于一体的女人，有着与邓丽君相似的容颜，很好的审美观，言谈举止温文尔雅，处事井然有序，很是吸引人。我们性格迥异、打扮完全不同的三人走到了一起，从华联旧址的麻辣烫、丁公桥上的迪厅，到我独自离开澧县创业，结婚生子各自忙碌，不知不觉已十五个春秋，发型自然也是换了一波又一波，唯一不变的或许是她俩大方且源源不断地给予独生子女的我那份超越亲情的情感，直到荣的离去。这是荣走后首次拿笔提及，每个人的生命都有她的归宿。没有任何征兆决然离去的荣，牵挂着我的每一个好与不好，见证着我的成长，可惜，再也看不到我的转变，纪念！

时光匆忙，我们每个人都有自己的铁杆，奔波于生命的长河里，那个一直挺你的人还在，何尝不是一种幸福。年底了，感恩身边不离不弃的你们：一起变美的同时，继续一起并肩前行，一起将生活打造得更美好！从"头"开始。

中西合璧学烹饪

我以为我永远不会进厨房，可如今却主动拿起锅铲，更没想到会一发不可收拾。一切源于网络，居然没踩雷，一举成功，感谢发达的网络和敢试吃的友人。

做菜可能和性格、习惯有关，我偏向于幼儿口味的美图系列，俗称不接地气、好看不实用类型，男士和大众不太喜欢。做给自己吃，我喜欢就好。

翻看网络资源，列好想吃的菜谱，对着步骤，用笔一一记录下所需的各类食材和作料。清晨手持菜单迈向菜场，早上食材会新鲜一些，这点我是知道的。拉上每天出入菜市场的姑妈帮忙挑选，一来选的原材料品质好，二来价格便宜。打算进军厨房领域，这是入门常识，学着。

我对自己主观想做的事异常兴奋，没有丁点厌烦，且全身心投入。大大小小各类果蔬进了家门后，一一清洗干净，愉悦程度类似于你也能听见我在哼着小调。小小的厨房仿佛不是被油烟味覆盖，而是被音乐符号填充着。

现在开始我的正式介绍，推荐我自己很满意的芥末虾球和刘氏花蛤吧！满意，当然是指口味妙、图片美，能达到优秀的标准。

食材方面，没必要浪费，尺度我倒是拿捏得死死的。先说虾球：买回半斤虾（三位女同志品尝足够），活蹦乱跳的那种，剥壳洗净。反复翻看网络上的讲解，按其做法加入料酒、蛋黄、盐、黑胡椒，抓匀裹上淀粉，油炸三分钟，颜色变黄立马捞起。点睛之笔是接下来需要搅拌的酱，我没有一模一样的蛋黄酱，就用了少许奶油酱和芥末酱代替，能提鲜解腻，想着绝对会喜欢。

抓匀后撒上白芝麻装盘。为了美观，摆盘后在盘子一侧放上点黄瓜丁，一个金钱橘，成品出炉。呈上桌时以为会令闺蜜们目瞪口呆，却令几双眼睛飘出了各种不可思议的眼神。

第二道刘氏花蛤与上述不同，属于炒菜系列，有酱醋盐的味道。买了二十元的花蛤，清水里加入几勺盐，浸泡两小时，这样清洗得会干净一些。当然，这个知识也是现学的。生焖三分钟，花蛤神奇般地炸开了，盛出沥干水分。铁锅烧热加上油、蒜片、干椒爆炒，为了颜色好看，我还将备好的新鲜青辣椒和红椒切成菱形，加入翻炒，倒几勺老抽，出锅。因为是海鲜，盛的容器我想讲究一些，挑选了底部有木制托盘的铅笔黑的菱形铁盆，装入上桌。热气散发在餐桌上方，我第一次明白，原来烟火气是这般出来的。

闺蜜青是个热心肠，主动献做可乐鸡翅。卷起袖子的瞬间，看着好像很厉害的样子，其实做起来也是掏出手机翻看网络上的步骤！鸡翅切个两面三刀，加入料酒、姜、葱，煮热去腥，待会儿两面再煎至金黄……我猜想，煎鸡翅应该是为了很好地突出鸡肉的原味，这道菜由她掌勺，口味已不是我需要操心的重点，我需考虑用哪个器皿装，摆成啥样……

四十分钟的手忙脚乱后，加入爸妈提前炸好的芝麻薯片，切上一份水果拼盘，饭后甜点干湿脆润搭配应该能体现到极致！餐桌陆续摆满，画家雅雅负责拍照。做菜一小时，拍照五分钟，开餐！

坐下的那一刻，我知道，今后定是饿不着肚子啦！也发现：柴米油盐酱醋茶是为生活，厨房之中亦有生活的乐趣。全身心日臻完美创造的美食除了口感好外，一定还有幸福感、满足感！

甜美诱惑

蒋勋曾说过："'吃'是人类认识美的一个最重要的开始!"作为爱吃且爱美女士中的一员，我对此话举双手赞成!

不知道男性怎么看待美食，就女人而言，"女人一般有两个胃，一个用来吃饭，一个用来吃甜点"。一边担心会胖，一边却难以抵挡甜点的诱惑，两点取舍，我会偏向后者，毕竟，美丽的唇除了吐露美丽的辞藻外，也需品尝美味的食物，譬如甜品，让人觉得甜甜蜜蜜的甜品。

我特爱吃甜品，什么甜的东西都喜欢吃，尤爱那种甜到心里的感觉，打小就是。当然，那个时候还没有"甜品"一词。小时候住在农村，没有超市，扎着羊角辫的黄毛丫头们，偶尔会捏上几毛钱，跑到村头的小卖部，踮起脚尖，黑亮的小眼神儿将柜台上的食物看个遍，我自然是其中一个。通常我会挑选玻璃坛子里的小娃娃饼，一毛钱十个，两毛钱能解饥馋，剩余的钱还能买泡泡糖，画有卡通图案的泡泡糖实在可爱，糖纸包成长条形，两侧扭成扇子状，是小孩都会忍不住买上两块。吃过饼干后，坐在村头那口堰塘旁的大石头上，咀嚼上一两口甜甜的泡泡糖，没有饼干那么细腻，是那种粗糙些的甜，真是愉快极了。这应该算是我印象中最早的"甜品"，那模样的泡泡糖如今已没有，娃娃饼还是有卖，超市里都能买到，尽管换了包装，但仍旧被老少喜爱，没牙的宝宝都能吃。讲到吃甜的食物，还闹过小笑话，大人们至今还随时翻出来乐呵：我的家中一般不会备零食，想吃甜的食品或零食时，也会用勺子偷着吃红糖（我们那会儿叫"节糖"，深褐色，一坨坨的），止咳糖浆也比较喜爱，现在的人听来可能会觉得这丫头爱好甜食真到了一定地步。长大些后发现，偷吃节糖的又何止我一个，所以我从没觉得害羞。

时光一下蹿到十五六岁，我没像别的学生一样正常念高中、大学，也就是说——我辍学了。那时正流行学手艺，至少能解决温饱问题，母亲想让我去学做糕点，认为这手艺绝不会饿到肚子。我深知自己好甜品，正是爱美年龄的我不敢给自己发胖的机会，所以坚决不肯。后来学了摄影，以为会干一辈子，不曾料到从事十几年后突然转型，人算不如天算，当然，这是题外话。

随着时代发展，我们日渐进入一个崇尚美、向往美、追求美的时代，在"吃"的问题上也不例外。从"吃饱"到"吃好"，从"好好吃"到"有品位地吃"，吃这件小事，日益受到人们的重视，无论田间地头还是高楼大厦，无论农家小炒还是星级酒店，美味点心、可口饭菜都已不再稀奇，各种好看又好吃的甜点更是层出不穷。心情好时，我会特意跑到甜品店，一口气点上三四个花样的甜品，一次吃个够；心情不好时，我也会一口气点上好几样，一口气吃完。吃甜品能让人心情变好。吃甜品的确可以有效治愈人心底的烦恼，这可不仅仅是心理学家说过的，也是我反反复复验证过的。

如今，已为人母的我生活逐渐安定下来，略微有些闲时，会想着做些美食，一来保持自己的少女心，二来想练得一手好厨艺，让儿子能吃上我亲自做的食物，加之前两次学着做菜的成功，让我更加有勇气挑战甜品。对一日三餐的讲究，能将这种美拉到生活层面，这何尝不是一种乐趣？我爱美食的诱惑，更爱成品出炉的效果图，小小的成就感溢满内心，让我的心灵也品尝到了精神的"甜品"。冬至望春之际，在琢磨许久之后，我开始着手制作自己爱吃的甜品。

若是谈到美学，视觉效果只是外在呈现，而人的"品味"才会决定一切。追索甜品的"品""味"之源，简单点来说，其实是在讲味觉的敏感、讲食材的搭配本身。制作甜品前，我一般会提前在网络上翻阅一些我感兴趣的美食图片，研究其做法，甚至会用纸记录下来，然后逐步操作。譬如上周，我想学一款网名叫作"草莓叠叠乐"的甜品，图片特别美观，做法超级简单，只需备好奥利奥饼干、酸奶、草莓三样食材即可，我兴奋地在楼下超市买齐，准备好干燥的刀和平板，将奥利奥划开，剥离出中间的奶油，然后用酒瓶将深褐色的奥利奥碾成粉末状，草莓洗净后切成丁。容器也是很讲究的，我选择的是高脚红酒杯，将酸奶倒置三分之一的位置，铺上一点点草莓，撒上一些奥利奥粉末，再倒入跟之前差不多分量的酸奶，继续铺上奥利奥粉末，撒上草莓丁，简单的甜品就完成啦！为了足够美观，要求最后插上一片薄荷叶，我自作主张，用一片小小的芹菜叶取而代之，再配上温婉的点心盘、精巧的酒具……餐具与食物的搭配，是通向品味的必经之路，巧妙的搭配能衬出美食的质感与色彩，一眼望去，就能让人心生美好，然后拍上美美的照片，将美丽定格，也许这就是我所谓的生活仪式感吧！因为好看，我们更愿意好好品尝，匆忙的我非常愿意坐下来，静静品尝这些亲手制作的美好甜点，让自己的心融化在甜美中，慢慢消磨掉难得的令人惬意而满足的美好时光。

艺术来源于生活。因为有美，制作甜点可以说是一门艺术，生活的每个细枝末节也堪称艺术。一羹一汤，一甜一咸，都值得我们认真对待。每一道甜品都会有一个故事，这些故事可以平庸，可以新颖，可随风飞逝，也可以刻骨铭心。制作甜品的过程，就是在制造一种幸福。哪怕有时候并没有我们想象中的那么甜蜜，也定会让我们获得平平淡淡的感动。

其实，生活中的每一天，只要我们用心去感受，都会处在美好的诗意之中，甜美的人生里，有时候连风都会是甜的，又叫人怎能不热爱呢！

爱运动的我们

　　每每别人投来羡慕的眼光，称赞"你们的生活方式才叫健康、快乐"时，"骐骥之行"的我们便会会心一笑，很是高兴。是的，这群年龄不小，心态尚幼的好动者们，拥有廉价新队服也会兴奋不已的"简单少年"，就是我今天所要讲述的"爱运动"的健将。

　　先说说"骐骥之行"的由来。因为有着相同爱好，我们彼此结识。由一人孤单晨跑，到三三两两地加入，扩展到现在十四人结群。成员性情各不相同，他们有的才华横溢，有的温柔善良，有的端庄大方，有的诙谐幽默，有的责任心强，还有的则有点懒惰。这些个单纯可爱的笑脸似乎没有历经过成人的烦恼，每天以饱满的状态对待生活，运动早已成为大家生活的一部分，并自行为群取名"骐骥"，用友人的话说，这是一群连运动都带文艺范儿的人。

　　生活需要仪式感，运动也是。跑步是运动的方式之一，这是一个享受的过程，贪婪地吮吸着清晨的空气，感受着露珠的生机。这群人喜欢感受跑步的过程，喜欢跑步时的大汗淋漓，喜欢自由而急促的呼吸，喜欢倾听耳边的啾啾鸟鸣，喜欢思想的天马行空，喜欢回首走过的路……每早，作为群主的我会于五点半准时叫大家起床。平时大伙各自监督，住一块儿的就邀约一起晨跑，没住一块儿的则在群里自晒运动里程。日子就这般和谐地过去三年。每过个把月，所有人会集中在一起跑个十来公里，快慢无所谓，但要全部参与，且一旦邀约，风雨无阻。记得去年一次约跑，路线为运达至黄桥，岂料早上突降暴雨，那时群内共十人，全部穿着雨衣按规定时间集合，一气呵成跑到目的地，细心能干的罗哥早已为我们煮上了热气腾腾的面条驱寒，那场面，每一个奔跑者都着实被团队感动，雨后歇息在罗哥的苗圃庄园，体会着鸟语花香的我们，快乐无比。春意盎然的四月，一群人奔跑到乡间的油菜花地里，尽情吸吮大地散发的气息，和风随着脚步飘往身后，每一个毛孔、每一根发梢都被新鲜空气温柔抚摸，那一刻的我们，无忧无虑！

每年"年会"也是我们津津乐道的事。"年会"二字打上引号，是因为没有年会那般规模。我们的年会大致就是粗手粗脚好动的我们集聚一桌，对一年的运动状态进行总结和点评，随后犒劳一下胃。第一年没有额外通知，考虑到许多成员均为教育战线工作者，作为群主，我悄悄地自行购买了一些笔记本、大红花、奖状等，按照平时打卡情况进行了分类，人员到齐后便开始了自导自演的开场白，并播放《运动员进行曲》逐一进行表彰，从事教育几十年的同志们向来都是为学生颁奖，突然自己领奖状、戴大红花，脸上绽放出灿烂的笑容。再大的人，都需要呵护，成人也是。之后每年的总结创意层出不穷，尽管平时各自工作繁忙，但只要是碰头的时光，大家都会彻底放下，尽情奔跑，享受奔跑带来的单纯和快乐。

其实，运动不光是常人所说的"不想事"的借口，它对调整人的心情和状态起着很大作用。听过这样一句话："迷茫时读书，难过时运动。"是有着科学依据的。读书会让人增长智慧，运动则会让人身心愉悦。运动之后心情莫名放松，那些积攒在心里的苦闷会随汗水排出、遗忘。其中的乐趣，不足为外人道也。运动还能克服拖延症。群里有那么两三位同志思想不太坚定，想跑不跑的，做事略微拖拉，在气氛感染下，也学着释放自己，积极性明显被调动，跟着动了起来，以至于工作上也热情积极起来。大家伙儿为何如此深爱运动，理由不一而足，也许就像喜欢一个人，根本就不需要什么理由。

还曾在励志故事里看到这样一位女性：三十多岁的女企业家，蓄着一头男士短发，身材胖瘦适中，一看便是热爱运动且精明能干的优秀榜样。据说她二十多年如一日，每天早上五点起床，读书半小时，随后晨跑一小时，瑜伽拉伸半小时，然后为自己做上可口营养的早餐，捋好一天的工作安排，收拾周整后元气满满地去上班。这是我非常喜欢的一个热爱运动的典型，完美诠释了运动也会使人优秀。因为个人酷爱运动，从学校出来走入社会的这些年，我也几乎一直保持着晨练习惯，从之前的每早登山，到早上三十公里骑行，再到每早十公里跑步，运动方式在变化，运动习惯则一直不曾改变。家境不富裕的我，深深地知道：强健的身体，是我对生活最大的底气。

运动的好处太多，一千个人就有一千种说法。我的闲言碎语不足以概括，《人民日报》上那篇《为什么要运动》，给了我和大家最好的答案。运动不仅能锻炼身体，还会让人的心情变得舒畅，拥有更多的幸福感和治愈力。爱运动的人都比较乐观，很少会为什么事而烦恼，也很少会陷入情绪的低谷。开心时动起来，不开心时队员们相互劝说，不悦瞬间消失，脸上依旧笑容溢满。运动其实并不能帮我们解决实际遇到的问题，但它可以释放坏情绪，让人拥有更加积极的心态。阴霾的心情注定会被汗水带走。

"如果你想要发怒，那便在跑步中向前冲吧。"运动是不会让人后悔的投资，当你开始爱上运动时，健康也会爱上你。去运动吧，你现在运动时流的每一滴汗，都不会辜负未来的你，它带给你的不仅是快乐、健康，还有更高的精神层面的愉悦！

闲话单车的变迁

快乐不是一个地方，而是一个方向！绿荫小道驰骋，耳边疾风吹过，快乐久违！

喜欢自行车，源于简单干脆，说走就走，想乐就乐，可翻山越岭长途冲刺，也可在青山绿水间时光慢享。似乎天生好动，但凡看到新的景物，听到新的声音，闻到不同的气味，机体就会被动员起来，总觉得运动有活力，运动的姿态极美。

用车轮和心愫丈量跨越过的万水千山，体会生命的真性情，这样的行走让我迷恋，欲罢不能，在无数个春天、夏天、秋天和冬天的日子里，乐此不疲地重复着、循环着。也从无数个记忆里的童年、少年、青年、壮年的轨迹中，回眸着。

二十世纪九十年代初的农村，除了常见的东风牌和解放牌卡车、拖拉机、三轮棚车外，繁忙的交通主要体现在自行车上。很清晰地记得，一天傍晚，坐在地上的我正津津有味地看着黑白电视机里播放的《狮子王》动画片，看见父亲推着一辆黑色的大大的自行车进门，叔叔跟在后面，有如中了六合彩，家里人个个喜笑颜开。那时的青年男女拥有自行车可是件极快乐的事情，更是一个家庭的珍贵之物，尤为实用。因此，去外婆家的方式自然也更换为：我屁股斜坐在自行车前部的横杠上，父亲稳稳坐正座，母亲双脚交叉抱着父亲的腰坐后座，一家三口来回于两地，农村这样的画面比比皆是，熟人途中遇见，摇个铃铛回个头，算是打了招呼。

那时的自行车主要有永久、凤凰和飞鸽三个品牌。我家喜添的新座驾是凤凰牌，那银色、带有像手钳一样的龙头，配上比我人还高的大支架，车轮转动时发出的"吱吱"响声，简直是威风极了。横在龙头与车座间让我无法驾驭的黑色铁杠一直阻碍着我，让我对此"宝贝"只能远观，不能亵玩！那时恨自己个子太小，只想快快长大。父亲不在家时，总会偷偷推出来，时不时拨动一下铃声，或是左脚踩在左踏板上，右脚在地上拼命地划几下过过瘾。好不容易熬到小学三年级，达到两脚完全离开地面的水平，带技术含量的说法叫学会了起步。那时幻想着像大人一样，右脚蹬地一蹬，潇洒地来个右腿腾空，飞也似的绕过后轮跨到车右边，屁股稳稳地落在座椅上，那模样，酷极了！

我真想算算，对父亲的自行车怀有类似情感的中国娃究竟有多少个。

自行车高贵的岁月仍然在延续。四年级那会儿，茁壮成长的我，不能说美如花，勉强能算健壮如牛，我是放养式孩子，好动。已由少年转为青年的城里表哥，"慷慨"地将手上那辆似赛车模样的时髦单车赠予了我，这车与父亲的黑色凤凰完全不同，车身是墨绿色花纹，龙头和车轮较粗，车架则矮小许多，骑车时需略微弓着背，这样一来，反能够让个子不高的我完全坐在车座上了，只是脚够不着踏板时，需等踏板转至最高点时，再用脚背轻轻勾一下，总之，拥有第一辆属于自己的座驾真是欣喜万分，足以让我过足骑车瘾，尽管是二手的。每每骑完满头大汗，车子往墙边一靠，右脚划地拨动脚架停好车，那派头现在想来都觉帅气！当然我至今还是得感谢老哥，毕竟如果没有他的喜新厌旧，我对骑车浓烈的爱意或许早已泯灭，更谈不上娴熟的车技。

我视这旧车为自己的风火轮：走亲戚，骑车；去买菜，骑车；甚至到隔壁都骑车……爱不释手原来是这般滋味。当爱好痴迷到一定程度，总有骄人成绩，对骑车的喜爱，让我技高一筹，打小成为同龄人中的骑车达人，低调点说就是——别人家的孩子，品学兼优会吃会玩！要我教骑车的小伙伴自然也需排队。同

学薇小姐美丽至极，天生娇贵，怕晒怕摔怕疼，小学快毕业仍不会骑车，农村娃不会骑车可是属于生活不会自理类，被父亲骂着哭哭啼啼找到我，要求一周内必须学会。当老师我是非常乐意的，手把手着实教了几场，娃倒也聪明，几天后歪歪扭扭中竟能独立骑上了。为求表现，略长本领的薇强烈要求载师傅兜风，于是有了师徒二人惨摔在刘家河大斜坡上的故事。时隔二十多年，繁花似锦的刘家河已褪去当年光彩，车流不息的主街道斜坡也已荒废，但师徒二人车技仍保持着，少年青涩的回忆犹在。

真正潇洒的骑行模式的开启要数近些年。全民健身热潮来袭，一群群成人自行车队"嗖"地飞过，似一阵风，一波又一波，掀起我记忆深处的波澜。拥有全新公路车，让我再次回到那童年的纯粹、痴迷！这时的公路车速度明显了许多，时速可达三十公里，成年人的体格配上时尚车身，完美至极。每日四十分钟拉练乃常态；一天百把公里轻松骑至浍水；一天两百公里热身骑至五雷山；七八天游山玩水，北京骑至内蒙古，不亦乐乎！并将运动概念与感知教与儿子，每周末带上他一道骑行，穿梭于山野，感受大自然的清新翠嫩。为给孩子树立榜样，特意参加挑战，完成一天时间从宁乡骑行至相隔三百二十公里的张家界赛事，这样的挑战难度不算太大，能否成功主要靠毅力，我只知道，只要自己想，便没有完成不了的任务。早上五点出发，深夜十一点顺利抵达，挑战成功！我想用我爱好的骑行告诉我的孩子，坚持就是胜利。坚持是毅力，仿佛一轮炽热不落的艳阳，凡事只要坚定自己的目标，成长路上坚韧不拔、锲而不舍，定能心想事成！

　　转眼已到 2020 年，孩子的身高也早已超过了我，我也不再是青春壮年。这世界变化太快，包括我们的自行车，我们的人生。不曾改变的是，我仍然喜欢骑着自行车出门，看到那些炫酷多彩的自行车，我仍然忍不住多打量几眼。车流中发现有同志骑着老永久或者老凤凰，我仍会内心激动，似乎那是一张张写满沧桑的老人的脸。

　　我常在想：当黑色老凤凰车遇上时髦橘色公路车，两车并驾齐驱时，他们会说些什么呢？

　　黑色老凤凰说："你走慢一点，想想过去！"

　　橘色的公路车却说："你走快一点，想想未来！"

　　过去与未来，逝去或缥缈，抓住当下，快乐骑行！

正月初一过新年

守岁时告诉母亲，明早六点约了伴晨跑。我所讲的明早，就是所有中国人翘首企盼的大年初一。母亲叮嘱了一句："跑步可以，别洗澡就行！"

"运动后怎么能不洗澡呢？"我很诧异。

"按老规矩说，初一到初三都最好不要洗。"母亲坚定地重复着她的话。"初一至初三是水神的生日，用水要非常小心，如果洗澡向外倒水，是对神仙有所不敬，而且也容易把财运给洗没。暂且忍忍。"之前贫苦时，几天才洗一个澡的情况普遍存在，"忍"是可以的，但是这个原因我的确难理解。

金牛辞旧岁，福虎迎新春。一觉到新年，激情晨练后我撇下了"规矩"，按年轻人我行我素的习惯正常洗漱，然后给父亲母亲拜年，没有像小时候那样早。幼时的大年初一，母亲会引领我到厨房，教我剥好盐茶蛋放入碗中，让我端到父亲床前拜年，父亲像是特意在等我，乐呵呵地接过碗，立马递给我一个红包。鸡蛋换红包，简直太划算，这是不是小孩子爱过年的理由之一？而且父亲吃我端给他的鸡蛋时，一直在笑，想必也是很快乐的吧！当然，也有可能是鸡蛋好吃。

碗里的鸡蛋是父亲除夕夜守岁时开始熬制的，父亲会事先按照人数算好第二天所需鸡蛋的数量，以每人三个为标准，放到平日煮水用的铁壶里，然后加入适量的茶叶，搁在煤炉子上熬煮，看春晚节目也就基本守在煤炉旁，播到戏曲环节时，父亲便会将蛋取出，用筷子轻轻地敲碎蛋壳，继续放回壶里煮，十二点时会捞出几个，就着小酒尝尝味，起身睡觉前再将煤炉的火控制到最小（那绿色的煤炉盖有三个孔，留一个孔便是最小火焰）一直熬到天亮。早上从壶里取出时热气腾腾的，剥壳时会散发出浓浓的茶叶香，鸡蛋上也满是被茶叶水浸煮的茶叶色泽，味道好极了！叔叔曾评价："茶叶蛋关键在于茶叶和盐，在文火熬煮时慢慢入味。你爸煮茶叶蛋的水平，一般人可比不上哦！"现在，年年春节仍由父亲煮茶叶蛋，但剥鸡蛋拜年，已交给了儿子。

初一拜年是最受重视的，一般会选较重要的亲友先拜。我们这个地方拜年有个现象就是：亲戚住得近，半天就能走完，而且每天都会见面讲白话（聊天的意思），所以过年和平时也没区别，不同的是拜年不会空手，由男士带上礼盒携全家上门拜年。待拜访者回家后，被拜访的家庭会将刚才收到的礼盒略微变换一下（避免一模一样），带上自己的家庭成员再去向对方回拜。这便是我最先接触的"礼尚往来"，至今也还是这般，甚觉有趣！

母亲说："今天是玩的日子，吃好喝好，不用做正事。"她说的正事，是指工作。所以不打算看书，也不构思写东西了。掏出手机，写满祝愿的信息发送给亲朋好友，节日里的问候，包含深深的真情，也是表达祝福的一种方式。

一切打发完毕后，再没事干就只能自家人互望了。无聊之下准备把放置已久的十字绣拿出来折腾一下，母亲见状，连忙制止。

"今天不要拿针线！"

"这也是禁忌？"

"拿针了心眼就会像针尖一样小！"

说到禁忌，年初一"不扫地""不动剪刀""不说脏话"，这些我是知道的。扫地会把家里的财富扫走了；动了剪刀，容易与人产生口舌是非；说脏话不文明，没出息，要说的都是吉利话。可是"拿针心眼小"这个我觉得牵强。追问下，母亲做了补充："动针线活，意味着新一年还会更加辛劳，是不好的迹象。"

原来在农耕社会，大家一年四季要干很多活，都很忙碌，尤其是女性，也起早贪黑，劳动时间更长，很少有时间休息。女人一年忙到头，年初一不让她们烧煮，不让她们缝补，才能彻底歇上一歇。这一天，男人起来做早饭。女人可以什么事都不做，家里烧煮全由男人。这大年初一便成了女人一年之中约定俗成的休息日，自然也就不能碰针线了……

大年初一待在家中，方知这些老家禁忌，前辈们可能是想告诉我们："无规矩不成方圆，有敬畏才知行止。"这些禁忌，除掉迷信，也包含了一种普遍的趋利避害心理，其实就是祈求大吉大利。在新的一年开始的时候，要让人懂规矩，讲规矩，万事如意，迎来奇迹。

爱上厨房

渐渐地，不太喜欢吃外面的饭菜了，突然想试试自己做。我曾夸下海口："饿死也不进厨房！"但到了习惯柴米油盐味的年纪，再回想年轻时骄傲的话语，觉得多么幼稚！

美食总会让人身心愉悦，自家做的美食更包含了一份甜蜜！可惜我真的不怎么会做饭。9月的第一个周末，有些不同往日，原因是——第一次亲自下厨，而且感觉很美妙。

有了进厨房的想法后，我立即请教"过来人"霞姐，通过语音教学、仔细查阅无所不知的网络，心里多少有了点底。兴趣真是最好的老师，有了兴趣学习起来就不那么难了。晨练时跑到菜市场，男女老少都在认真低头选购菜品，我在人群里像模像样地转上两圈，按提前计划好的"芋头莴笋汤""青椒酿肉""西红柿香饼""开胃白菜豆腐粉丝煲"等系列菜单寻觅好食材，采购完毕便迫不及待地回家。择菜、切好摆盆、配好调料，一步步做好准备。如果说准备工作是慢条斯理的话，烹饪过程则是手忙脚乱了。平底锅、蒸锅、炒锅，烫水、翻炒、回锅，折腾一上午，在经历双手被辣椒辣得发烧、手臂被热油溅起泡后，色香味美的"佳肴"终于完成！一整套流程独立完成，真乃"大厨"成长史上一大突破。辛苦的劳动成果最期待来自他人的肯定。友人羊品尝时投来惊讶的表情、家人群里迎来一片点赞让我欣喜，更有朋友萍点评道：善于将本土食材与西式烹饪结合，创造性发展澧州菜系。将味觉艺术和视觉艺术巧妙嫁接，突破常规思维，将食物赋予诗意和理想，充分体现了刘老师对于现实人生的超越性，也展示了她对于生活的热爱与憧憬……调侃性的话语依然令我信心百倍。首次掌厨的成功，让我对厨房产生了强烈的好感，更对如今网络的便捷佩服得五体投地。网上的内容太全面，简直是无所不有，你想学习啥、了解啥，基本上都会找到相应的答案，让人在陌生领域完全不用害怕。今天的体验让我有些兴奋，这种愉悦的感觉有些像老太太们初学会网上购物的那种快感。我太落后了？还是已经开始变老的节奏？哪种状态不要紧，重要的是我很知足。简单的快乐很纯真，有益身心健康！

热爱美食的人因为有对美食的期盼；愿意进厨房的人，则一定是对生活有期盼的人。当然，这并不代表不进厨房的同志就不热爱生活。相对地，下厨可以说是一种生活态度，甚至是好品格。都说会做饭的男人不会太坏，又有哪个宝妈不是优秀大厨？那种为爱人、亲人们制作美食的日常小情调，蘸着情感，透着暖意，洋溢着积极向上的生活态度。食物这个载体承载了太多亲人间的爱意。

记忆因为某些细节才得以清晰地留存，可以具体到某一天尝过的一辈子也忘不了的滋味……每个人都会对自己小时候爱吃的一种食物或者某种味道记忆深刻，且无论相隔多长时间、跨越多远距离都阻隔不了。比如，母亲丢进柴火灶里烧得灰扑扑的辣椒和茄子，母亲边吹着热气边撕开外面那层"脏兮兮"的皮，在底部印有一个"静"字的白色瓷碗里，将这些美味和调料灵活搅拌，一股香喷喷的味道扑面而来，令人垂涎欲滴。至今，我仍然觉得这种奇妙的味道没有其他食物可以取代……还有一些家乡特有的美食，无论到哪座城市，都会想着。每到过年，我们都会问自己：什么是家乡的味道？其实就是父母做的那顿饭的味道。以前不是很懂，做一道简单的菜，为何要费那么多力气。等自己切身体会到了做饭的感觉，换位思考后，方知这里面的味道多么浓烈，父母的厨房，提供了家或者是家乡的味道、童年的味道、亲情的味道，他们是经过了无数个一日三餐、一年四季的反复操练，才形成让我们铭记终生的独有味道。感恩也好，传承也罢，学会掌勺，的确是长大的一个标志！

厨房蕴藏幸福，食物带来欢欣。在和家人朝夕相处、和爱人四季相伴的同时，给自己品尝美食的机会和时间，暂停忙忙碌碌的奔走，用心去做一份美食，让厨房成为一个连接至亲情感之地，让日子过得简单而充实。幸福，不就是这般传递的吗?!

谷雨谈龙

4月20日是2022年春季最后一个节气——谷雨。谷得雨而生，田间的种子与新芽正是汲取了雨水才茁壮成长，是农耕文化在节令上的反映，也是春色最为浓郁的时光。春将尽，一春花事亦将了，谷雨之后，初夏即至。

"谷雨"，想必应有雨吧？这是我对这个节气的遐想。

果不其然，下午三四点开始狂风大作，地上飞沙走石，漫天乌云像老火车喷吐出的浓烟一样急剧地翻卷，一个劲儿地压向低空。整个天空烟尘滚滚，遮天蔽日，大风呼啸，树上的叶子呼啦啦地摇摆，纤弱的花花草草吓得匍匐在地，瑟瑟发抖……不一会儿，哗哗哗地下起了倾盆大雨，雨势风声，惊天动地、撼人心魄。雨中甚至还掺有豌豆粒大小的冰雹。

突变的极端天气令我很惊讶，立即拍照分享给友人，对方淡定地回复："这是桩巴龙回去看他母亲。"

"桩巴龙？"

"是的哦！每年的四月二十几号都会有这样的天气，而且会带来一定的灾害。民间称其为桩巴龙过身。"

这倒是我第一次听闻，随即打破砂锅问到底。

"我可不是胡编乱造啊！这是一个传说，版本有许多个，老人可都是知道的。二十世纪初，咱县城大部分人都亲眼所见，从道河到张公庙再到车溪，自南向北形成一道十多公里宽的'线'，风吹断树枝，吹倒庄稼，雨水淹没田地，冰雹打伤人畜，毁坏树木和庄稼，给人们带来一定灾害。年长的人说是桩巴龙回来看母亲的。"

桩巴龙传说？如今资讯发达，我于是求助百度，一探究竟。

原来所谓的桩巴龙，意为没有尾巴的龙，传说起源于湖南省西北石门县穿山、太平、子良一带，还是非常有名的民间传说，属于湖南省非物质文化遗产保护项目。

这个传说在湘鄂边区妇孺皆知。很久很久以前，在石门县的某个村子里住着一对母子，因儿子淘气，误将捡到的一颗珠子吞进肚子里，瞬间风雨大作，雷鸣电闪，儿子化作一条面目狰狞的蛟龙，母亲误以为是蛟龙吞食了她的儿子，便一路追赶，用挑水的扁担打断了一截龙尾，化身蛟龙的儿子只好忍痛逃跑，用自己的龙角撞开了阻挡的石头山，顺水流而下。母亲一路追赶，终于体力不支，永远倒在了路上。儿子无奈，只好含泪埋葬了母亲，然后去修行，希望能还原真身。日复一日，年复一年，在舅舅的帮助下他修得一身本领，悬壶济世，到处行医，治病救人，并于每年的清明节期间回乡祭母扫墓。他回家乡必伴随着狂风暴雨，演绎着感天动地、眷念故乡的孝龙传说！

还有一个版本。说是很早以前，一户人家的儿子到山上去砍柴，看见了一颗颜色鲜红的果子，他恰好饥肠辘辘，不禁喜出望外，于是顺手摘下吃了。可回家后却感到口渴难耐，喝光了家里的水，却依旧如故。母亲没法便叫他去穿山河里喝，于是儿子就跑到不远处的穿山河边大口大口地喝起来。忐忑不安的母亲见儿子好久还不回来，就过去查看，眼前的一幕让她大惊失色：儿子竟然变成了一条令人胆战心惊的巨龙，钻入碧波荡漾的河中游走了，母亲追之不及，情急之下把手中的捶衣棒一甩，居然把巨龙的尾巴活生生地打断了，成了一条桩巴龙。原来那果子是颗不同凡响的龙珠，吃了就会变成龙。后来母亲思儿心切，积忧成疾，病故后就埋在河边。桩巴龙便在每年清明节前后回来祭拜母亲，一路哭天喊地、呼风唤雨，因此狂风大作、雷电交加、大雨倾盆，给当地带来灾患。

流传千年的桩巴龙传说让人觉得兴味盎然、意犹未尽，桩巴龙这个传说形象，以他毁灭而又重生的变形人形象，阐释着孝道和大爱，成为孝悌的代表。桩巴龙因此也是清明扫墓这一古老习俗的忠实践行者。故事在众多民俗学家的进一步发掘和推动下，越传越广。

不过，关于桩巴龙的传说，不仅石门有，我们澧县、津市两地都有，版本又有不同。除了车溪的白龙井传说，最著名的要数关山白龙。据《直隶澧州志》记载："关山下有白龙潭，世传澧之老龙王宫。居民有见之者，其尾秃，甲耀银光。澧人竞渡，不敢用白龙舟。其泉与洞在德山、彭山外，向西尤多，直到蜀中。每西去而归，必风雨雷电，虽盛夏雪子如梅，归则澧土大丰。"很显然，这条关山下的白龙，也是一条桩巴龙，每当其西去而归时，就会出现大风大雨，甚至会夹杂冰雹这样的灾害天气。不同的是，它已经和孝道文化没有什么关联了。但是，我觉得县城大部分人亲眼所见从道河到张公庙再到车溪，自南向北形成一道十多公里宽的"线"，其实和关山白龙以及车溪的白龙井传说，倒是关系很紧密的。

飘风不终朝，骤雨不终日。果然，快下班时，风雨就停了。天边挂着一道如同拱桥的七色彩虹，天空如一湖清水般，瓦蓝瓦蓝。一场雨后，花瓣草尖、枝头叶片，晶莹的水珠盈盈欲滴，像是美人初妆，更多了几分清秀明丽。

谷雨之后，春天即将转身而去。夏日带着炽情，带着葱茏，渐渐走来，一个崭新的季节，仍有美好在延续，仍有烟雨蒙蒙，滋润着心中那片风暴之后的宁静。

早　饭

九点才上班，不用带娃的我早上能做许多事情：锻炼、晨读、搞卫生、做早餐，甚至可以做好午餐带去单位，供中午食用。

芒种后，阳光强烈，天气渐热。时间依旧充分，打理完毕一些事情后，我照例进了厨房，想要寻点吃的。冰箱正好有米饭和盐菜，唤起我吃盐菜蛋炒饭的食欲。我喜欢吃偏硬的饭，冰箱里的白米饭正好偏硬，且颗粒饱满，非常适合炒，随即开始动手。都说熟能生巧，这点我深有体会。之前从不进厨房，现在简单的烹饪都能信手拈来，已成为一种生存本领。炒饭的步骤很简单：铁锅烧热后倒入少量的油，因担心长胖，我没选择猪油，倒入一点茶油用以煎蛋，加热的油锅遇上滑动的蛋液，发出滋滋声响，清香扑鼻。煎好的鸡蛋两面金黄，盛出，米饭入锅翻炒，待饭粒炒松散后，再倒入切碎的盐菜和煎蛋继续翻炒，翻炒的同时要顺便将鸡蛋也斩碎。适时倒入一点生抽，会让饭的颜色光亮一些，也会入味一点。我还择了几片生菜叶洗净，同样切成碎末，倒入一起翻炒，前后几分钟时间，金黄的炒饭里衬着绿油油的菜末，令人垂涎欲滴的炒饭即成，于是趁热开吃。

满嘴油香之余，突然想起：我有多久没吃过早饭了？

我是习惯吃早饭长大的农村孩子，早餐讲究营养均衡，有麦片、水果、鸡蛋、面条，尽量多元化的饮食方式早成了习惯。记得一次过节回家，父亲早早地起床煮了一锅饭，炒四五个菜喊我吃饭。我清晰地记得有煎糍粑干鲫鱼、干炸牛肉、豆角末、卤干子、油炸辣椒——这就是我曾经天天吃的早饭。我清楚记得我当时对父亲说："大清早的，谁吃得进饭？""再说，连汤也不搭配一个。"我接连说着，同时流露出厌烦和鄙视的神情，似乎早上吃饭已是件不可思议的事。父亲正准备坐在桌边喝酒，只见他放下酒杯，小心翼翼地解释："我们吃惯了，没想那么多。"多年来，父亲有喝早酒的习惯。他似乎并不了解我的生活习惯已经有了改变。他从厨房穿到堂屋，推出摩托扬长而去。我估计父亲是生气走了。那一刻我心里五味杂陈，为我的言语冰冷极度后悔。没几分钟，父亲骑着摩托回来了，只见他提着个一次性打包盒，笑嘻嘻地放在屋前院子的石桌上。早晨很凉爽，空气清新，旁边的园子里花木郁郁葱葱，大朵大朵的浅紫色绣球盛开了，红杜鹃仍然鲜艳，让人觉得生机盎然，坐在旁边，心情一下觉得舒畅很多。此时的父亲快步进屋，拿出筷子放到桌前，再次温和地喊我，说是带了牛肉粉，叫我趁热吃。难道父亲把早餐放在石桌上，竟是考虑到了环境、心情之关系？我将系紧的塑料袋打开，盒子内外都用塑料袋包着，热气从盒子里冒出的同时，眼泪也不由自主地在眼眶里回旋。未等我向他致谢和道歉，他便坐回他摆好饭菜的桌边，继续喝他的粮食酒。

父亲一直保持着他吃早饭的生活习惯。其实，包括我这辈的孩子在内，农村家家户户几乎都是吃早饭的。以前需要在地里做农活，或是做苦力活维持生计，吃了饭会更有力气。再一个原因是长辈们都要做事，为了方便，一天只出门前和回来后吃两餐饭。有时为了便捷省时，早上会多做点饭菜，孩子们或干农活回来的大人，就可直接吃冷饭菜。我曾经就喜欢吃茄子辣椒拌饭，都是早上母亲做好的。甚至有时直接用茶水泡饭，用那种一两片茶叶泡一大壶的茶，泡白米饭吃，当时也觉得味道美极了。后来，到北方旅游，看到田间地头的老人带着开水瓶，坐在地上啃馍馍，我就会想起我小时候生活的农村，村外的每块田，以及起早贪黑干农活的父母。

过年的时候，亲戚们一早串门也是吃饭，因时间多半在十点左右，我也称之为早饭。过年时流行吃串门饭，约定个日子，把拜过年的亲戚邀在一起吃饭，这个习惯至今都有。回老家的年轻人几乎都是刷刷手机、睡个懒觉，不至于太饿，即使我做了晨练，没消耗太多体力，依旧吃不进米饭。串门到亲戚家时，我会礼貌地端碗略吃一点，随后放下，解释为年饱。

　　光阴，无声地演绎着轮回。如今我也需要进到厨房自己动手填饱肚皮，有时满心欢喜做上自认为丰富的早餐，也会遭孩子嫌弃，我会不由自主地同父亲一样立马更换，毫无怨言。有些东西，让你根本没法计较。如果今早炒饭时孩子在身边，我会对他说：儿，吃饱才有力气，精力充沛才能做好事情。一顿早饭，内容或许已经不同，但对于开启活力满满的一天，永远都是重要的！至于那为你准备早饭的人，应该永远都要铭记那份沉甸甸的无私深情！

端　午

2021 年 6 月 14 日，农历五月初五，又是一年端午节。在岁月的长河里，每一个传统节日都如一朵泛起的浪花，这一朵朵浪花，见证了岁月长河中不断传承的人文精神或者情怀。曾几何时，嬉戏的我们一点点地长大，一点点地感悟人生的节奏和意义。在这个特殊的时间节点，看龙舟、挂艾叶、吃粽子、喝雄黄酒……千百年来，中国人用特有的方式赋予端午节特殊的记忆。一代代的人们，也由此延续着我们作为"中国人"的传统。

艾叶篇

"待会儿喝杯艾水，再用热艾水洗个澡！"父亲、母亲和外婆不停地对我唠叨着……

我默不作声，但还是听从了他们的"指示"，一杯透着艾草清香略带苦涩味道的艾水喝下，顿觉神清气爽，不得不承认，长辈们是懂生活的。浓稠的艾水似乎冲走了身上所有的毒气与晦气，老祖宗传下来的方子，自有他的道理。

我知道，每年端午节喧哗热闹的菜市场都人潮拥挤，除粽叶和食材外，艾叶一直是最为抢手的。从记事起，我所见的农村每家每户门前定是插满艾叶，有新鲜的，也有特意晒干的，以备平时所需。艾是菊科植物，其主要功效是温经止血、散寒止痛。不仅可以内服，还可以外用。因艾叶是有小毒的，所以每次刚熬出的浓汁，父亲总是"吝啬"地只许我就着红糖喝上那么一小点，不会大量服用。

有城里的朋友无意间听说我在端午节喝艾叶水,还用来泡澡,觉得稀奇。也许是各地端午风俗不同的缘故吧。想一想也是,如今的城里孩子哪知道这些乡村习俗啊!真想将其列入我们这里的"农村十大节假日消费特色项目"之一呢。

不过,说起过端午节,在乡下,内容可远远不止这些。

甜酒篇

在我老家过端午节是少不了甜酒的。甜酒好吃,可也醉人。我就有个记忆犹新的喝甜酒的故事。

那是1994年那会儿吧,我大约七八岁,随父母来外婆家过端午节。天门山的半山坡上,外婆系着小块围裙,光着她那双从未裹过的大脚,老远就迎过来,大嗓门地向我们招呼着:"叫你们别来别来,来就来嘛,还提什么东西呀!"一阵客套招呼过后,母亲进了厨房忙活,父亲毕竟是姑爷,是贵客,坐在堂屋和外公、舅舅们一起闲谈。我小小年纪,好像只会玩泥巴,只能一个人自娱自乐了。

外婆当然是比较喜爱我的,见我玩累了,她笑呵呵地唤着我的小名,让我跟着她进屋。她大方地端出一盆甜酒,一打开捂得严严实实的盖子,浓浓的香味立即就溢满了屋子。哇!我的小馋虫马上被勾引出来了。外婆被我的馋样逗得喜笑颜开,她用调羹舀了一勺,塞到我的嘴里让我品尝,还问我好吃不好吃,我一面感受着甜酒沁人心脾的甘甜和软糯,一面不住地点头。外婆站在那里非常满足地盯着我,脸上的笑容一直没有化开。她端着红白相间的大瓷盆,盆边缘大红色,盆身全白,盆底刻有龙凤纹,底部和周边或多或少地有磕碰,呈现出一点铁锈的颜色,无声地述说着时光在这件器物上留下的痕迹。母亲这时也过来了,外婆很

　　外婆被我的馋样逗得喜笑颜开，她用调羹舀了一勺，塞到我的嘴里让我品尝，还问我好吃不好吃，我一面感受着甜酒沁人心脾的甘甜和软糯，一面不住地点头。外婆站在那里非常满足地盯着我，脸上的笑容一直没有化开。她端着红白相间的大瓷盆，盆边缘大红色，盆身全白，盆底刻有龙凤纹，底部和周边或多或少地有磕碰，呈现出一点铁锈的颜色，无声地述说着时光在这件器物上留下的痕迹。

——《端午·甜酒篇》

得意地对母亲说："这次的曲儿好，真没话说。"她们聊起醅甜酒的秘方，而我则在一边大饱口福。

二十世纪八十年代，乡村的女人们似乎都会自己制作许多食物，比如醅（老家念"拍"）甜酒。当时压根儿听不明白，懂事后的我得知这个"曲"，就是指的酒曲，是酿甜酒的主要原料。醅甜酒程序大致如下：糯米洗净后泡水，在蒸锅里面隔水蒸四十五分钟左右即熟，再冷却。备一个敞口陶瓷盆子，酒曲和冷却好的糯米饭一起入陶瓷盆，压实，用擀面杖在中间插一个小洞，把剩余酒曲碎末撒在糯米表面，然后密封。那时没有保鲜膜，可用旧衣物遮盖，复裹以棉被等厚实物，任其发酵。根据天气温度而定，一般三十个小时左右，清香溢出，即可食用。外婆一般较为"偏心"，孙儿孙女外孙一大群，留给我吃的东西却总是最多。甜酒又是我的最爱，结果那次，一大碗甜酒被我一股脑儿喝完，满脸红光，走路竟然如踩棉花般轻飘飘的，还打起了"醉拳"，至今还是亲人们聚会时经常谈起的笑料。

时光荏苒，转眼已是二十余载过去了，尘封的往事往往在不经意间就会被打开，这些令人心里温热的记忆，使我们能够和那些或者已经不在的亲人相聚，让我们的情感柔软、心灵细腻，并最终找回迷失的方向，走向灵魂渴望归去的原点。也许，我们每个人的记忆，都是寄托在这些过往的点点滴滴之上吧！

往事苍茫，微物蒙尘，我只能一路捡拾、擦拭、收藏，站在时间的风口，等着那风带走它们。

粽子篇

每到五月，粽叶飘香，家家户户必定是要泡上粽叶和糯米包粽子的。《红楼梦》里有一段关于贾府过端午节的描写："这日正是端阳佳节，蒲艾簪门，虎符系臂。午间，王夫人治了酒席，请薛家母女等赏午。"恰逢宝玉因为晴雯摔坏扇子生闷气，黛玉宽慰说："大节下怎么好好的哭起来？难道是为争粽子吃争恼了不成？"这里就有讲到端午节吃粽子的事。

梁实秋的《雅舍谈吃》里，也有谈端午粽子的："包得又小又俏，有加枣的，不加枣的，摆在盘子里齐整可爱。"看来粽子是古今论及。母亲跟外婆一样能干，手脚麻利，干什么都有板有眼，包粽子手艺自然也不差。只是包出来的粽子又大又硬，并没有书中描写的这般丰富，看起来似乎很美味。不管如何，有美食的端午，就是童年的美好记忆。

端午临近，母亲总会张罗着包粽子。她在附近河边沟港剪一些长短不一的粽叶，提前洗净放进一个大红塑料盆里，和糯米一起泡着。依稀记得我十岁那年，母亲穿着那会儿流行的的确良衬衣，只见她挽起衣袖，弯腰屈膝坐于矮凳子上，旁边摆放一高一矮两把木质椅子，高点的椅子上垂着一些白色棉线，是用来包裹粽子的。一切准备就绪后，母亲开始包起来，吸引了一群孩子目不转睛地围观。只见母亲选取一长一短两片粽叶，卷成一个圆锥形，满满地填上泡发的糯米，填到溢出来的样子，右手大拇指深深地往里掐一下，以便粽叶里的米馅儿更结实，叶子周边清理干净后，按照螺旋的手法，粽叶的另一端开始慢慢卷起来，直到全部卷好，大拇指压住，用棉线从底部以十字形捆扎好，然后垂挂在椅子上。就这样，一串接着一串，不一会儿，母亲像变魔法似的在椅子上挂满了饱满的绿色小粽。

待母亲全部包扎完毕后，煮粽子的事就轮到父亲了。那灶台上平时不用的大锅，这时节可派上用场了，父亲将粽子放入大锅内，加水满至锅沿，盖上锅盖，大火煮开。父亲说煮粽子的火是不能停歇的，必须一把火直接煮熟。约莫一小时后，揭开锅盖，一阵雾气过后，淡淡的清香扑面而来，周边玩耍的小孩再次被吸引到灶台前，馋得忍不住伸手去抓……

　　长大后的我们物质条件转好，每年端午节各式各样的粽子都有，有红枣味儿的、蛋黄味儿的、牛肉味儿的，五花八门，不再是儿时吃的纯糯米粽子。可市面上可口的粽子再多，却总觉得不如记忆中的香甜。还记得有一年在外地过端午节吃肉粽时，剥开一层层包裹的箬叶，饱满的糯米粒裹着鲜嫩多汁的大块精肉，油脂混杂着箬叶的清香扑鼻而来，着实诱人，一口咬下去，心头竟莫名涌上一股难言的酸涩。是啊！外面的粽子再精致、再鲜美，可终归不是我那故乡的田地里生长出的稻米，不是父亲母亲亲手淘洗、包裹、蒸熟的，口腹之欲的满足终究解不了思念之情。小时候，快乐是件很简单的事情，长大了，简单是件很快乐的事情。如今才明白，很多时候我们期待过端午节，不过是怀念当初那个纯粹快乐的自己和不曾理解的父爱母爱。

　　端午节前夕，得知儿子会有一天半的假期，父亲高兴极了，我知道，爱孙心切的他一定会在孙子到家前做好粽子。果不其然，从接到电话到儿子进门到家，父亲没有停歇过，不仅粽子煮好，还娴熟地剥净粽叶装盘，递给才归来的宝贝孙子。隔着灯光，我仿佛都能看见二老满脸近乎讨好的期待，希望儿子能给他们一个大大的赞。儿子一边嚼着，一边频频点头，称赞不已，老人们这才如释重负，笑容一直灿烂地绽放着。

　　"爷爷又割了些艾草，晒干了，你也带去学校吧，常备一点，能祛寒，不感冒！"我也俗套地叮嘱着儿子。养儿方知父母恩，到了上有老下有小的年纪，现在的端午，早已不是儿时的甜蜜。节，过的是一肩挑两头的那份责任。愿幼儿平安长大，老人长寿健康。如此，足矣！

　　五月五的记忆，停留在明媚的初夏。清晨，阳光透过窗户，清风摇曳着树枝，我晨练至父母住处，看见母亲已在厨房热着粽子，而父亲则在院子里晒着艾草，额头上布满汗珠。父亲笑着说："今天是端午节，这一年都要无病无灾、平平安安呀！"是啊，无论世界如何变幻，岁月再多无常，这个端午节，我都愿你有艾香长伴，一生安康！

父亲节

　　想在属于父亲的节日里，为父亲写上一点什么。向来不会用华丽词语来修饰，我只知道我想写，也必须写。

　　从父辈们的茶余饭后中知道，父亲是不容易的。二十世纪五六十年代的农村几乎每家都家境贫寒。听姑妈们回忆，手上起初的家为茅草屋，称不上房。奶奶是家中老七，家境算是殷实，落到咱刘家寨后，做起了地地道道、勤勤恳恳的农妇。叔叔记忆里似乎没有见过爷爷，父亲从小肩负着一家之长的责任，和奶奶一起撑起这个家。父亲不像别人家的父亲会写文章，也不像有钱人家的父亲会做生意，他虽没有太多才华但却很勤奋：卖过娃儿糕、打过铁、挖过沙、开过渡船、开过手扶拖拉机……默默打拼将茅屋换成砖瓦房。从父亲出生起，算得上真正的白手起家。经过不断努力又买了大面积的地，用所有资金建起了我眼里的"大别墅"，一家人其乐融融地奔上了小康。可惜天逆人愿，罕见的特大洪灾，让许多人再次一贫如洗，正当壮年的父亲一夜间苍老，落泪瞬间或许只有母亲见过……

　　父亲小时候常吃的红薯、萝卜、南瓜，对不挑食的父亲来说这辈子已不愿再吃。现在唯一的爱好便是大块吃肉，年纪大了虽饮食不适合油腻，我也不便唠叨什么。

　　懂事后的这些年，知道父亲也算幸福。1998年后定居在现在住址，一家人安安稳稳过着小日子。经济上的变动，用父亲的话说，没能让女儿正常念完高中、大学，有很大亏欠。我笑着说，自考了大学，一样的，父母健在挺好的，我很幸福。多少让他们心里没那么愧疚。成人后的每一阶段，我都告诫自己要努

116

力、要奋斗，与父亲的经历是分不开的。既心疼父亲的辛苦，不愿让他再受苦受累，更不允许自己因不努力而虚度了人生。父亲是老实人，不会东弯西拐。我只知道他们兄弟姊妹四人和和睦睦，对侄子外甥疼爱有加，邻里间左帮右助，虽不大富大贵，人缘倒是特别好，潜移默化中我学会了与人为善。如果平时的生活微不足道，那么奶奶和外婆病重的日子里，父亲悉心照料，让我完全明白何为尽孝，从那时起，我下定决心一定要听父母话，伴父母旁，依父母意，慰父母心！

父爱是不动声色的温暖，我与父亲的交流实在少之又少。回忆里，上初中有段怕黑的时光，由父亲早起送我上学、晚上接我放学，十四岁已有父母高的我依旧要睡在父母中间；十六岁时从未出过门的我第一次去长沙玩，父亲在长沙西车站左顾右盼地等候我……至今父亲只对我说过一次重话，就是兜兜转转十几年后一无所有回澧，念叨了句"当初那么劝你你不听，这么不听话！"我简单地答了句"以后听话！"

现在父亲已步入老年，再不是父亲接我送我教训我。换我接送安排父母了，大小事宜均按我意见。父亲倒也"听话"，在我的"谆谆教诲"下，心境慢慢放下了。闲时钓钓鱼，喝点小酒，养点花草，怡然自得，逢人便说养个女儿好！父亲除了好脾气出了名，还有拿得出手的绝活——做得一手好饭菜！这应该就是老年人的魅力吧！家里人气兴旺，亲友们喜欢家宴与老爷子的手艺是分不开的。

再次仔细打量着父亲，真的是老父亲了。渐渐稀少的头发，长满厚茧的糙手，眼角的深深皱纹，逐渐单薄的身影，不再健步如飞……我想对父亲说，这些年撑起这个家，辛苦了。我虽不是男儿身，但愿尽男儿力。不愿老父亲再劳累，现在只要老父老母注意身体，互相照应，其余之事交给我。我们的家，有我！

从血缘里流淌出来的情感，是生命深处永恒的牵绊，感恩父母的话无须多说，但得记在心头……

母爱似水，流不尽；

父爱如山，载不动。

您养我大，我伴您老！

父亲节让爱不再沉默！

中元节

下班后清闲，回了趟老家。农村的家家户户门前用石灰画成小圈，圈内燃烧着祭祀的烟火，一堆、两堆、三堆……，整齐同步。原来，中元节到了！

中元节，中国传统节日，又名"七月半"（或"七月十四"）。在统治者推崇道教的唐代，源于东汉后道教的中元节开始兴盛，逐渐将"中元"固定为节名，节期设在七月十五，与除夕、清明节、重阳节均是中华民族传统的祭祖大节，延续至今。2010 年 5 月，文化部将香港特区申报的"中元节（潮人盂兰胜会）"列入国家级非物质文化遗产名录。

"七"在我国的数字中堪称奇数。"七"带着神秘色彩，如"七星"（七星高照）、"七情""七色""七音""七律""七窍"等。"七"也是人的生命周期，七岁始受教育，十四岁进入青春期，二十一岁身体发育成熟……《易经》："反复其道，七日来复，天行也。"天地之间的阳气绝灭之后，经过七天可以复生，天地运行之道，阴阳消长循环之理。民间习惯以"七七"为终局、复生之局。古人选择在七月十四（七月半）祭祖想必与"七"这复生数也有关。

一直以来祭祀便广受重视，不少人会在旧历的七月初一到七月三十日之间，择日以酒肉、糖饼、水果等祭品举办祭祀活动，以慰在人世间游玩的众家鬼魂，祈求自己全年的平安顺利，最为突出的祭祀方式便是七月半烧纸钱。

据传说，阳间的纸就是阴间的钱，人们烧纸就是给亡故的先辈亲人送钱。我们这代人对这样的方式是没有概念的。只记得打小起，春节、清明两时节，长辈们会带上子女到祖坟上磕头祭拜，父亲母亲总会念叨：保护一家人平安清净，孩子读书有出息。并叫我们严肃点照念，年复一年。随后代的成长，父亲念叨的话语才变成保佑平安、生意兴隆等。逢年过节或是家人团圆聚餐的重要日子，用餐前父亲也必定会先请出先人们用，说是以免得罪怠慢随客而来的先辈。倒点滴酒，盛些许饭，筷子置碗上说道："各位前辈喝酒吃饭，来了的吃好、喝好，没点到的莫发气。"随生活水平的提高，长辈们祭祀越发浓烈。今日的烧纸钱，我是头回见。

　　镇上的人作息基本一致，乡亲们吃晚餐时间较早，于五六点钟几乎就在各家门前拿出早备好的纸钱开始打理。听父亲说，烧纸钱是有讲究的，纸钱不可潮湿，要提前晒干才易燃，烧得干净亲人们方可收到；用石灰画圈也是有讲究的，在圆圈里烧钱不会被别人抢走，圈要留口，好让亲人们进去取钱。在烧钱的过程中，还要在圈外烧些零星的散钱，据说是打发孤魂野鬼的。在火堆旁，父亲满头大汗，一边拨弄着火堆一边说："您在时没享啥福，现在生活条件好，在那边自己想吃啥吃啥，想买啥买啥，别饿着，别冻着！孩子们都好好的，您保佑后生们安安稳稳。"没有经历兵荒马乱，没有经历战争饥荒的我，似懂非懂地望着眼前景象，听着父亲喃喃自语。我知道也曾是孩子的父亲想娘了！"百善孝为先。"父亲在用他的方式尽着他的孝道，愿天堂的亲人不再孤冷！

　　作为"80后"的独生子女，父母都还健康的今天，我无法想象失去父亲或是母亲后的生活该如何继续，我更不知道该怎样将这家庭香火传承给我的下一代，或许用他们的话说：到时候自然就啥都会了……

　　这世上，有一种幸福，叫"亲人在"，有一种快乐叫"亲人爱"，在相聚时用力聚，好好爱！亲人在的日子，就是人生最幸福的日子。显然，我们无法阻止生命的终止，坦然面对死亡，好好珍惜当下，或许就是中元节真正的意义所在。

中秋节

节，是个什么概念？

是老人可以见到日思夜盼的子女的日子；是奋斗的年轻人忙了一大阵子可以歇歇的借口；是孩子们拍手叫好的假日。秋花朵朵开，月光千里白，系着绵绵秋思，带着浅浅笑意，中秋节，是一个多么美好的节日！

一块月饼，藏着香甜的回忆甜到心坎儿里；一杯美酒，凝聚浓浓的情意醉进心窝里。那一轮千古悬空的明月，那满目皎皎清光，多少过往情深。多么诗意的节日！

轻捻月光，捻不断惦念，人隔天涯，隔不断相思。想念，若有声音，会是怎样的天籁呢？是午夜里，彼此的呓语？是幽室中，绵绵的絮叨？是，又不全是。又或是，清夜里的月移花影？是，好像又不全是。是停滞的脚步，是不舍的回顾，是独自叹息，是引颈眺望，亦不全是。是想念，或许只是，摒弃一切世俗之外最美的遇见。

早已习惯了在似睡似醒之间，花蒙眬，树蒙眬，人蒙眬，影蒙眬。历练后的我，莫如把这唯一的深深执念，赋予细碎光阴，暖暖的，绾一个记忆的结。

所有的遇见，都是一种偿还。愿心中有爱，眼中有欢喜，愿前行无阻，岁月无忧。

日升月落，时光荏苒，让清风捎祝福，请明月代问候，穿越千年不灭的白月光。

莫忘那梦，那初心；莫忘那路，那归期。

山有峰顶，海有彼岸，漫漫长途，终有回转，余味苦涩，终有回甘。

琴痴、米姐和我

有一种遇见，叫相见恨晚；有一种交流，叫意犹未尽。她，人称"一根筋"，她则是公认的"高冷范儿"，这样的两个人，愣是用一杯老茶跨越了沉灃。"风火"女人间的谈话伴着浓浓的茶香，竟是别有一番意趣……

又是一个周末，我有幸收到邀请，去参加市里组织的端午诗会。依胡老师安排，将我、米姐、小杨、胡老安排在同一辆车上。他们仨均系津灃优秀诗人代表，我则是去打打酱油赶赶场的，当然，也是想受到更多的熏陶，期待在未来的日子里，遇到更好的自己。

米姐是天马行空的小说家、心思缜密的抒情诗人，也是快言快语的豪迈女子，更是我眼里高不可攀的文学前辈。初见她，是在去年的某次文友交流的饭局上，她左手持烟右手端杯的另类形象将我镇住：眼前这位女子四十余岁，算不上漂亮，但看着让人感觉舒服。最初吸引我的是她的真实，她率性得忘了一个中年女子该有的端庄，倒像个大孩子般逗人欢喜，让人忍不住想靠近……着粗布衣衫的她，虽偶尔透着丝丝古典的飘逸，但多数时候，她豪迈如儿郎，席间大杯喝酒，大口吃肉，不拘小节，高声谈笑。不知为何，那情景竟会让我想起梁山好汉，想起仗剑江湖的侠士和浪人。

县城至市区的来回里程虽不算很长，却足以让点头之交变得热络。曾以为一身豪气走天涯、才华横溢潇洒姐的乐天派浪人从未吃过苦，才会无视一切，交谈中得知其过往：她也曾上过班，待过办公室，高温下做采访，骤雨中奔波……巧合的是，一车四人，竟都有过相似的办公室经历。只是我眼前的长者们，呈现给我的是经历磨炼后的睿智。米姐用沙哑的嗓音调侃道："人生若没有一段想起来就热泪盈眶的奋斗史，那这一生就算白活了。"这就是乐观的米姐、不羁的米姐！现在的我们，尽管没有留下什么痕迹，但谁能抹杀鸟儿曾经飞过的真实？

随着话匣子的开启，我发现和米姐还有着一系列共同点：曾在某座陌生的城市待过，都以思乡心切的名号从外地"两袖清风"归来；聊天时会莫名其妙断片，忆不起方才聊到的话题；隔不久便会突然想远走，要毫无目的；期望职场生活，又都血气方刚，坚持要去追寻所谓的真理、自我；都热爱文字……不同的是，她对文学是从十几岁起就极度热爱，好饮酒，随时都得来点，诗兴大发时狂饮一杯，不一定妙笔生花，却能完成一段内心的独白。我是兴致来时偶尔喜爱文字，但不如米姐善饮。写不出文字时也装模作样地小酌一杯，仍旧写不出时，便倒头大睡。自恃清高的所谓文化人之间的畅所欲言，竟将这人与人的缘分推至沸点，如眼下烈日一般……

也不着急回家。一路兜兜转转，被米姐带至一处清幽的院落，只见院内小径幽幽，绿植茵茵，古朴的半木结构的庭院透着极其雅致的情趣，想必屋主人也是不凡之辈吧。米姐也不声张，只径直往里走。早前准备来这里时，我问：你不联系一下，万一拜访的人不在家，岂不是走了弯路？她说，我从不联系，去了就去了，遇见也好，没遇见也好，愿意去的地方永远没有弯路！我不太懂……

果然，屋里的人有了感应似的迎出来，步子极轻。也不多寒暄什么，也不问我们这一行人的名姓和事由，只说，进来喝茶。他便是米姐谈起的挚友、手工斫琴师李老师。

这是一个僻静雅致的院落，一排乡村木屋呈现于此，门前有着灵动的水塘，不日将会被荷花铺满，别有一番生趣了。这里曾经是个景区，院落是原先用来经营餐饮的门店，因为某些特殊的原因，景区闲置，餐饮业也随之没落而外迁。远离闹市的旧日景区，而今倒成了文人雅士们幽居和创作的好地方，从而也将这里打造成了一块文化宝地。李老师的工作坊位于最中间的那栋，四周用轻薄的竹篱围着，形成单独的小院。庭院左边是一排木亭和一张长长的条桌，有客人时可喝茶聊天，多数时候这张条桌就是李老师手工打磨琴坯的案板。中间三间小屋便是他的工作间和展览厅。往里走，正门上方的"六和琴房"牌匾映入眼帘，欲问其意时，李老师款款道来："六和——又称为六和敬'口和无诤；意和同悦；戒和同修；见和同解；身和同住；利和同均。'以此示意自己言语、精神、法制、思想、行为、经济上得体有礼。"仅这番解说，我内心已认定李老师为儒雅之士。走进展览厅，看见墙上挂着几张古琴，琴台上摆着的一张大概是李老师闲暇时抚弄的吧！不敢想象，这些精致的琴都是出自李老师之手，每一把琴都裹着艺人全部的心血，有着岁月赋予的耐人寻味的幽思。

　　闲谈中，才知道李老师并非"科班"出身。李老师早前的身份是一名摄影师，因外地某斫琴工厂需要一些宣传类拍摄，也因生计，李老师便欣然前往。是的，你猜到了开头，却没猜到结尾：误打误撞，李老师爱上了古琴，从而立志传承这门古老的技艺。拍摄期间，他常常偷师学艺，以及贿赂技工，终于学得一些技术。加之他曾有过木匠的经验和不同于一般人的心性，硬是凭着一腔热血与热爱，坚持亲自选料，坚持手工打造，如此，至今。

　　在这简易的茶室，有着齐肩长发的李老师坐在桌前，轻斟慢饮。这位穿着背带工装，眉宇间有些淡然的人，一边为我们煮茶，一边分享着他的"小"故事：出生农村的他，从小爱好画画，对自己喜欢的事情有着超乎常人的专注力。成年后，他选择了与画画有点关联的摄影，似乎很好玩，同时（在那个年代）还能养家，因此，他一干就是三十年。李老师的摄影作品曾获奖无数，在摄影界，也是响当当的大师级人物。

都说人生走的每一步都算数，是的，这句话在李老师的身上得到了淋漓尽致的印证和回馈。前些年，他在琴厂拍宣传图片，因为心思细腻爱观察，每一把琴的特点，每一根琴弦的发音，李老师都了如指掌。随着我国工业和制造业的兴起，民间匠人日渐式微，爱钻研的李老师敢想敢拼敢闯，果断地放下曾经的营生，开始自学古琴制作。凭着他独特的文化功底，在钻透了工艺后，进军传统手工业，并形成自己的风格，在这一行干得远近闻名。

听米姐说，曾有报刊记者想给他做个专访，让米姐代为转达。米姐想着，有了媒体的传播，他大概会过得好一些吧，于是欣喜告知，哪知他竟然拒绝了，说现在还没到那个时候。米姐自然是懂他说的"那个时候"的意思。真正的匠人、艺人，哪来的终点？

也许，他就是为手艺而生的，几经辗转与蹉跎，他由工匠变成了艺术家，他把传统手艺衍变成了某种无形的精神财富。地方政府将他的手艺纳入了民间文化发掘与传承的视野，特将李老师留在这安静之地，并扶持他成立工作室——"六合琴房"，一边研习手艺，一边传承着我们国家历经千百年流传下来的宝贵的华夏神韵。

李老师带领我们参观他的半成品工作室，他讲解时的激情澎湃与在茶台前沉静而飘逸的样子简直判若两人，果然是不疯魔不成活啊！这有着各种长短不一的木板和满地木屑的杂乱小屋，被李老师当作圣地，一般人压根儿不让进，想必是力求完美的他，不愿意让人看见毛坯的粗粝吧。锤子、钳子、刀子……各式各样的工具摆放着，让原本不太大的空间略显局促。然而，我似乎看到李老师在工作室工作时腾挪有序、挥汗如雨并自得其乐的情景。

　　李老师耐心地给我们讲解着一块块木板由基板到主板的打造过程，如同细述他对古琴的痴迷，对生活的热爱！这些古朴而至简的原材料，似乎也在跟随李老师跨越时空，倾诉着自己的故事。李老师笑着说：每一个物件和每个人一样，承载的是岁月的冷暖，它们都有着属于自己的独特灵性。每一次打磨，都是与它们在进行一场内心的交流。这不仅要求精益求精的工匠精神，更有一种因懂得而彼此倾注的情怀，也是必须传承的文化内涵和生活哲学。

　　艺术来源于生活，又高于生活。这句被人嚼烂了的名言，直到此刻我才真正品咂出它的意味来。每一个爱好艺术的人，都单纯而执着，但这份执着已不常见。像李老师这样玩出名堂来的，也多。像李老师这样玩出性情来的，很少。玩，是需要功底的，何况，李老师誓死不承认自己在玩呢！

　　玩和玩，是有区别的吧！

　　回程中，沿途栀子花香醉人心扉。又是一年栀子花开，青春的孩子们冲刺高考，年轻的人们热议"躺平"，创业者们依旧奋斗不息……每个人都在按照自己的轨迹和节奏生活，收获欢喜、孤单，那些逆境和伤痕，之后的悲恸与承受，在时间的长河里，慢慢修复、沉淀。一切终会归于平常，日子依旧绽放。

　　依旧会遇到好汉样的米姐。

　　依旧会有美好的琴师等你一抚琴弦。

最美回家路

　　今天首次走安慈高速，比往常节约了近四十分钟，让我想起多年前从长沙回澧时的情景。回家的路，如果让我用语言来形容，突然发现无从下笔。倒不是没东西好写，只是想写的太多太多，无处落笔。这所有人眼中的平凡的路，对我却意义非凡。

　　像诸多奋斗青年一样，我怀揣一颗敢想敢拼的心，选择在外发展，每一两个月会回家看望一次，那时父母年轻，并没到放心不下的地步，大抵是骨子里的恋家情结吧！2012年，二十五岁的我，白手起家，喜提人生第一台车，想到回家会更加便捷，特别喜悦，回家也频繁起来，变成了每月一次。听说有条新高速开通了，在我的家乡澧南有出口，地方荣誉感使然，尤为高兴。大概是傍晚，进入常德段时，右边很大的牌子提示澧县、荆州，估摸着能到澧，便开了进去，黑色柏油路面很宽，可能是才开通的缘故，路上车辆很少，比以往行驶过的高速都干净，行驶大约十几分钟都没有一辆车经过，毕竟是从未走过的路，这样的异常让我心里没了谱，电话问及老家隔壁李叔（李叔是生意人，经常各地跑动，尤其常德区域特熟），李叔得知我在回家路上，乐呵呵地说"丫头放心跑吧，正是新高速，过临澧不多久就记得留意路边的牌子，澧南位置有出口，一下高速就是张家滩……"确定没有走错后，立即打开车窗，让常德特有的掺杂着油菜籽味道的泥土香味飘进车内，这是我闻着长大的香味，百闻不厌。美好的记忆，是人生最宝贵的珍藏。最美的风景就在回家路上，万千思绪随风荡漾，仿佛穿越二十年的光阴去往那魂牵梦绕的地方。即使驾驶一下午，也很开心，因为风是甜的，夕阳是暖的……

之前写过一篇《外嫁的女子》，大抵是写嫁到外地的女子思念自己亲人的一些心境，其实外嫁这个范围有些局限性，我想表达的可能更多的是指在外奔波的人，包括游子。对于家乡的想念，定居小城的人是无法体会的。他们不知道，下车后吃上一口老家的常德米粉是什么滋味；他们不知道，从家里带去的满车厢白菜、南瓜意味着什么；他们更不知道，不会开车的父母们去看望一下子女，舟车辗转抬起的一担担肉、一桶桶塑料瓶装的土鸡蛋、一罐罐自制的霉豆腐、一袋袋荞麦皮有多重……多年前的情景，就像今天，同样是新高速，同样是驱车，只是方向不一样。之前是我回来看父母，现在是以长辈身份去看在外读书的孩子，中国式家长的爱或许都这样，只是身份有些许转换。

回家的路，一头连接父母的心，一头连着游子的心，承载着思念和期盼。此番去往长沙，还带着另一份爱——闺蜜父母的心意，代老人家看望才生产的闺女，也就是我的闺蜜微微，后备厢塞满了晒过的盐水肉、香肠、鲜活的鸡、鱼……都说"为母则刚"，这个曾经稚嫩不懂事的女孩，怎么也没有想到，如今喜为人母的她竟如此坚强能干。因将工作看得较重，加之身体没有太多不适，周一下班后生产，次日立刻线上洽谈业务，硬是没耽搁半点工作，被同事和客户调侃是"趁着下班空当生了个娃"，从娃娃落地起，之前事事要母亲叮嘱的她，将角色转变，开始事事操心她的下一代了。成长，何尝不是随季节变换？从小孩成长为大人，从大人逐渐老去，从被照料到照料人，如此这般，在世间轮回着。瓜粘子，子粘瓜，又如何解释得清？

正如那年春晚，刘德华唱响的那首《回家的路》：

> 数一数一生多少个寒暑
> 数一数起起落落的旅途
> ……

回家的路
拍一拍肩上沾染的尘土
再累也一样坚持的脚步
回家真的幸福

喜爱回家的路，喜欢怀旧，在时间这件柔软旧衣的包裹下，一切变得柔软、舒适、安全，我们能找回一份久违的简单，温暖而松弛。每一次的归途，都是一种享受。最美的风景一直在路上，最美观景路，永远是回家的路。

荷花开满君未来

雨后，凉意丝丝袭来，忽然明白已是秋季了。

从不怕热的我，总认为夏季是浪漫的，充满着别样风情，有做不完的梦、听不完的蝉鸣、赏不完的花——尤其那被暑气催开、身着粉色罗衣的满池荷花，更让我着迷。阳光下的荷花，似一位亭亭玉立的少女，那娇艳的花瓣，如仰着的小脸，不惧日晒，充满了盈盈风姿，散发着淡雅的清香，似在等待情郎的到来。我一直想着要寻觅那芬芳的踪迹，迫不及待地去赴一场与荷花的约会，感受那巧笑倩兮、美目盼兮的绰约风情，任微微凉风吹过每片花瓣，让夏的甜蜜漫溢过发梢、指尖……

前几年，每到夏天我都会去"赏荷"。之所以打上引号，说来有些羞愧，那时只是单纯地"看看风景"，无非凑个热闹，停留在某地打卡，望望满池红红白白的花朵而已。繁花养眼，这我是懂的，但无法体会沉静下来让风物润心。天气越热，花开越多，花瓣越香时，我会骑着自行车奔至隔壁县城，或是毛孩子似的揣上满腔热情穿梭于他乡荷花节，随众人领略荷的"风味"，然后拍照留念。自从宋代周敦颐写过《爱莲说》之后，荷花就更为文人墨客所喜爱。在水乡泽国，荷花乃常见之物，一般人对它并没有附加那么多的寓意和想象。不过，仅仅是荷花本身的雅洁，就足够让人痴迷了。岸边观荷，如李清照少女时那般，酒后划船误入藕花深处，或是缱绻爱侣划着小船，轻轻进了如诗如画的荷花堰……那专属夏天的景色，那一池繁密的荷花，脉脉倾吐着馨香，混合着水底荇藻的微腥，让人精神一振。与水沾边的植物，给人的感觉总是干净的，荷花也因此而格外清丽出尘。

敲打键盘间，忽然忆起那年教室品荷花茶的情景来。霞姐姐极爱茶，身边的我们也总能跟着"享福"。她说："所有的美好会以不同形式来到每个人身边，当它来临时，我们要认识它、不让它擦肩而过。"世间万物于她，都是美好，自然包括盛夏的荷。不仅可观赏，还能入茶。谈及此，我们于是有了练字时一起品荷花茶的想法。因我常住农村，就负责采摘荷花，霞姐交代要含苞待放的，还要大片荷叶包裹，用来保持新鲜。荷花茶的具体做法我已记不清，只知晓霞姐姐将茶叶包放置花瓣内，用白色尼龙线娴熟地裹住，包扎好的花瓣旁还放着另外两款提前裹过的茶，一袋黄山毛峰，一袋龙井，茶袋上娟秀的"荷花茶"字样是细致入微的霞姐姐自己写上去的。摆放好已煎制的荷花饼，几人围坐，简单精致的荷花茶会就开始了。原本闲聊的闹腾，瞬间竟安静得不忍打扰，默默注视着优雅泡茶的霞姐姐，品茶间花香茶香弥漫，空气中到处都是清香，让人每个毛孔都舒张开来，仿佛浑身都在呼吸，自由和轻松的心灵，释放了平素担负的重荷。如熟悉的风景会从眼前转瞬消失一般，那记忆虽不过一瞬，却让人刻骨铭心……

"接天莲叶无穷碧，映日荷花别样红。"在盛夏，摇曳生姿的荷，其叶田田，其花亭亭，让人不由得对诗意的生活充满了向往，对美好事物充满追求。色彩鲜明艳丽，形态婀娜多姿，荷花总有一种女性的柔婉，记得诗人徐志摩赞美一位日本女舞蹈家，就说她"最是那一低头的温柔，像一朵水莲花不胜凉风的娇羞"。在对荷花之美的体悟里，会让人宁静，自足于精神的丰盈，不与万物争高低，能让所有的纠结释然。晴雨交替，一朵云，一只蝉，一枝荷，简单的事物里，生出一池美好，幸福刻进记忆，往事大抵如此。

凭高眺远，见长空万里，云无留迹。一场细雨，为凉爽的秋平添了几分惆怅，似乎在为夏及夏所涵养的一切举行仪式性告别。离别可以使粗心人变得细心。人生行于天地间，尽管见惯了绿肥红瘦，晓风残月，静赏过云卷云舒，叶舒叶落，但在时光深处，总有一些情结，在岁月的花笺上，标记出符号。我们遇见了该遇见的事，爱过了该爱的人，执着于该执着的意念。但光阴不居，岁月不可回，美好不能常留，身边的人和事，或许只是一转身，便是过往，或者就是一生；有些意念，或许一低头，就已不在。山水浩瀚间，来不及相守，就已离散；来不及挽留，就已虚幻；来不及追寻，就尘归云天，杳无踪迹。那无数的转瞬即逝，多像一场想爱未爱的情缘。像极了临风飘落的花瓣，一缕香魂，只留下水面点点涟漪，如拨动了心中敏感的琴弦，那么凄美，却又无奈。如果爱，请深爱，不要等到失去才懂得珍惜。岁月沧海阔，唯爱如航船。所以有人即使年迈，仍在想方设法寻找错过的人。时过境迁，依然不能抹去那心中的遗憾，那朵心间凋零的荷花，真的只是让心湖泛起一丝丝涟漪……

草木无言，唯有深情。荷塘陪伴人们，能吸引他们驻足、流连、沉思。他们赏荷、画荷、拍荷，怡然度过溽暑。它化解了尘世间的戾气与压力，让人清空浊气，面对清净的自己。又是一年荷将残，"留得残荷听雨声"，将会多么寂寞。这也提醒我可要记得，欠下的那场约会，还没有错过，晚夏虽荏苒而逝，但留下的荷塘景光，却还可以及时追回！

父亲生日

（一）

我很少看短视频，无意间见到一个父亲放学时接女儿的镜头：这可是他宝贝女儿第一次上幼儿园。画面中女儿出教室后，父亲比女儿还兴奋，第一时间冲上前去将女儿搂起……时代在变，以前和如今，父爱的表达方式截然不同，现在新颖细腻，从前诸多无言，但，终究都是厚重的。

时光上演着一段段父子间的轮回，一个父亲在期望中变老，一个孩子在烟火里长大。都说父亲会疼爱女儿多一些，他的女儿是不允许任何人欺负的，每个女孩在婚礼上总有父亲依依不舍的重托。一个父亲，能把生活的样子替你先活一遍，告诉你外面的江湖险恶，他吃过的苦头不会让你再吃，他走过的弯路绝不让你再走。

世上没有不心疼孩子的父母，大多数父母都愿意为孩子倾尽所有，他们起早贪黑只为给你更好的物质条件。父亲总是做得很多，说得很少。他从不会告诉孩子他生命里的不堪和煎熬，就像小时候有了好吃的父亲总说他不爱吃一样。一向节俭的父亲年纪大了反倒喜欢吃大鱼大肉，我却从不知道父亲是怎样撑过他儿时只有腌菜萝卜熬粥的艰难岁月。所以，就算再懂事的孩子，也无法知晓父亲生命里的全部故事。

父亲从不善于表达。二十世纪九十年代时兴农村人进城务工，分离大半年的父亲从广州回来，带回一条心形项链，他知道他的宝贝女儿爱美。清晰记得：深夜到家的父亲进门后，放下手中那提了许久的蓝白红格子式样的塑料行李包，从自己穿着的夹克衫左内侧的口袋里掏出一条用透明塑料包着的项链，轻轻拨开那层塑料皮，耀眼的金光闪烁在他粗糙的手中，父亲的手有点笨拙地在不停颤抖，小心翼翼地拨弄，然后面露得意之色，轻轻地将项链挂在我的脖子上，并反复检查是否扣好。小小的爱心在我脖子上闪耀，让我心花怒放，充满了甜蜜温柔的幸福感。父亲的目光一直没有离开我的脸，他脸上的笑容也被我单纯的愉悦点燃了。我的生活观一直是甜的，女孩子天生爱花，没法每天购置鲜花，父亲便会在做工回来的途中折取一些绽放的野花，悄悄地插于空酒瓶中，成长历程里，无论经济实力怎样，我的生活理念似乎一直是浪漫的。电影还不盛行的年代，父亲也学城里人模样，大手拉小手引着他的女儿走进电影院……我们从不曾有过太多交流。在某个时段，父女之间会迎来一次漫长的别离。孩子渐渐丰满的羽翼总想在精彩的世界里跃跃欲试，父亲会错过孩子的慢慢成熟。待孩子归来时，父亲脸上全是微笑和洒脱，每每分别时的不舍，年轻的孩子哪会看到。

都说女儿是父亲的小棉袄，我对父亲的爱却如此稀薄。原因和所有与父亲闹过别扭的子女一样，无非是人生观与价值观的截然不同而产生的分歧，一言不合时总是相对无言，或者出于对父权的容忍与尊重，不想与之争辩。我们看到了一个有各种缺点的父亲，啰唆、固执、斤斤计较，甚至有些小气。我们好像不太尊重父亲，以为我们能当家做主了，什么都是对的。父亲或许也相当明白，老了就是老了，得退居二线。于是像以往大多数家庭一样，依然默默地为我做着力所能及的事，只是不再冲在前面。

父亲只想多做点。2021 年春节有别于以往，父亲工作的工厂需要他轮班守厂，值班时需二十四小时在岗，直至第二人接班。耿直的父亲让别人先挑值班日期，三十、初一的值守自然便落到他头上。母亲劝他与别人商量更换一天，父亲挥手说道：

"大伙儿都想阖家团圆，一人顶了算了。"父亲原本可以放弃这份工作，为了能给女儿多积攒一点，坚持到岗上班。要知道，思想观念传统的父亲极其爱热闹，在他眼里，除夕是一定要热热闹闹的。五十多岁选择除夕夜独自值班，完全是在用他的方式为女儿打拼啊！

（二）

不知从何时起，父亲越来越矮了，虽没弯腰驼背，但发际线已由额头悄无声息地移至了头顶，照惯例，过不了两年，应该会退至后脑勺吧？我的心不自主地颤了一下。

不经意间，父亲的耳朵却比原来灵光了。下班回家，车熄火人还未下车时，父亲便健步如飞地由大门口奔向厨房，麻利地点火抄起家伙炒菜，进门洗个手歇口气的工夫，准能端碗吃上荤素搭配、营养均衡、色香味俱全的晚餐，那股热腾腾能立即予我温暖，会以为偷上了营养补习班。偶尔没外出的日子，卧室睡早觉的我只要穿拖鞋准备下楼，父亲总能掐好姑娘从起身到下楼洗漱所用的时间，待喝上第一口清嗓润喉的温开水时，早餐已做好，可以保证到面条绝不会粘，对时间的掌控丝毫不逊色于训练有素的士兵。难不成是一直紧盯天花板听着地板砖被踩发出的声响来推算的时间？体形原本算硕大且粗线条的父亲，何时变得心思如此细腻？

父亲的经典语录："只要我丫头不嫌弃，这饭我就一直做下去，凭我这身子骨，至少还可以像模像样做个十五年。"我时常拿来调侃和嘚瑟，谈笑间却突然惊慌失措，十五年后呢？十五年后会怎样……

爱极了热闹的父亲，非常喜欢被折腾。每逢过年过节，家里客人不说络绎不绝，总之是没有停歇过。每年的这个时候为他庆生的人不少。

　　常听大伙儿称赞父亲有个乖巧懂事的女儿，到底是十指不沾阳春水的我造就了越发优秀的父亲，还是善良实在的父亲养育出

知足乐观的我？

原以为是我在包容着父亲，其实更多的是父亲在包容我。很长时间对他不用正眼相看，而他却从没有停止过对我的关切。很多时候他会问我今天想吃什么，我总是习惯性地说"随便"，面对如此敷衍的回答，他仍然寻思着我平时的喜好，一桌饭菜做好后，看到我只是随便动了两下筷子便放下，父亲的心，应该是一直不能落下吧！

我们口口声声教育自己的子女要知孝顺，自己却无时无刻不在折腾着父母的心。我们慢慢长大，父亲渐渐地老去，不再伟岸。我们以为依旧如初，直到有一天你突然发现，父亲不知何时已弯了背、白了发、深了皱纹。我们在漫漫旅程之中跨越山海，从青年走向暮年，唯愿时光不老，流过生命的时间慢一点，再慢一点，拂过面前的轻风柔一点，再柔一点，好让我可以写他们更多故事，陪他们看更多风景。

告别八月

担心写作水平不好，日记也就没有天天都记。韩所的一句话让我犹如醍醐灌顶："文字主要是用来记载自己想记录下来的东西的。"是呀，我想记录下的事情、心情，喜悦的、悲伤的、甜蜜的、苦涩的……或是与人分享，或是自我反省，诸如此类，都有意义！

——题记

月亮升起来了，照在平静的澧水河上，发出灰白的光，给这夜增添些许深邃。不知名的虫子幽幽鸣叫，三轮车拉着货物轧过马路，河水就在无边际的青草旁流淌，万物都在为它伴奏。我站在高楼透过窗俯视这一切，这样的景色有些让人害羞，害羞得不忍说出话，就这样轻轻地，轻轻地望着，什么也不做，只是微笑。岁月，在寂静中不停向前，八月的最后一天，真适合这般安静独处。这个永远不会重复的八月，想来也的确漫长。闭关了一段时间，陪伴久违的儿子，更换工作，历经疫情，坚强地抗疫，安静地上班，结识新同事，清晨继续晨练，晚间偶尔夜骑，周末照旧登山，平时看书写字，也遇到一些事情，处理一些事情，平淡的生活似乎总需要戏剧性的元素来调和。

新工作很普通平凡，但让人踏实。或许是被岁月磨平了棱角失去了斗志，或许绕了一圈后想回归平静，又或许是为自己的不作为找一个冠冕堂皇的理由，喜欢这种状态，绝对是真的。上洗手间不用小跑、无须熬夜加班、周末节假日都能正常休息，同事们友好地教授业务知识，让容易满足的我拥有满满的幸福感，日子一下子变得有规律，有"窗子敞开亮堂堂"之感，似乎是一种委屈被抹消，底气被托举，有些"天无绝人之路"的庆幸。此刻，我明白了"知足"二字的分量。在这世上，本来就有诸多悲哀，譬如想嫁给皇帝的人，最后却只是做了压寨夫人；练了十年长跑的人，也只能奔跑在送信的路上；其间还要夹杂多少明珠暗投，指鹿为马，直把杭州作汴州的命运颠倒或错位。"闭关"在家的时间，让我知道唯有经历了方可安静下来。当无力把握命运中的某种现实时，要学会放手。给自己一个全新的开始。学会承受，把一些事情无声无息地忘记，正如米沃什的《礼物》中写道："这世上没有一样东西我想占有；没有一个人值得我羡慕；任何我曾遭受的不幸，我都已经忘记。"历练一次，就丰富一次，当真挺好！

运动，仍是我的热爱。想爬山了，便叫上三五好友，寻不远处难度不大的星德山热热身、透透气、补补钙，让深山中不一样的空气给肺洗个澡，让大嗓门的我们在空旷处任性吹着牛，也是周末不错的选择。享受运动、享受自然，在某种程度上也算是保存住了青春、快乐、健康。

读书和学习是我另一个爱好。书的好处，是可以拿拿放放。即使把它放在书架里长久不理，它也会安静地在那里等待着被阅读。读书是在和智者聊天，许多思想均来源于此，经一系列思索转换成自己独特的见解。我看书不太懂规矩，一般是挑到哪本就哪本。

假期与孩子斗智斗勇的二十多天，欢喜、愤怒……各种情绪每天都如话剧般上演，大多家庭如出一辙，貌似与家长学历、素质无太多关系，平行线般的两代人相处，其感受绝不是只言片语能描述的，这门学问还得深入研究……

惯常与微小，也是一切事物的总和。趁夜深，记下那些微小的事物、琐碎的过往。我们每个人都如在单行道上寻寻觅觅的跳蚤。日子乏味又有趣，与环境本身无关，基本取决于自己的心态。走出一段路程后，回头一望，有牵挂、有烦恼、有自由、有限制，却也生动、美丽。

一方茶室

现在的生活流行喝茶。泡茶知性、喝茶知味、论茶知心。茶能静心，能修身……好处颇多。

许多女性能优雅地泡一手好茶，粗俗的我学不来，没用心，或是没静心。尽管年龄不大，喝茶的朋友还是略有一二。譬如，习茶笔记做得非常好的霞姐姐，每次茶会后会记得一手清秀文字，如茶叶飘香沁人心脾，不上班或是中秋等日子，会在家中设宴邀约品茶、赏月，偶见冷泡、茶酒等见识；譬如，前辈阳老师家的小院，文人们时常齐聚，贤惠的夫人便会乐呵呵地一轮又一轮地沏上一壶壶的茶，尽管我是从文章里知道小院故事，仍有幸品上过一两口。我不懂茶，也不懂艺术和文学，人多场合多是抿嘴不吱声，并自我调侃是"怕生"。

今天要说的茶室老板芳是位非常优秀的女人。"万事通"是她小名，有关这城里的大小事情似乎没有她不知晓的，问到哪她都能帮上忙；灿烂笑容是她固有的招牌，搭配火一样的热情，随时感染着身边的每一个人；能干贤惠似乎是她与生俱来的优良品格，每天忙碌于单位和店铺，工作事业双丰收自是情理之中；知书达礼也是她气质中的一个点，即使令人头疼的文案、文笔事宜也丝毫不会难倒她。与她的结识缘于几年前的骑行和公益，性情相似的人交流好像都比较简单，一个笑容、一个眼神，就能读懂彼此，以至于交往不多，但似无间了。我知道，她的心血——"一芳茶室"乔迁，在精心打磨下进入试营业，着实替她高兴。因不接受任何赠礼，不会品茶的我也前去喝茶祝贺。

新店坐落于一家酒店的对面，有点苏州特色的白色小楼落眼即见，二间二层的玻璃窗中透来暖色灯光，在这条原本漆黑的道路上备受瞩目，让我想起了一句很喜欢的话："路灯，是为了照亮晚回家的人！"这条路以后不会再孤单。和小马邀约前往，迫不及待地楼上、楼下、后院三百六十度参观。高雅的格调、细心的点缀使小楼别具一格，每个角落都存放着主人的心思。即使静静地待在这儿已是一种享受，若是夏日在后院星空下畅聊更会美妙不已。听说，选址定为此处也是因为这难得的后院呢！茶室逐一欣赏后，我们有默契地选择了一间小房间席地而坐。冬季一般较为寒冷，加上女性特殊体质，店主芳为我们推荐了一款相对暖性的陈年老白茶，说是能抗氧化、提高免疫力等。为不耽搁老板招呼其他客人，我们自行熬煮，就着干枣、花生等点心，红泥小火优哉游哉！

在这里，会觉得莫名的亲切。没有沏茶的客套，没有高深玄妙的茶道，没有那些茶礼节。我们用最简单方式煮茶，看这经得住滚烫开水的茶叶飘舞翻腾，任凭叶子在水中沉浮，回归茶的本质，瞬间使人宁静、平和。当然，女人们品茶时的唠嗑基本没有至深哲理，东一句西一句，多的是一些互相温暖的琐碎话语，暖了心、暖了胃。要知道，这快节奏下能有人坐着一起聊天，已是一种难得的幸福。一盏茶的光阴，赋予了我们体验生活的千般风情和万般惬意的权利。

岁月悠悠有闲情，生活处处有诗意。生活的脚步匆忙，放慢节奏泡一杯茶，美好而浪漫。品茶，品的好似人生；品茶，品的也是人情。好茶，养身；茶好，动情！聆风听雨，观云望月，茶烟袅袅，得浮生半日闲，无心于事，无事于心，坐而忘忧，岂非人间一乐？

白 发

（一）第一根白发

暖阳映照下，抬头窥镜，一根银发透过千丝万缕显露出来，瞬间，时间似乎凝固……

见证人生的第一根白发伴随着成长的节奏，恰如其分地长了出来，不急不慢，千真万确！若是从前，必会惊慌失措，手忙脚乱，会毫不犹豫拔了去。可岁月，竟悄无声息地让人学会了接受，学会了释然。真心觉得，该出现的事物在该出现的时候出现，就像所有的相遇，都是久别重逢那般，平静又欣喜，是不一样的美，一种跨越时光的美！

时光仿佛从这个节点往前推十年。那个曾经笑声飘至十里以外的女孩，如今已知道温文尔雅；那个按捺不住走路连蹦带跳的女孩，如今能端庄地坐上半天了；曾经唯我独尊的女孩，如今似乎学会了体贴；曾经那个不知天高地厚的女孩，如今也知道了柴米油盐……

十几年光阴的流逝，在暗流涌动的寒冷冬夜，无数个异地想家的日子，生命中那段幸福又困顿的日子，竟都过了去！

恍然间，竟已忆不起从前。只有眼前这触手可及的一笔一墨，一山一水，一花一草，一石一瓦，日子在小镇里亦悠然安好。

我喜欢被雨水冲洗过的空气簇簇拥拥扑过来的气息；我喜欢家家户户炊烟袅袅飘出的香味；我喜欢小路上混着各种蔬植，屋前晒着萝卜豆角的味道；我喜欢听男男女女、老老少少满口的乡音；我喜欢看我们家豆豆来沙向我摇尾的情景……不需要费力去寻找，都是一寸又一寸的欢喜！

是岁月回赠的这些吗？

如果是，张开双臂，尽情拥抱吧！

"人间万事消磨尽，只有清香似旧时！"

我喜欢我的白发！

（二）第一缕白发

难得的温馨时光，儿子抚弄着我的头发，忽然惊讶地对我说："妈妈，您怎么都有白发了？"我心里虽然一惊，但还是装作若无其事，笑答一句："没你在身边，这是月光特意为妈妈送上的白玉兰。"哈哈，突然觉得自己是如此有诗意。

说到白发，我就会认真起来：第一根白发是何时出现的，我曾做了记录。清晰记得纪念第一根白发时的情景：那是 2020 年 2 月 20 日，我坐在车内，看着自己头顶那根外人一般察觉不出的短白发，心情不可名状。我用了"美妙"的语言描述了那天的天气，用了很平淡的语言记录了心情。大致表达出白发有"不一样的美，跨越时光的美"这层意思，并说我喜欢我的白发。好友纷纷留言：你这是长一根，长一撮你试试。

我其实还真没想那么远，但是为什么会长出白发？这个疑问在我脑海中如阴影一般划过：是自然而然？还是焦虑引起？不过我并没有太在意，事后不久便忘了。

又是一个比较好记的时间：2022 年 5 月 20 日，同样是阳光明媚的下午，这回是两根刺眼的白发坚定地立于头顶之上，位置恰好在之前长的那根周边，拔掉一根后，连续又发现了多根，似乎是要应验两年前的调侃，光阴确实给力地朝着"长一撮"的目标扎实前行。不算太乌黑的青春秀发，何时竟一根根悄悄变白？

我陷入沉思。

同事们见我沉思起来，不由笑道："不过两三根白头发，不必小题大做！"我用手指撩开两侧头发，对她们说："看看，这里藏这么多，一缕缕都白了！"尽管我不可能真的喜欢白发，也不那么憎恶，但急切的语气还是充满了埋怨，怪自己粗心大意，似乎是对青春的衰退表达不满。我一定是忽略了些什么才让黑发染霜？在我不停歇的忙忙碌碌中、侃侃而谈中？还是在熬夜埋头写作中？是小城支与收不一致的窘迫所致？还是为了未来焦虑而生？我无奈地发怔，眼睛望向天空，尽量让空气稀释掉眼窝里的液体，我需要保持青春和朝气，我需要保持容貌秀丽，我不能为此伤心而破坏我的心情。

爱美之心人皆有之。黑发如同绿草，散发着朝气；白发犹如枯草，刺目、凄凉。虽然老人们都说白发是越拔越多的，当人们头上真正有白发时，还是会选择将其拔掉，直到多到没法再拔时，就换作染发。我理解了染发剂存在的意义，理解了理发店的门庭若市，理解了父亲虽已没几根头发，却依然要染黑。是啊，没人能挡住岁月悠悠越过你的生命，但谁又愿意承认自己老了呢？我要怎样做才能抑制这缕缕白发？生命深处滋生出来的对于青春永恒的希冀，是如此强烈。

俗话说存在即合理，世间万物的存在都有着它特殊的意义。朋友小向，少年白发，被认为是有好福气的预兆，当年果然以优异的成绩考入一中，后来工作能干，发展前景也很好，似乎印证了白发有福气的话。在他身上，白发与青春逝去没有什么关联，在他三十几年的生活里，有二十多年头发就基本全白了，没人觉得奇怪，他自己也接受了。这是既来之则安之的豁达，是万物小得盈满，一切恰逢其时的接受。与之相比，我头顶那几根让人心生埋怨的白发，犹如浩浩大海中的一轮风帆，独立于海洋，漂流无依。我不愿将其再拔除，欣然接受了这份时光贺礼，它见证了近几年来我的一切，陪我一起度过了悲欢离合、喜怒哀乐的似水年华，我将它视为我青春的凭证。

话说回来，鹤发童颜的老者我是极喜欢的。偏执地认为白发是智慧、优雅的象征，尤其是电视荧幕上短发老奶奶们烫着波浪，没有一根灰黑色的银发，在强光的照耀下，蓬松柔和，光明透彻，那种熟透的美让人舒心、沉醉！"将来我也要修炼出这样一头漂亮优雅的白发！"或许是我希望抵达的模样。同时我也知道：漫漫时光里，孩童稚嫩、青年健旺、中年成熟、老来恬淡自如，每个阶段都各具美感，各有优势，就好比春天葱茏、夏天繁盛、秋天斑斓、冬天纯净。到什么季节就享受什么季节，顺其自然。如此思想，心便释然了。

拜访韩少功老师

五月的天空，阳光穿透云层，照耀着初夏生机盎然的田野。繁茂的植被呈现出浓烈的苍翠，彰显旺盛的生命力。目之所及，如色彩绚烂的风景油画，鲜明，清新，平息了我心中的烦躁和焦虑。

我又一次来到了汨罗。

这片土地曾留下我青春的憧憬，离开后每次重回，都不由得五味杂陈。但这次，我携着一颗诚挚和敬仰的心，又踏上这片土地，是要前去拜访一位我仰慕已久的作家——同样曾在这里生活过，用执着与专情雕刻出文学丰碑的韩少功老师。

早几年，我读到《西望茅草地》一书，才第一次知道韩少功老师。后和县作协几位老师聊天，偶然得知韩老师祖籍就在澧县。他初中毕业后到汨罗插队，有过六年汨罗生活经历。如今的他，早已功成名就，每年会以作家身份回到汨罗，有半年时间在那里生活写作。

高攀地说来，我与韩老师有着一丁点相似，都是青年时代与汨罗这片土地结缘。按地域划分，我们处在同一管辖地，他住汨罗东北部，我在汨罗西南部，巧合的是，我也在那边待了六年时间。时代不同，原因不同，处世不同，结果自然不同。从少年到青年，韩老师与汨罗的父老乡亲、山山水水和谐共生，成为著名作家后，汨罗也依然是他心灵的栖息地，于是隐居在那里；而我则是留下伤感的青春，高傲地拂袖而去，回到了老家，不曾带走那里的一丝一毫。离开时，我没有韩老师的豁达胸襟，他对经历和过往没有半点怨恨，我则义愤填膺、一言难尽。此次之行，无

论是文学上的敬仰，还是家乡情缘、异乡情结，我都非常期待能
与之相见。

时机也非常巧，正逢五一假期，我送儿子回到汨罗学校，韩
老师也刚从海南回来，因缘促成了这次拜访，感觉真是幸运。韩
老师的作品博大精深，瑰奇神秘，靠近他，用拜访、讨教之类的
词语，我都感觉没法表达对他的敬重与崇拜。

驱车行驶在乡间小路，后视镜里出现一个世界——一个不慌
不忙向后退去的世界：镇街、乡村、晚霞，随着车前行，先前出
现的世界变小再变小，而新的世界又不断展开。一节节新修的柏
油路和黄白色的交通地标退去，一晃，被大山抹掉了……这样的
乡道，我踏踏实实走过几年，青春奋斗的脚印也曾遍布这片充满
希望的土地。毕竟，我是在这里生活过的，甚至说是拼搏过的，
我对这里怎么会没有一种特殊感情呢？怎能不觉得尤为亲切呢？
在漫长的路上，我的思绪很复杂，但是有一个念头很清晰，去看
韩老师，仿佛是要去看望许久未联系的远房亲戚。

一路忐忑不安，没联系上韩老师之前，不晓得他是否愿意腾
出时间见我。征得同意后，我非常欣喜。尽管早已听闻韩老师夫
妇非常友善，尽管电话接通时听到的声音很亲切，毕竟我已很少
与生人打交道，早不像原来自来熟的性情，还是有点胆怯。

不知不觉间，天色已晚。我的心理时间也十分漫长。当我按
照导航，弯弯曲曲经过水库、村庄，再绕过大山，来到山脚时天
已全黑。到达指定的地点，拨通韩老师的电话，他立即热情地让
夫人出来接我。

这里是大山深处的八景峒。据说从 2000 年起，韩老师与夫
人梁老师就在此筑梓园居住。著名的韩少功文学馆，就位于八景
学校内，是由八景峒人民群众的"口碑"凝聚而成的，承载着当
地民心。我想：这就是文化或者文学的力量吧。

我站在这个陌生的地方——学校门口。五月的夜晚，有一丝

凉意。校园里，有一束手电光亮，逐渐地朝我移过来。

"丫头子怎么穿这么少？"

一见面，梁老师就和蔼地问我，她的关切让我十分感动。梁老师身形并不高大，留着短发，声音柔和。她见我只穿着短袖，有些惊讶。趁着月光，我看清了梁老师慈祥可亲的笑容。乡间的气温确实要低一些。梁老师叮嘱我赶紧穿上外套，别着了凉。

我跟随梁老师穿过校园。漆黑中亮着灯光的一座小楼，便是他们的家。

"欢迎小刘！"

才一进到屋里，韩老师就立即跟我打招呼，他早已等候着。一声问候，热情随和，化解了我所有的不安。招呼我坐下后，梁老师转身沏茶。就这样，我与心目中的偶像——韩老师相对而坐。老师微胖，外罩一件黑色布衣，带老式盘扣的那种。这是很多文化人喜欢穿的唐装。他整个人显得非常恬淡、安详，花白的头发梳得整齐，圆圆的脸上总是笑吟吟的，让人觉得放松，毫无压力。

这是一间陈设简朴的居室，墙上挂着几幅字画，应该是友人们赠送的。还有拿乡村常见的棕叶和竹编做成的装饰，虽然不是什么名贵之物，但可见主人的生活情趣与别出心裁。一应家具，都是原木打造，呈现出浓厚的乡村风味。这就是韩老师夫妇营造的家园，一个物质的家园，也是一个心灵的家园吧！

韩老师首先打开了话匣子。我捧着热茶，用仰望星空那种崇拜的眼神看着他，仔细聆听。我来这里，是一次文学探索之旅，怎么能不谈文学？文学是一条艰辛的道路，对于我这样的新手，韩老师鼓励我按照自己的梦想走。

"文学是公平的。"韩老师说道。

文学需要一个人全身心地付出，会让一个人交出自己的全部。它不一定会带给作者多大的财富，甚至可能会让作者愈发清贫。可是人类社会几千年以来，文学一直存在，文学的血脉一直在流淌，从没有消失。文学创造了一个个鲜活而永恒的形象或者意境，向人们传达着不变的价值观，营造了人类精神的家园，使人类从现实的苦难里得到慰藉，受到鼓舞，获得信心，激发力量，创造奇迹。文学的经验和想象，引导人们走向一条宽阔敞亮的文明之道，是人类需要的灿烂的精神星空和辽远迷人的地平线。人们在满足日常温饱后，在内心柔软的那一刻，会忍不住在物质之外寻找点什么。此时，在这个呼吸从容、神情舒展的瞬间，能让心灵与心灵相互靠近的永恒文学就悄悄登场了，这就是人类文学宝库中所蕴藏的感动与美妙，也是能让读者引起共鸣的神奇因素……

我静静听着韩老师讲述，一个新的境界如画卷不断展开。"身居茅棚，胸怀世界"，韩老师的文字和品格，蕴含了他的文学时光和深刻文学内涵，像火炬一样照亮我的内心。

"若是喜欢，可以坚定地走下去。"梁老师也在一旁鼓励我。我们就这样从文学到家常，随意地聊着，夜不觉深了……

因时间关系，我不便打扰太久，遂起身告别。二老坚持要送我出门，再三礼让后，就此分手，至于仰慕已久的文学馆则约定下次再参观。

走出校园，群山静寂，漆黑的剪影似乎围拢过来，好像在倾听什么。周边水塘里，无风琉璃平，山影倒垂，一派安宁，如入梦寐。

一程山水，一段故事。脚尖穿过尘埃，梦里风荷摇曳。那些无声的文字，寂静里流淌成了光阴。满天是星星的微笑。和草木为友，和土壤相亲，只留下虫子在茫茫夜空窃窃私语。

第三辑

云淡风轻近午天：静语清言

夏日里的叫卖声

"灰沫儿——冰凉粉!"

"冰凉粉——灰沫儿!"

小城的街道,传来一声声悠长的叫卖声。

"灰沫儿"是小城方言,即豆腐脑,吃起来润滑爽口,又清凉败火,据说还能美容养颜,确实是物美价廉的美食,在小城里深受男女老少喜爱。

卖家是位中年妇女,估摸四十多岁,个头不高,每日用扁担挑着一对铁桶,两头分别装着灰沫儿和冰凉粉。灰沫儿一般是热的,但冰凉粉却是在桶里面用塑料袋装了冰块来冰镇的,自然是消暑佳品。为了卫生,铁桶盖得紧紧的,外面一层层包裹得严严实实,既可以保暖,当然也可以制冷。

她也许也有着女人爱美的天性吧!为了防晒,戴了一顶农村常见的大草帽,脸部也用防晒巾遮挡着,袖子上戴着防晒罩,遮挡得严严实实。由于常年走街串巷,附近的人大多都"认识"她,尽管很少有人看到她的全貌,但大家对她每次半蹲着小心翼翼打开铁桶舀豆腐脑的动作,还有做完生意后挑上担子摇摇晃晃远去时留下的悠长叫卖声,都非常熟悉,这些已成为人们在小城芸芸众生里辨认她的"特征"。

"您每天能卖多少灰沫儿和冰凉粉?"有次买灰沫儿时,我和她闲聊起来。

"就是这两桶啊,卖完就回家!"她指着扁担两头的铁桶,乐呵呵地说道。

"豆腐脑是我赶早去豆腐铺定的,老板人很好,无论如何每天都会留一桶给我，凉粉就是我自己做的，用的纯净水！"她继续补充着，很健谈，话语犹如她的声音一样干脆，毫不遮掩。

相比之下，我母亲就没这么大方。我小时候，暑假非闹着要跟母亲一起出门做小生意。所谓小生意，就是走街串巷卖西瓜。

那是二十世纪九十年代的夏天，骄阳炙烤着大地，到了中午时分，地面滚烫，简直无法行走。人们都回家歇息了，只有屋外树上的知了在嘶鸣。这时，母亲却出门了。

母亲是吃得苦、霸得蛮的女人，也算聪明。她偏偏反其道而行之，在人人不愿出门的时段，批发了一些西瓜在家，摊在屋内的尚未打水泥的地面上。然后推出家里的农用手推车，在手推车上绑一个和手推车同宽的竹篓子，装上西瓜。手推车是独轮的，双手掌控不好平衡就容易翻车，只见母亲从门后的挂钩上取下一根小扁担。扁担与肩同宽，两头穿有麻绳，麻绳的长度同母亲手臂的长度接近，挂在推车扶手位置后，推车会平稳许多，肩上承重，也能够分担一些手臂的力量。

母亲弯下腰，掂掂担，一个起身，就迈开步子上了路。我很兴奋，嚷着要母亲带上我，保证不给她添麻烦，她答应了。我们开始挨家挨户地上门兜售西瓜。

母亲那时三十来岁，短发，烫着波浪，喜欢穿白色的确良长袖衬衣，衣袖通常是卷到手肘位置，母亲没有带包的习惯，喜欢把钱夹到衣袖里一齐卷着，只有在怕晒时才会将袖子放下来。大概是年轻的缘故，母亲不像卖灰沫儿和冰凉粉的大姐那般放开喉咙大声叫卖，在熟悉的街坊面前，她声音很细小，有点别扭，如今想来，应该是因为害羞，觉得不好意思吧。街坊们有需求的，会主动叫住母亲买上一个西瓜；到了稍远点的邻村，或是更远点的没有什么熟人的村子，母亲才会打开嗓子，大声但依然生硬地叫着"西瓜——卖西瓜！"那声音在火热的村子里回荡，七八岁的我，倒不懂得什么叫害羞，学着母亲的样，也大声喊着"西瓜——卖西瓜！"然后乐呵呵地回头望着母亲，母亲也会笑呵呵地望着我，那笑容，与她自己叫卖时的表情不一样，像是我的童音带给她一种鼓励或者慰藉。于是我越发叫得起劲。有时，我落在母亲的后面，看见她早已湿透的后背，不忘拿起手里的蒲扇为她扇风。母女就这样走过一村又一村，在炎热的天气里，在灰尘扑扑的乡村道路上，我们不住地吆喝着。我用我的方式陪着母亲卖完西瓜，不顾又热又累，母亲让我坐进竹篓里，享受被推回家的"礼遇"。因篓子一次装载的西瓜数量有限，如果想卖得多，母亲需要来回跑许多趟。每卖完一趟后，母亲得重新选路线，至少要绕过之前卖过的地方。就这样，手推车的独轮和母亲的双脚，带我丈量着屋外的世界，留下挥之不去的童年记忆。而那炎热天气里的叫卖声，则一直记忆犹新，似乎仍然萦绕在我的耳边。

如今的夏天，从早到晚，从晚到早，几乎没有什么叫卖声了，串门的小贩越来越少，偶尔听到卖什么东西，也大多是用喇叭提前录制好，反复播放。有时想，人们怀旧，或许只是怀念一种简单生活的过往吧！

小城里保留的街头叫卖声，是稀少而独特的情调，咏唱着生活的艰辛和对美好未来的坚韧追求。而已经消逝的深巷卖瓜声，是母女曾经谱过的关于生活与亲情的曲子，就像一条流动的河，沉淀下岁月的泥沙，静静地流淌着，澄澈、悠长……

我亦匆匆夜归人

从办公室出来，热风扑面，室外温度明显高出许多。清明才过，以为傍晚凉爽才是，但太阳落下一会儿后，依然热气袭人，已然是初夏的节奏了。忽然想起乡下老家，即使燥热的六七月，也凉风习习。这时节晚间去走走，必然惬意。

于是驱车前往。过了澧水大桥，就出了兰城。我打开车窗，迎面而来的夜风，带着清新微凉的新抽草木的芬芳，令我精神一振。光线不知不觉中暗淡下来。车穿过植被繁茂的田野，渐渐临近我闭着眼睛也能熟悉行走的村庄。村道不宽，是新修的水泥路，刚好容得下一辆汽车开过。水泥路两旁，整齐规划的园圃种满了蔬菜。园圃外，就是广袤的田野了。那里有满垄满垄即将收割的泛黄油菜，镶嵌在一片片蓄满了水，明镜般闪亮的秧田之间。才撒下的点点青翠的秧苗，如同一行行书写在大地上的文字，记录着这里人们耕耘播撒的希望。田间柔波映着村庄的倩影，收藏着这里居民们忙碌一天的辛苦与欢乐。那里，一盏一盏灯火在点亮。

我慢慢停了下来，静静注视着星星明亮起来的天幕下，熟悉的土地上不断变幻的光与影，陷入了遐思。田间此起彼伏的蛙声涌入我的耳膜，寂静的夜晚带来清凉和宁谧，草虫们和蛙类奏响今晚的交响曲后，水波也似乎逐渐变得温顺而缠绵。

微微的风从田野上吹来，带来那么多熟稔的气息，从小就熟稔的那些自然界里隐秘的气息，在某一段时间里，这种气息会与我重逢，让我忽然就沉浸在一种忧伤的甜蜜里，这种忧伤的甜蜜是温驯的，如同一只萌宠，窝在心头。我并不清楚我为什么要忧伤，也同样不清楚这是一种什么甜蜜，生命如此复杂，我只能感觉。如同这片土地上泼辣生长的一切，在这个雨水温暖而丰沛的季节里，孕育了无数种形态的生命，具有无数种生命情感和体验。

以前，我喜欢在夜色笼罩下远观灯火辉煌的村庄，想象在夜色中行走的人。夜色温柔，抚慰我的小小伤痛，让我回到自己，安于自己，不再因为躁动而迷失自己。我可以看看那些在固定的季节里出现在夜空的星座，在不那么固定的时间出现在窗口的灯光。有时候我觉得我是多么孤独，但又是多么幸福。我一点也不觉得奇怪。夜色让这一切迷离，梦幻般和谐而虚幻。

现在，风正从村庄屋前高大茂密的树下吹过来，一股淡淡的、幽远的栀子花香，连着一息滋润的水汽吹过来，透过根根发丝，摩挲着颜面，轻绕着肩腰，使我沉醉。空气明净通透，田野上的星空，看起来如同擦亮的黑漆螺钿桌面。只是单纯的呼吸，也觉得香甜，让我感到了无穷愉快。

每次开车到这条小路上，我都忍不住要小停一刻。如果时间尚早，就沐浴着余晖步行。这在我，别有滋味。我还从没这样定睛欣赏过夜幕下的村庄：远处苍翠的高山没有横绕的云霭，近处鳞次栉比的小屋也没有升起袅袅炊烟，秀美风景正像画面似的展现在眼前，供闲暇的人们鉴赏。西边的天空由淡蓝——橙黄——淡黄——逐渐晕染成铁灰色。大地上阡陌交通，无数高耸的输送电线的铁塔架，似一排排纤瘦的少女在空中舞蹈，而她们手中都托起丝丝黑色的弦，那就是向天边无限延伸的电线。亮着灯光的小屋，勾画出错落有致的光影。路上走过三五成群的人，他们多是牵手散步归来的夫妻、恋人，我可以想象，他们回到了家门口，幸福地掏出钥匙准备开门……夜幕里，村庄静中有动，动中又渗透着静。这样的夜色，应该才可以说得上是恬静美好！

置身在这有灵气的地儿，在不尽的灵魂欣悦与长吟中，去发

现自己的本真，这是多好的一个自己面对自己的机会呀！难得是寂寞的环境，难得是宁静的意境。安静的时候，总有几个词会冒出来戳中你的心脏，甚至撕扯着你的理智。匆匆天地一行人，萍漂絮泊笑此生。寂寞城市中的每个人，相遇相拥，依偎取暖，习惯在茫茫人海中寻找你的影子，回想那些幸福的日子，有的人，会牵手一辈子，有的人，可能走着走着，就不见了，散了……

夜，微冷。我驱车穿过夜色，回到了灯光荧荧的老家院子。

父亲的小花园

老屋旁有个几平方米的空地，父亲种上些花花草草，成了个小花园。开始只是父亲一个人打理，后来母亲也加入，养起了多肉。

正式算来，种花的时间大概是从我搬家开始吧！乔迁之喜，我也像其他人一样，买了许多植物，高的矮的，贵的便宜的，期待把阳台布置成绿色花园。

因不够细心，又毫无经验，不到两个月，这些本来属于大自然的绿色生命，均已枯萎。父亲念及花去的钱，不舍得扔掉，喊了个三轮车一股脑儿拉回乡下的老屋，堆放于屋旁那块空地上，每天将几十米长的水管接在水龙头上，为这些蔫头耷脑的生命浇水，天气炎热时，还买来黑色密网遮阴，冬天气温偏低，就搬进屋内的烤火。

半年下来，那些没有了叶子的植物全部又活了过来。一开春，绿意盎然。其中幸福树的变化最大。购买时幸福树一米多高，叶片饱满。挪过来时仅剩几片叶子，憔悴不堪。咨询过对盆栽比较在行的朋友后，将幸福树的叶子全部剪掉，在父亲的悉心照料下，如今已长成两米高的"参天"大树了。路人经过，要花五百元将幸福树买走，还有正在开花的一株晚山茶，出价到一千元，父亲丝毫不动心，坚决不卖。

父亲不舍得，是能理解的。这些都是他天天呵护的宝贝，长大的子女没在身边，这些有生命的植物，已悄然成为渐渐老去的父母心中的精神支柱。有时候，人是需要被需求的，植物需要老人照料，老人也需要植物陪伴。

　　后来，父母又将空地上添了一层肥沃的泥土，整理得更加松软，索性把有些盆栽直接移植上去。另外还增添了一些玫瑰、月季、绣球、杜鹃、紫茉莉、美人樱、铜钱草、酢浆草之类，高低错落，挨挨挤挤，都长得非常繁茂。到了花季，各种花儿竞相开放，姹紫嫣红，赏心悦目，成了名副其实的小花园。很多次，我回到老屋，看见父亲坐在花丛边喝茶、抽烟，神情恬淡悠然，似乎正倾听盛放的花儿窃窃私语。这些蓬勃旺盛的植物，它们欣欣向荣的生命力，也像是一种深情表达，让我感动。生活如此美好，岁月安然宁静，给人慰藉，惹人沉醉。

病

关于时代与人生的问号，小的、大的、歪的、正的……像蝴蝶绕满了我们周遭。曾看到一个网络视频：一位八十几岁的老人患了腿疾，想上很低的台阶，试着抬脚多次，最终没能成功，摔倒在地。突然想起我的父母，他们老了会怎样？我又想，若是我年迈时子女不在身边，病了该怎么办？在迎来送往、欢天喜地的年末，这般思考，不免有丁点沉重，但又似乎合理——因为老、病是我们每一个人或迟或早都不得不面对的问题。

老且不说，这是自然规律。"病"，却更让人难以释怀。病让我们想到痛苦，甚至死亡。现代人生活节奏都较快，各阶段有各阶段要忙碌的事情。尤其是在中国传统观念熏陶下成长并老去的那一代父母，大多数都像视频上那样，即便是老了，也不想耽搁子女工作，不让子女全程陪着，生怕因为自己生病需要照顾而给子女增添麻烦。曾有一则令人扼腕叹息的报道，说某山区一位老人得知自己身患癌症，将财产存折整理好后放在枕头边，留下遗言，独自进山，待子女找到时已无生命特征。这样的结果，定然不是子女所希望的。

看过鲁迅先生一篇叫《这也是生活》的文章，文中写道，他生病了，有一天觉得病情有点缓和，夜里让许广平给他倒水喝，打开灯，让他四下看看。许广平问为什么开灯，鲁迅说："因为我要过活。你懂得么？这也是生活呀。我要看来看去的看一下。"许广平没有懂得他的话，端了茶却没有开灯。鲁迅躺在床上，看见什么了呢？他说："街灯的光穿窗而入，屋子里显出微明，我大略一看，熟识的墙壁，壁端的棱线，熟识的书堆，堆边的未订的画集，外面的进行着的夜，无穷的远方，无数的人们，都和我有关。我存在着，我在生活，我将生活下去……"没过多久，鲁迅先生就去世了。在熟悉的环境里，他一定获得了某种慰藉，也是他作为一个人，一个活着的人对生活最本真的渴望与依恋吧！老、病让他离开了生活的舞台，他一定是不希望自己那么早就退场的。

联想到闺蜜荣，一位三十有余、性格温顺的安静女子，有着邓丽君那般美丽的容颜，莫名地染上重病，从知晓病情到离世，仅一个月时间，于亲人、朋友，都是重创。她的离开，与她亲近的所有人都没有任何思想准备。她是没有负担地离开的，将沉痛留给了世间。

去年到北京出差，要去医院检查一个突发病症，情况紧急，没遇过事的我被周围朋友的讨论吓到了，想着会很严重，当即查询中国人民解放军总医院等，压根儿预约不上，心急如焚。跑到略小一些的医院，无论门诊、科室、走廊、台阶，所到之处皆是前来检查的病人及陪同家属。这样的场面让我有些能读懂鲁迅先生写文时的心境。

有道是：不念过去，不畏将来。我就偏偏属于纠结的个例，拿不起、放不下，思念过去、忧心未来。本该是阔步向前往前冲的阶段，我却时常会想到"我们病了怎么办"这样的问题，幸运的是，我会习惯思考、分析。

我们知道除了身体疾病，还有心理疾病。病在哪里，有些什么症候，造成的原因，我们有时候可以大致明白。那么，我们可以研究一下我们的病症，然后找到对症的医法，试着去解决。有效化解因病而产生的问题，需要我们拥有良好的身体素质，老年、壮年、青年、少年均是。心理疾病则要注重良好情绪的养成。事压不垮人，但是情绪会，不要被情绪所绑架。

譬如，给予孤独老人较多的陪伴，这绝对有益于身心健康。

某城市一支志愿队就曾上过热搜，志愿队名称我已记不清，大致是关爱独居老人，每早八点准时观察独居老人的窗户，如果窗帘拉开，表示老人已起床，如果窗帘没有拉开，说明老人可能遇到突发情况，志愿队会登门看望老人，以确定老人安全。这样的做法有效解决了子女没在身边时，老人遇突发情况无人知晓的状态，无疑成为关爱老人的范例。志愿队能做的，仅是生活的一部分。剩余的大部分，需要我们做子女的多腾出时间用心陪伴父母，相信一定可以做得更好。父母在，人生尚有来处，我们应该善待此生的缘分。

又譬如，失恋的人心里肯定是不痛快的，久之可能会患上疾病，轻则食之无味，重则抑郁。尽量把注意力放在你愿意做的工作或事情上，就不会轻易染上感伤主义的病，不会无病呻吟。

再譬如，生活遇到不顺，我们可以学学苏东坡！竹杖芒鞋轻胜马，谁怕？一蓑烟雨任平生。面对人生风雨，选择我行我素，不畏坎坷。毕竟万事过后，如云烟在眼，回首向来萧瑟处，也无风雨也无晴。

不管我们正经历着什么，不要把不必要的负担，放上支撑不住的肩背，从丰满的生命与强健的活力里流露出健全的思想，成为力量源泉。呵护好自己，照料好父母，保持对生活的热爱，走向美好的未来！

世界表白日

网络上许多短视频的观点合乎大众的心，能与之产生共鸣。近期刷到的两条，就强烈触及我内心。

其中一条是：今天是 2022 年 2 月 22 日星期二，世界表白日，你要对所爱的人大声说出"我爱你"。另外一条是：面对成绩不好的孩子，你得感激他，他是来报恩的，因为，成绩优异的都报效国家去了，成绩略差的就负责陪伴年迈的父母。

这话听着就舒坦，心里的确没因生活平庸而格外自卑了。待在父母身边，似乎还成了一种高尚。

为什么将这两条列出来呢？非得要说这之间有什么联系，那就是——我就是那个成绩略差的，陪在父母身边的孩子。再者我也想要表白，对象便是父亲。可在中国，亲人间说"我爱你"总是难于启齿，那就用个蛋糕和拥抱代替吧！

今天是父亲的生日，天气预报原本是有小雨。泥土被昨夜温柔的雨水滋润，点染了青青草色，此时天地春意尚浅，雨丝未落，但春的信笺，早已蕴满希望，即将浇开柳绿桃红，春色也将润得更加浓烈。我喜这春雨的湿润，因为它没有冬雨的冰冷，毫无秋雨的惆怅，也不似夏雨的张扬，就那般静静地，滋润万物新生。那朴素的亲情，也如同这春雨，润物无声。

我想在这样的日子再次写写父亲，虽然没法像朱自清先生那般细致地勾勒父亲的背影。

小时候对父亲的印象大多是从母亲的碎碎念中产生的。因为是女孩的缘故，有重男情结的父亲似乎没有怎么抱过我，有没有带我出去玩什么的，我倒真是一点印象都没有了，更没有感受过那种大手拉小手的温暖，直到家中那间平房的旧墙上贴满奖状时，父亲才会在喝酒时偶尔夸一下，说"这孩子读书还勉强"。零散的记忆里，与父亲有关的东西遥远又模糊……

十五岁那年，我已亭亭玉立，母亲第一次离家外出务工。农村的夏天，赤裸裸的水泥路上尤为炎热，万物中只有那蝉和蚊子激情飞扬，那会儿我们是不知道要避暑的。经常的暴晒和大量的热气使我上火了，屁股长了很大一个包，母亲没在身边，无人教我如何处理，导致脓包越长越大，疼痛难忍。而我又是天生怕疼，别人能承受的普通疼痛，我都没法忍受。父亲见我如此难受，却又无可奈何，跑去咨询一些留守在家的老妇人，然后快步回来，嘴角露着笑容。烈日当头，穿着拖鞋卷着裤腿的父亲，也不管有没有阴凉处，也不理会菜园里那毛茸茸的番茄叶、茄子叶会伤皮肤，摘来院墙边那枯枝架上顽强生长的苦瓜叶，放入碗中，用筷子粗点的那头用力捣碎，再用一个完整大片的苦瓜叶包着，交代我敷在长包处。我将信将疑地照做，没过两天，脓包也偏巧治好了。不得不说，农村土方法也有土方法的妙用。这算是父亲照料我的琐事之一。

父亲说考不上一中就不要念书了，别怪大人没本事。结果我确实没有考上，父亲的确说到做到，我失去了念书的机会，这是我最早接触的现实。从十几岁到三十几岁，很长时间，我是憎恨父亲的，尽管他咬牙让我读了高一上学期，让我算是进过高中的门槛，尽管开学时他用黑色凤凰自行车驮着被褥送我到学校，教室门口为我搬连体课桌，仍掩盖不了我的恨。学生时期同学们喊我去学校时，同学家长问及我为何不念书时，学徒期间旁人议论我小小年纪时，参加工作填学历时……我的恨意就会发作。读书时父母从未管过我，我什么时候上学，穿什么衣服上学，他们似乎从未操过心。而朋友薇每次回来，她父亲总会等到她进门，如果是有谁送她回来的，她父亲都要抓着送回来的人刨根问底。我则像一阵风，来就来了，去就去了。真是没有比较就没有伤害！也许这般描述太以偏概全，但当我长大后他们想管我时，我已不再听他们的。小时候家教不严，没养成交流的习惯，长大后想管定是管不住的。

岁月如流，一晃我也过了而立之年，对自己，我会多一些自律，去掩盖幼时的散漫，纠正自己的无知；对孩子，我会多一些沟通交流，用我以为正确的方式去爱护我的孩子，共同提升。可面对眼前两鬓斑白、眼窝深陷的父亲，我却束手无策，再也恨不起来。岁月无情，它能让青春流逝、让容颜老去。真正发现父亲的苍老，是在春节母亲为父亲染头发时。父亲今虚岁六十岁，没有手艺，一直靠苦力生活。常年的劳作，让他比同龄人要苍老许多，原本不茂密的头发已寥寥无几，脸上的褶皱内，深深刻着因工作留下的石墨印，那是怎么擦拭也抹不去的印迹。从前还算强壮的父亲，此时已渐现瘦削；众人抬举重物时精神焕发大声吆喝的父亲，也已渐失光彩。前些日子他说腿疼，可总是不肯去医院，趁周末空当强行带着二老做了个全身体检。医院是大家都不情愿来的地方，父亲也是。当医生问及父亲时，父亲倒还是"听话"配合：

"抽烟不？"

"抽的。"

"抽得多不多？"

"一天一包，多吗？"

"喝酒不？"

"喝的喝的！"

"经常还是偶尔？"

"一天三餐，每餐二两雷打不动，这是多还是少？"

随即父亲又补充了一句："医生，不管检查结果如何，这酒是粮食精，万万不能断的啊！"

这对话，竟有些学生模样，像个生怕因犯错要被老师收回奖品的学生。所谓老小老小，原来真是相通的。我和母亲站在一旁哭笑不得。

说到抽烟，其实父亲是没有瘾的，我记得有很长一段时间他是不沾烟的。也许是生活压力大，吸上几口；也许客来了，不放包烟在口袋不像回事。假使经济开支就这么多，二者必取其一，他自然会舍弃抽烟选择酒不离手。平时随和的父亲，喝酒可有着他的规矩，一次也就一杯，任凭再多人劝，也就一杯，绝不贪杯。后来我知道，这就是他脑海里的——度。

父亲健谈，喜欢与人说话，陌生人、熟人、长辈、晚辈，他都喜欢聊，很久以前在老家时，硬是可以从村头一直聊到村尾。没出过远门的他自是说不出个天南地北，就着他熟悉的农村习俗，东一句西一句，一副什么都懂的样子。嘿！街坊邻居们有个啥不懂的，也还确实喜欢问他。父亲深知我不喜欢啰唆，唯独不敢在我面前说太多，如今与我说话的语气也多是商量与听从。我对他也没有太多话语，常说的就是那句干脆的激将话："您记得别太劳累就行，久病床前无孝子，身体可是自己的呢！"

我怎会不明白，"孝"是生命与生命交接处的链条，一旦断裂，永无连接。寻常家庭给不了父亲豪宅、山珍，看到美景会想着带他们走走看看，吃到好吃的必带给他们尝尝，周末回来吃吃饭，听听二老各自数落对方……且用这近在咫尺的方式略微尽孝，只愿一切同岁月流逝一般，静悄悄的便是安好。

一年过去，一年又来。春寒料峭后的生机与活力，带来愉悦和欢喜，让人心里更有了盼头。当雨滴降落涤去霾尘，大地回春之时，一年中最美的时光，正向我们款款走来。天增岁月人增寿，我愿能一直这样陪伴着家人，他们永远都这样康宁吉祥。亲人齐聚，共祈愿风调雨顺，人寿年丰！

愿你有英雄呵护，也有勇气独立

无意间看到这个标题，无比喜欢。什么原因，自己也说不清，或许因为期许吧！

成长真的是一瞬间的事情！近期竟然当起了"心理老师"，负责三个女同志的心理疏导，自己半桶水的人，竟也还有模有样。

茸的生活顺风顺水，有富裕的家境、无比疼爱她的爸妈、无话不唠的妹妹……读书时期最阔绰的就是她，不需要为生活费担忧，除了成绩不太理想，她没有任何烦恼，连走路都带风。这么说茸简直有些不地道，但是无心，只为了突出她的自由自在、无忧无虑。早入社会的她，学得一门手艺，在爸爸的帮助下，在市里做起了小本生意，在妈妈的督促下，撇开众多追求者，嫁给她的真爱，结婚生子，开店扩店，继续过着无忧的生活。

我总认为，品尝过酸甜苦辣的人生，才是有滋有味的。也似乎没有谁可以一直顺风顺水，总得有点波澜。幸福的茸也不例外，经历了"有钱人"的烦恼，遇上些事竟要寻死觅活，在我认为是极其幼稚。生命是父母给的，孝道没有尽到时怎可随意挥霍，子女义务未完成怎可随意践踏。无疑被我充了回大人严厉批评了一番。支持她必要争个输赢的冲动的"党羽"们，被我淡定的目光和坚定的语气驳了回去，均不敢作声，直接秒杀全场。我也不知从什么时候起，遇事总是很冷静，事实证明我是对的。

待心情平复后，我告诉茸：没有解决不了的事，凡事从自身找原因。我们要做任何环境下离了谁都能绽放成鲜花的女人。必须学会独立，迅速成长起来。

瞬间，她安静下来，听懂了我的话，一下子成长了起来。她开始面对真实的有磕磕碰碰的现实生活。给她制订的计划：改变因操劳过度变得瘦弱的体态，起床后红糖蛋花喝上一杯，拉拉筋骨跑跑步；改变因琐碎小事紧皱眉头的习惯，笑脸除送给客户外，同样要送给最亲的人；改变对看不惯的事情喋喋不休的态度，深呼吸，看书修炼，精简语言。六神无主的茸不再慌乱，很愉悦地接受建议并对照执行。多年后的她，也许会很感恩现在的岁月，感恩吃过的苦和受过的委屈，只有她自己最明白，这是多么珍贵的回忆！

同去劝导的朋友们那崇拜的眼光我是能感受到的。她们看着我，均目瞪口呆，"自信、美丽、干练"等赞美的词汇脱口而出，乐乐同志也频频点头，响起阵阵掌声。"这叫走过风霜后的成熟稳重！"我嘴角微翘，淡定地回应着。感谢经历和成长，让我可以勇敢地面对这个纷扰的世界，并将这勇气传递给他人。

其实，多的道理我也不懂。我只知道，除了女人外，我们还有一个身份——母亲！母爱是最伟大的力量，赐予我们与生俱来的坚强，任何事情都压不垮女性。所以我们务必要明白：依赖别人不能长久，自己的未来一定要自己创造。我们要成为一束光，温暖地照着四周，才会有稳稳的幸福。

在漫长的岁月里，我们希望有英雄呵护，有勇气独立，不败给现实，勇敢无畏地做自己！

奋进吧，青年

亲爱的儿子：

你好！

短暂的相处哪里够，才分开，就想着给你写信！今天是五四青年节，十四岁到二十八岁，都算是青年，我想你正好算得上，故提笔，想对你说说话。

你是迈步前行的蓬勃青年，我是极力想挽留青春的奋斗"青年"，与你探讨青春，或许压根儿没在一个层面。最美蓝图下聪慧的你们，"无奋斗不青春""激荡青春"等词句或许早已略知，但是我仍然要以比你年长的身份，跟你分享一些正能量的东西，对你的思想及身心，我想应该会起到一定作用，还请你务必耐心听取。

"青年是整个社会力量中最积极、最有生气的力量，国家的希望在青年，民族的未来在青年。"

青春有无数种定义，青年也有万般模样，我们羡慕的青年，是多少人回不去的过去。少年强则国强！这是作为最年轻的中国公民该拥有的基本理念。以史为鉴，无数优秀青年抛头颅洒热血，将青春献给祖国。和平时期的热血青年当然不用扛枪打仗，但咱们照样得有理想、有本领、有担当，咱们的国家才有前途、有希望。哪里有书声琅琅，哪里就有希望。作为中国学生，大家庭里，我们应当好实现中国梦的筑梦人；个人成长里，如果你没有读书时刻苦坚持的能力，就没有走入社会选择工作的权利。正青春的我们，为那不平凡的未来，于公于私，也该好好奋斗。

可奋斗绝不是喊喊口号，嘴上应付就能过去的。亲爱的孩子，既然是学生，我还是免不了要像万千家长一样从成绩聊起。这次期中考试，说实话，接过你成绩单的那一刻，感觉就是在你身上花的心思与收获没成正比。如果是因为上课没有专注听讲导致成绩不理想，那真是有些不明智。但是你是我的孩子，我会无条件地接纳你的一切，赞许你的优秀和包容你的不足。听教育家分析过关于考试的问题，他谈到如果考题正好都是同学们会的，那刚好可以打满分，这便是我们所谓的"超常发挥"，可以兴高采烈；如果考题正好是同学们都没掌握的，那肯定是零分，也就是所谓的出题太偏了，于是垂头丧气。所以，回到功课的话题，一次成绩不理想并不代表你没有用功。我们通过考试，更加明白自己哪些知识点没有弄懂弄通，必须更加认真地理解消化，尽量让自己多掌握一些。作为母亲，在你迷茫时我要尽教育引导之责，这是我的义务，我会尽力用你能接受的方式让你明白：学习路上没有捷径可走，专心刻苦是一定要的。成绩优良、心态平衡、身体健康是我们共同追求的目标。所以，妈妈也在不断加强学习，训练自己做事的专注度，提升自己的综合能力，妈妈要成为一个能随时与你在一个频道、沟通零障碍，不被社会淘汰之人。无论是情商还是智商，谢谢亲爱的儿子让我看到进步的空间，希望我们能一起努力，走出迷茫。

　　亲爱的孩子，我们可以不是最聪明的，但可以成为最勤奋的。听老师说，一个晨读下来，你记住了一个单词。妈妈在想，这是不是没有静下心来？其实勤奋也是讲究方法的。船的力量在于帆桨，人的力量在于思考。思考的深度决定了人生的高度。给心留一点时间思考，是成人与青少年都应该学会的。学会思考真是好处颇多，这是一种意志的磨炼，一种品格的锻造，它可以使智慧的光穿越问题的迷雾。如能将所学知识在脑海里回忆反思，勤于思考，我想你应该会享受到思考的乐趣，接下来的时间里，不妨试一下。

　　亲爱的孩子，我现在要与你谈论一下对自己以及周边环境的认知。要知道，天生我材必有用。社会对人才有着多方面需求，我们从学生时代就要学会正确认识自己，合理地规划设计，尽最大可能地发挥出自己的才能。生活中能写的人不一定会谈，伟大人物能统领千军万马，对家庭琐事却往往束手无策……我的举例是想表达：每个人都有自己的优点，我们无须因为缺点而自卑。自卑感会扼杀一个人的聪明才智，从一开始就当丢掉自卑感，大胆自信地干起来。纵观古今中外，几乎每一个成功的人都是非常自信的，自信可以使我们精神振奋，战胜困难，这绝对有助于成长，把握好度即可。古人云：把自己太看高了，便不能长进；把自己太看低了，便不能振兴。这还要求我们要着眼于实际，根据自己的现实情况、客观条件，适应环境，找准定位。孩子，我们每个人的家庭成长环境都不一样，外界原因并不是影响我们成功的直接理由。适应能力强，思想开阔的新生代，每个人都有自己的特长、特定的天赋和素质。比如说，小小年纪的你，待人接物方面就非常不错，常会被妈妈的友人称赞！这就是优点呀！能妥善地认清自己和适应环境，选定符合自己特长的努力目标，就能成功！

　　亲爱的孩子，妈妈知道，你是即将灿烂绽放的青年，其标志绝不仅仅是额头冒出的青春痘。人生最快乐的事，莫过于为理想而奋斗。接下来美好的青春将是你生命的聚光点，树立自己的理想，明确自己的目标，并努力朝着目标前行，让青春的旋律刚劲有力……父母对子女的话，又岂是三言两语能说得完？妈妈希望能与你一起绘制青春画卷，携手走向希望！

　　儿子，青年节快乐！

告别往昔　迎接新生

爱我所爱，行我所行，无问西东。

喝了茶的缘故，没有丝毫倦意，盯着手机右上方，看时间变为零点，独自见证昨天跨到今天的节点。转眼，一年已划过三百三十四天，脚步已迈过三十五载。

凌晨的祝福，如漫天飞舞的信笺蜂拥而至。这是我的财富，随时随地，无论贵贱。闺蜜发来祝福："希望我们家的仙女永远不长大！愿眼里总是有光芒，活成自己想要的模样！"我很高兴，不过着实想回复一句："这不，一不小心，就长大了！"

不知道什么时候起，阳光梦幻的我竟换了性格，从天马行空变得客观现实，更喜欢上了与自己对话。有些路自己走一遍，才能活得通透。也许我理解的"透"，仍然只停留在表层阶段。男同志大抵会坦然一些，女同志理解则细致一些。那些个生活琐碎有点"吞下去呛嗓子，吐出来又矫情"之感。就像人生八苦，只有体会到其中一项或者几项，才能称之为人生。找个安静角落深呼吸，在心里腾个空间，允许自己去容纳焦虑、悲伤和挫败，也允许自己包容失落、痛苦和不安，然后去反思，去理解，才会释然，与生命一起成长。

别深秋，遇暖冬。人生，就是一个不断相遇和告别的过程。不断梳理，持续清空，用诚挚心，领岁月理。道理明白后，需要做的便是修炼本领了，生存的本领，做人的本领。因部分主观及客观因素，这个年龄的我已超出了考试的相关报考条件，不用再心心念念备战，"勤奋、上进"状态怠慢了一小阵。工作也有了些跨度，从很忙到不忙，不适到适应，仿佛在诠释"平庸"。我想用我的丁点体会告诉孩子们，趁读书时好好珍惜读书机会，用功读书，因为读书是天下第一等好事，能够让你永远跑下去，永无穷尽，焦虑时，为你抚平思绪；迷茫时，给你指明方向；困顿时，能让你开怀释然，自在无忧。我想告诉应届大学生们，好好择业，一定要有目标，要不然时间就仅仅是个名词而已，赠予你的只会是碌碌无为。我想告诉婚姻里的双方，一定要好好经营爱巢，丢了，就难再觅。我还想告诉恋爱的女人们，我们每个人终其一生都在寻找那个与自己灵魂相近的人，但请不要放弃自己，自我放弃只会迎来一堆赘肉和满脸忧愁，不能活成自己讨厌的样子。我想说，有理想有信仰的我们当属青年，可不能成为鲁迅文章里的中年闰土。

清晨，在我居住地的东方，一片微红的光穿透远处层山，在蜿蜒的澧水河上方铺展开来，如此有张力，像是要向苏醒的人们展示，生命的韧性是惊人的！这晴朗天空下，愉快地说声"11月，再见！12月，你好！"不在千回百转中迂回不前，跟自己向上的心去合作，像那散发的光一样，选择笔直的道路，去靠近自己喜爱的人和事吧！我期待与靠谱的人在一起，脚踏实地，风雨同担。即使生活简朴，精神却始终丰盈；哪怕深陷泥淖，仍然可以仰望星空！11月30日，致过往，爱当下，惜时光！

乘风破浪的姐姐们
——记澧县少年宫中国舞成人班

相　识

"胡老师，请问您认识这上面的老师吗？我想跟她学跳舞。"

"再熟悉不过啦！你算是问对人了，立马帮你联系！"

胡老师才华横溢、为人谦和，艺术素养也非常高。因之前劳模颁奖典礼需要一组关于春夏秋冬的散文诗，安排我来撰写，我们因此而结识。在多次改稿讨论过程中，胡老师的涵养，让我尤为钦佩，彼此自然就熟络起来。就这样，我轻而易举地找到了手机视频上跳舞很棒的老师，我非常想跟她学习。听胡老师介绍，这就是澧县舞蹈家协会的袁老师，在少年宫开办中国舞蹈成人班已有十多年。

接下来的对接就是我自己的事了。与袁老师联系上的那天是周一，我正好赶上了一周的第一节课，老师说如果我没有其他问题，就可以开始课程。初学便遇到舞蹈界的顶尖老师，我为自己的幸运感到高兴，同时又担心自己肢体不协调，恐怕跟不上节奏，内心很忐忑不安。

进教室前，首先要认识班级的班长，我被分到中国舞花蕾班，班长萍萍姐是县直一个行政单位的会计，一位工作、生活都很出彩的美丽女人。

"袁老师是我们心中的女神，你看她活蹦乱跳精神好得很，一点都不像六十的人呢！"班长热情地为我介绍情况。

"六十？"我惊讶地问。

"嗯哼！"班长有些得意，似乎她的女神是世界上最会保养的女性。"她平时几乎不刻意收拾打扮呢，随意随性也随和！"她又补充道。

我见过七八十岁满头银发的气质奶奶，也见过五六十岁就满脸褶皱的妇人，但像袁老师这样皮肤好、容貌好、精神好的"花甲"女士，在我生活的小县城里，还真是头回见。其实，之前跟老师曾有过一面之缘，对于携带大头衔的人，我有一种"敬而远之"的本能，总以"一不求你，二不会打太多交道"的理由疏远，以我独有的小高冷，绝不会让自己热脸贴冷屁股，自讨没趣。记得第一次见老师的时候，我只是礼貌地点点头，当时她正在排舞，忙得不亦乐乎，也仅是点头回应。如果要用四个字形容我对老师的第一印象，我能想到的是"走路带风"。我们那次没有言语交流，只是看清了她的模样。这次见面，我盯着老师仔细打量了一番：她打扮朴素，一根橡皮筋束了个不算太高的马尾，头发黑亮，着深棕色宽松衣服，让人没法一下子辨出身材好坏，裤腿卷起，露出了小腿，应该是经常练功，腿形保持得非常好，在她那张纯素颜的脸上，好看的眼睛里时而会闪过如流星般的光芒，不大也不小的嘴巴微微上翘，嘴角带着一丝俏皮，尖尖的下巴向前稍稍翘起，整个小家碧玉的自信风范，显得恬静安然。

通过第一堂课，我与老师才算有了真正接触，并推翻了"大师普遍高冷"的固有印象。我知道了不是所有大师都是高深莫测的，还有一种风格叫——接地气。而我目测的"小家碧玉"略有不准。后面的授课过程中，我已明显感受到，老师的个性确实如班长所言。

课　堂

"音乐！"拇指和中指对搓，在空中划出一条优美的弧线，打出一个清脆的响指，音乐立即响起，这是袁老师在发指令，我们得开始做好准备，由随性自由的频道切换到一本正经的状态。

我必须得说说我的班级了。我所在的花蕾班，在老师所带的两个成人晚班里，算是个子较高的班，从"60后"到"80后"，共有年龄大小不一的二十五名同学。有的已跳多年，有的比我早一点。课程一般是周一和周三，我这样的新学员平时也可以到周二、周四的另一个班跟学。班长特别照顾我，将我安排到我们班的学霸——龙姐姐身旁，由她带练。于是，上课期间，龙姐姐在哪我在哪，她怎么举手投足我就怎么举手投足，我全方位模仿着这位身材苗条、舞姿优美的学姐。龙姐姐感到好笑，我自己也感到好笑，那模样太像个跟屁虫似的小学生了。

老师特意为我教了一套大家每天都练的声韵的动作，随着音乐，我和同学们一起在优美的旋律里翩翩起舞，一百八十度转体，下腰、屈膝、抬腿、踮脚……跳得久点的龙姐姐、段姐姐这些学姐们，身体软如云絮，双臂柔若无骨，舞步如花间飞舞的蝴蝶一样轻盈，如潺潺的流水一样自然，如荷叶间转动的露珠一样矫捷灵巧，令人沉醉，观之使人不知疲倦、忘记忧愁。

舞蹈应该是一门古老的艺术，它也是肢体的语言，用肢体诉说情感，揭示心灵，将人的渴望、痛苦、欢乐、忧伤、恐惧、犹豫、迷惘等展现出来的人，是有丰盈的情感的，是有大海般宽广灵魂的，而教室里舞动的这群师生们，更是拥有着有趣的灵魂。与大家在一起的时间久了，也就没那么生疏了，逐渐地，相互之间有了更多交流、更多了解。同学们平均年龄在五十岁以上，人们说女人三十一枝花，我倒觉得五十岁才是真正绽放的样子。没有年轻时的稚嫩，没有世俗的困扰，基本完成了对家庭、单位的使命，既能处世不惊，又能洒脱地做回自己，那份清澈透亮极吸引人。同学们一进教室就很投入的状态，那想要展现美好和灿烂的模样，不就是"乘风破浪的姐姐"吗？课堂上的坚韧和活力更是让人羡慕。课堂上的姐姐们学每一个动作都很认真，认真到什么程度呢？拿之前她们参加的一个活动来说吧，一支叫《鼓啸》的集体舞中有大量跪膝和翘臀动作，她们克服年龄带来的身体不便因素，铆足劲儿反复练习、消化打磨，不放过哪怕一个手指的细微动作、一个眼神的顾盼流转，在夜以继日的高强度训练之后，一举拿下常德市第一名的佳绩，惊呆了常德片区的舞蹈界。如果说课堂上的了解还不算深刻，那课程后期，为准备本学期毕业会演排练节目的过程，就是最有力的见证。

登 台

老师除了带晚上的两个班外，白天也有两个班，年龄普遍上了六十岁。合起来的四个班级里，人才辈出。能歌善舞、能说会道的学员比比皆是，为了能让自娱自乐的我们在一学期结束后自我肯定，老师在毕业季安排了成人舞蹈班文艺会演，消息不胫而走，几经商议，这次文艺会演后被少年宫定名为"喜迎二十大 奋进新征程 艺心耀澧州 群众文化展演"，活动场地也由班级舞台转到了更加开放而宽敞的翊武广场，节目的数量和质量要求大大提高，后期的训练量自然增加，从两天上一节课变成了每天上课。

老师不愧为"大家"，一百多号人踏着《最炫民族风》开场，场面"色彩鲜艳、整齐统一"，惊艳亮相的姐姐们令全场观众赞叹不已。

台上一分钟，台下十年功。群演功夫称十年倒是夸张了，但面临的诸多困难确属实情。排练开场舞时，因人多，学员们到齐和动作标准成了最大困扰，时间紧迫又愈发加大了排练难度。统领众多人训练，本就是件特别辛苦的事情，老师依旧用她惯有的温柔和幽默"调教"我们。正好又是高考期间，因为少年宫临近一中，不太适合放音乐，怕吵了正在参加考试或者复习功课的学生，为了我们能卡好点，老师就自己起歌伴奏，半字半调地哼出来。此法极为有效，学生们竟然能听懂并快速找到节奏，默契配合，让老师高兴得像个孩子。

"我会唱歌了呢。"又是一番老师的自我解嘲。

"没错，您真的会唱啦！别人学都学不来的那种呢！"同学们当然要一唱一和凑热闹。

有趣不？哈哈！

我一直不明白为什么袁老师能有这么旺盛的精力。每天上午、下午、晚上的教学，雷打不动，从不迟到和缺席。上梁正，下梁就不会歪。老师是这样做的，学生们也照做，基本不缺课。可是，此次集体排练，难免会有因遇到其他重要事情而耽搁的姐姐。譬如演出前几天，大家约好集体在广场彩排，白班三个姐姐迟到了几分钟，准备快速穿插到队伍中时，老师一本正经地叫停了，大家以为老师会责备时，没料竟像主持人报幕一样："周家奶奶到啦！"过会儿又冒出一个"陈家奶奶到啦！"半似批评半似调侃的话，学生们听得哈哈大笑，迟到的姐姐们也笑靥如花，快速进到队伍中，这为辛苦的训练又添加了笑料。

"团结和睦"这个词，用在大家如何相处上非常合适；而"循循善诱"这个词，便是老师的又一大特色。都说好孩子是夸出来的，好大人何尝不是？这些都是孩子的母亲，有些甚至是孙辈的奶奶，在老师的引导和夸赞下，每个人都在舞台上的角色里成就了自己，她们沉浸在美妙的身体舞动中，力求表达出完美的意境。穿梭在舞台上，我们感到了自由的灵魂在跳跃，甚至在歌唱。班级所有同学达成一个共识：要憋着一股劲，将心中那个光彩熠熠的自己呈现出来。我们用舞蹈演绎着各自的角色，舞出各自的情怀。这是一种令人钦敬的、积极的精神面貌，一种永远不甘于平庸的力量——正是由于有了这种精神，她们才拥有了不凡的风姿和迷人的魅力！有一种说法，诗歌是语言的舞蹈，舞蹈是身体的诗歌。我之前对舞蹈是不了解的，一场排练，让我不禁浮想联翩。我发现了身体诗歌所蕴含的深沉的内涵。除了肢体动作所展示的美好外，也有令人产生悲痛或者深思的奇妙力量，唤醒我们作为人的复杂的感知。我们班的舞蹈《阿里郎》，讲述的是一段男女分别的爱情故事，里面的角色要带上深深的哀愁。只见领队龙姐姐忽而双眉颦蹙，若不堪哀愁，表现出无限的失落和痛楚；忽而回身低首垂睫，表现出婉转犹疑的娇羞；忽而又轻柔地点额抚臂，画眼描眉，表现出对情人的期盼与欣喜。我们这个舞做到了出神入化。

不生烟火，不知柴米油盐贵；不办活动，不知人事杂冗。整场演出的成功，除了袁老师这主心骨拿捏得妥帖外，还离不开大家共同努力，众人拾柴火焰高嘛！老师辛苦，大家心疼！每个人都在以自己的力量为集体奉献。比如我们班长，她乐于分担责任，将晚班的事看成自己的事，租服装、联系化妆、拖音响、与学员交流、与老师衔接，捡起学员们落下的衣服，大小琐事，她都能见子打子，一一处理妥帖，在平凡中，彰显着她无私的胸怀；还比如我们班的彬彬姐，逻辑思维强、有掌控全局的能力，虽然因脚踝受伤而没法参加排练，但全程参与构思、策划，一门心思扑在了活动上，当一页页用圆珠笔写满纸张的串词呈上时，让所有人动容……

大家协助只是训练中的一个方面，老师的执着与大家的专注是决定作品成绩的关键。袁老师对演绎的要求极其严格。训练时，因天气炎热，有同学建议服装从简或是省掉头饰，随和的袁老师却坚持己见，如法官那般严肃，一丝也不容商量。把质量关时，在每天的训练中，细心一点的同学还能发现，很多人都非常努力。我们班的龙姐姐、春华姐姐习舞多年，记性特别好，从走进教室到迈出教室，依旧会全神贯注，按最高标准要求自己，并毫无保留地教予同学；猫姐年龄最大、住得最远，在女儿出差学习要帮忙带外孙的情况下，依然做到不缺课、不迟到，与她同来的杨姐、万姐也同她一样，每课必到；还有几个和我差不多零基础的姐妹，比别人进步慢点，她们就用勤奋的汗水反复练习，只为每一个动作、每一个眼神能做得比之前好一些；白班里的领队兰馨姐姐自律到极致，每天一个小时的形体训练早已形成了习惯；多才多艺的乔姐姐舞蹈音乐天赋好，组织能力强，就主动为班级学员卡节奏纠动作，甚至还替音乐班廖老师指挥合唱；晚班文子本就拥有专业水平，每一次练习仍一次比一次投入，她参演的《赤伶》花容素衫，鸦鬟春云，翩然若仙，时而抬腕低眉，时而轻舒纤纤素手，乐声悠扬婉转，清泠于耳畔，手中团扇开合，娴熟灵巧，转、甩、圆、曲，若行云流水，把舞者超然优雅的风姿淋漓尽致地表现了出来，这支舞蹈的成功，她可谓功不可没……

"美丽的皮囊一定是配有高贵的灵魂"，机会必定垂青有准备的人。6月24日晚上正式演出时，集训不足一个月的姐姐们生机勃勃，在尽善尽美的氛围里挥洒汗水，尽管发染秋霜，袁老师所带的中国舞四个班愣是做到了无可挑剔。工作量、节目水平，都无疑成为整场演出的焦点，大家的表现堪称完美，受到了观众的热捧。学员们争相拍照留影，留下生命的轨迹，定格转瞬即逝的情感，供将来回忆，也记录一段人生处于高光时刻的历程。不远处像蒸笼一样的简易更衣间、那湿透的衣服和发梢，早已抛到了脑后……

时光荏苒，岁月如梭，赶路的人一定会遇到同路的人，铺路的人一定能指引迷路的人。剪一段韶光轻轻流淌，用一曲舞的时间，来温润人生。在舞蹈课堂相遇，专业大气的袁老师教授的不单单是舞蹈，是美丽、积极、自信、健康，是爱和责任！是梦想和未来！学员们在舞蹈中磨炼了刻苦的意志和永不服输的精神，用舞蹈修炼着自我、完善着自我、书写着自我、展示着自我。让我们的视野更开阔、思维更睿智、情感更丰富，即使到了桑榆暮年，也会让心灵之花依然摇曳在梦的舞场！

　　舞蹈时全力以赴吧，因为我们的生命不会有排演！

　　——致敬生活的舞者，也祝贺我的第一学期圆满毕业！

拉萨清晨

静坐常思己过！

生命本是一个过程，而不是一个目的，苦和甜来自外界，体味幸福则来自内心。

此次西行，可以说圆了我酝酿许久的远行梦，也对自己的前半生做了很好的洗礼。这场洗礼是我最初没有想到的，很意外，很感激！

人生在世会和许许多多的人打交道，每个人的价值观不同、素质不同，所以，思考问题的方式也就有所不同。这样的大千世界里，每个人的经历均不一样，承受能力也不一样。然而，我却总是这么幸运地被理解和照顾着。我真诚地感恩！生活的反馈，让我不得不承认自身的问题。感谢执着的老友们赤裸裸地点醒了爱钻牛角尖的我。虽三十有余，却有着与年龄完全不相符的情商和行为，倔强无知地行走于个人狭隘的世界里。我清楚地知道，我是感性的，所以以后要理性点；我知道我是偏执的，所以以后要谦卑点；我知道我是飘浮的，所以以后要沉稳点；我亦知道我是幼稚的，所以以后要成熟点……总之，现在的我，最迫切需要的是沉淀！

年龄渐长，便越发喜欢干净明亮的事物，向往舒展自如的人生，生命的意义不在于有多完美，而在于这一路的经历让你领悟到什么。

夜深人静的时候，想起了一杯水的故事。"水静极则形象明"。一杯混浊的水，放着不动，这样长久平静下来，混浊的泥渣自然沉淀，终至转浊为清，成为一杯清水。水静下来才会清澈，才能映照世界。年轻气盛的我，不就如这杯浑水吗？曾不屑一顾地以为，你有你的骄傲，我有我的尊严，各有各的生活方式，各有各的足迹。我是独一无二的我，是骄纵孤傲的我，是不撞南墙不回头的我，所以我固执，我任性。就那么一瞬间，我明白，我需要静下来，坚守内心的宁静，保持前所未有的清醒，在沉默中做最好的自己。犹如杯中水！

盯着微信名字"静"，想起老子的话语："静为躁君"，"静"是去"躁"的良方。古人的话之所以流传千古，定是有道理的！一个人内心不静，很难真正思考问题，做人做事也一定会骄矜、浮躁。确实！如果不是此番西行感悟，短时间内我是不会明白这样的道理的。父母给我取名"静"或许也是冥冥之中早已注定，期待我做个静静的女子！真正安静的人，会仔细观察，审时度势，深入思考，以获得解决问题的办法。这对"80后"的我们，往往是极度欠缺的，无疑是个深刻的警醒。这个年纪的我们，至少是我，似懂非懂地理解了！

物随心转，境由心生，心有多静，福有多深！

不眠之夜，思维清晰。西行之路，不胜感激！

愿我出走半生，归来心亦安然！

感恩！

远嫁姑娘

无意间看到一条朋友圈：朋友远嫁到山东淄博，夏季酷热，吃西瓜解暑，一点也不甜，想吃叔叔家卖的瓜了，闲聊时就在电话中和爸妈随口一说。说者无意，听者有心。父亲连夜买好女儿爱吃的西瓜，跨越千里来到女儿所在的城市。

见到父亲和后备厢满满一车的西瓜之后，这个姑娘泪奔了。那沉甸甸的，不只是自己爱吃的家乡味道，更是父母沉甸甸的爱和不尽的思念、疼惜。

远嫁的女儿就像是父母丢失在远方的孩子，担心，挂念。担心她吃不好，穿不暖，担心她被人欺，无处哭。这世上有哪对父母，能真正赢得过子女呢？最终都是父母妥协，大抵都如此吧！

想起自己早些年在外的日子，父亲母亲用尽力气抬着一袋又一袋的猪肉、一串又一串的香肠、一坛又一坛的腌辣椒，哪次又不是沉甸甸呢？

有人说：远嫁，十有九伤。一个人再爱你，终会在细碎的时间里被慢慢磨平。"当初远嫁，家里人死活不同意。结婚时，幸福得感天动地。他说一定会努力，给我最好的生活，还说会对我好一辈子。"远嫁的姑娘，如今过得好吗？

对千里之外的娘家，从来都是只敢报喜，不敢报忧。力排众议嫁过来，可真到了千里之外，语言不通，习性两异，才知道当初为爱情付出的代价究竟有多大。在渐渐离开家人视线的同时，也在慢慢剥离你多年来的亲情和友情。那个发誓要为真爱付出所有的远嫁的女孩，现在怎么样了？

如果说婚姻好似一场赌博，赌两个人一世安好，白头偕老。

那么远嫁就是放上全部身家的一场豪赌，没有退路。不同地方文化的差异，生活的不和谐，当你的婚姻出现矛盾时，当你千里之外的父母突然身患重病而你却不能及时赶回时，当争吵来得猛烈时……这些时刻，你是否都能承受得住？

如果所托非人，我们不嫁也罢！但如果能做到这些，那么就勇敢去追求吧！

男人们，如果你娶了远方的女孩，请好好珍惜。因为她离了自己的家，你不给她一个家，她就没家了。为了你，她放弃了过往的一切，你将全程参与她的后半生，请对她负责，好好疼爱她，连同她父母的那一份。

如果做不到，请不要娶她。

温暖的光

人总要定期自我反省。11 月 22 日，小雪，轻盈肃静，我喜欢的日子。

我总认为，生活要有暖有光。和三毛的"我笑，便面如春花，定是能感动人的，任他是谁"的观点有点不谋而合。

我们的生命孕育之处，是在母亲温暖的身体中。胚芽在温暖的宫殿中竭尽所能地吸收养分，渐渐膨胀起来。从诞生的那一刻起，就天然适合并不懈地依赖温暖。感谢刘家河的父亲和天子山脚下的母亲相识、相知、相亲、相爱，生下了如此可爱且颇具乡土气息的我。再次感谢我的母亲！

生活中的温暖不仅仅是身体的温暖，还有精神的温暖。需要相濡以沫的温暖，需要亲如手足的温暖，需要大地和太阳的温暖，好似都有，简单且知足！

2019 年的生活，我想用欢快的语气来表达，全新的社会、全新的处世、全新的为人，一切是那么的新鲜，一切都从头学起。兴奋，懵懂，温暖又依旧如初……

感谢爱我的小薇和芳儿，这么多年的糟脾气不知吓跑了多少人，你们却一直不离不弃，任我言语生硬，任我随意撒泼。

感谢喜欢我的青青带我好吃好喝，教我说话办事，让我体会到"一个人吃饭是填饱肚子，两个人吃饭是填满感情"，让我可以对棘手的人际关系淡然应对。

感谢关心着我的瑛姐姐和玲姐姐，书法水平不怎么样，三人合着倒也能抵个诸葛亮，起码能借着书法名义品酒、喝茶、唱上两曲儿。

　　感谢文联谭主席、霞姐姐、卢姐姐等人的鼓励，对我文章的登载，是我在回澧生活后收到的最好的礼物，我很珍惜这样的机遇，让我这头初生牛犊在突然闯进的陌生领域里勇敢前行不知胆怯，真心希望文化能够左右我的生活，随意而不矫揉造作。

　　感谢晨跑团里周周、谭谭、兰兰、大马、小马等各位的加入，因天性促使我们为保证自身需要而进行运动。晨跑路上不再孤单，遇事后不再是独自处理，任何事宜随时有商有量，原先的的五公里从今年起更至十公里，在这里，似乎是什么事都不用操心的小孩，又似乎是什么都管的领袖，喜欢。

　　感谢我的户外团男男女女、老老少少对我的喜爱，依旧感谢我的骑友团没抛弃、没放弃，如此简单纯粹的喜爱，无论双脚还是双轮，我们用原始的方式，征服一座又一座山头，飞驰在风中的感觉一如既往。年年见证，年年包容，年年在各个角落共享阳光与大地的陪伴，这样的方式让我很愉快，对生活，我们很是热爱。

　　也感谢眯眼看我的人，倘若不是有你们，自信心爆棚的我都

不知道飘到哪个国度了。

生活过得阳光，将自己照顾得妥妥的。但成年人的世界，不该只有这样。三十几岁的人，对事物要有明晰的判断，对自己的目标要有准确的把握，对世界的善恶要有恰如其分的辨析，我在这些方面严重弱势，用考核标准来评判的话，连达标都差得远。工作上的跨度，让众人不解，更让我不知所措，体制制度、工作性质都急需了解，态度再端正点，棱角再磨平一点，追求一些进步，会不会更适合生存？持续改变中……

晨练结束，回家给家人一个拥抱，出门带着一抹微笑，给心灵一点慰藉，化为一束微弱的光洒在大千世界。是的，我就是这束光！

要上班啦，一首我喜欢的歌《世间美好与你环环相扣》分享给大家——

> 此时已莺飞草长，爱的人正在路上
> 我知他风雨兼程，途经日暮不赏
> 穿越人海，只为与你相拥
> 此刻已皓月当空，爱的人手捧星光
> 我知他乘风破浪，去了黑暗一趟
> 感同身受，给你救赎热望……

找　寻

"动身了吗？下午一直都在厨房备菜，一定要来啊，咱们好好叙叙。"

这大过年的，乡里的事说完了，是不是得说说城里的事了？

今天是正月初四，也是二十四节气中的第一个节气——立春。在传统观念中，立春有吉祥的含义，冬奥会也选在今天开幕。在这样的日子里，稀疏雨点下我驱车几百公里，去见那个叫吉祥的女子，去寻找过去的影子和差点丢失的自己。

我的文字里，似乎还从没记录过我的第一份工作，以及第一次参加工作的城市。文章提到的吉祥，土生土长的郴州人，是我人生旅途中所遇的贵人之一，也是开头说话的人。微信名单分类储存时，我将其归为老朋友，如果"老"要用数字代替，大概十几年吧。见我来，吉祥热情地设家宴款待，一桌亲手做的菜，两个脾气相投的人，我感慨近来不易，她讲讲生活琐事，画面感动到了她和我，以及视频连线的诸多老友。朋友就是用来打扰的，想见时就见，距离、时间都不是问题。

所有走过的路，我从没觉得苦过，比如，一个人开这么久车，我也觉得是一种享受，做过那么多疯狂的事里，这次是为自己。手机导航出现"郴州互通"字眼的时候，我很开心。湖南最南边，是我对郴州的第一印象，这是一座大小山峰包裹的城，属于山城，但宜居。于我也有着一份特殊的情感。

说说收获吧！这可是个挥洒青春的地方呀！第一次出门的我，怎能不稀奇，穿梭的火车，闪烁的霓虹，硕大的商场、广场、公园，在我眼里已经是大城市标配了。最重要的是，第一次远离父母视线，第一次与陌生人打交道，第一次学外地方言，第一次像成人一样领工资跑银行，第一次吃路边的炒粉、鱼粉，第一次租房，第一次装老成……

清晰记得坐火车离家时的情景。来这座城市缘于一位朋友推荐，可信度没问题，于是便欣然前往。因没有外出经验，不知是否会习惯，不太阔绰的我预备了八百元，以便遇到紧急情况能暂时解决，并分放在衣服的四个口袋，万一被小偷偷了不至于身无分文。那时用的小灵通，出了澧县便没有信号，出发前与店老板确定了抵达时间、彼此着装等细节，老板电话承诺在火车站准点接应，这是对外聘人员该有的礼节。绿色的列车有节奏地行驶着，卧铺上的我生怕睡过了头，不停地问询乘务员到哪了。凌晨下火车出了站，凭着老板描述的衣服特征，我认出了他，被安全接走。当然，我没有让老板看出这是我第一次出门，女孩在外怎能不防备，格外谨慎是必须的。成熟就是落脚的那一刻开始历练的吧！

异地的生活很简单，早上爬苏仙岭锻炼身体，白天工作，晚上在健身房出上一身汗。晨跑时山顶的爷爷奶奶们身着单衣，面色红润，我第一次理解了"健康"；健身时遇到一个我很喜欢看的姐姐，每回遇见她都正巧在停放她的小汽车，一头短发显得很干练，话语不多，见的次数多了就会相视一笑，与走路风风火火的我形成明显对比，我第一次知道什么叫气质。

农村女孩的梦想里，其中一个便是靠自己在城里买房定脚，哪怕只有五六十平方米。郴州城有便利的交通、熟识的朋友以及青春的足迹，显然，完全符合我对居家城市的要求。有了目标，做事就有奔头。第一份工作三千元一个月，固定存两千五百元，我会有计划地添置自己所需的物资，有奖金时才会去专卖店看看衣服，实在觉得好，就会等到打折时再去购买。老板娘何姐时不时会称赞我："这样的娃娃不多哦！"何姐有着自己的事业，经济独立，我喜欢听她说话和看她做事，榜样的鼓励让我自信满满，红色存折也从零累积成四位数、五位数……在这里，我学会了节俭、奋斗。

这是一个三观养成的地方。老板娘很能干、做饭阿姨很热心、同事们很友善，总之，你第一次与社会这个大范畴接触的感受，如果用词语概括，我觉得"善良"再贴切不过，身边人是这么做的，我也是这么学的。当然，这是为人。工作中做事也能学到不少。

后来遇到吉祥，这个女孩大不了我多少，但温柔智慧，举手投足间透露着优雅，身上太多点吸引着我想要变优秀，尤其愿意与她共事，哪怕挑战无人愿领的任务。郴州这带煤矿老板多，许多来店消费的老板夫人们不着重打扮，压根儿看不出有钱，以至于没被销售放在眼里，业务新手的我，便成了"捡漏"的。在这里，我学会了人不可貌相，对每一个人都要真诚相待。与吉祥一起打配合的时光里，月工资第一次突破一万元，二十岁的我还是没能按捺住心中那份喜悦，宴请所有同事庆祝。所谓宴请，就是在消夜店吃上几串烧烤，喝点啤酒，消费仍旧不能没有节制。

时光穿梭，成长之路青涩甜蜜。一转眼，小女孩从不经世事到了独当一面。成年人的生活，夫妻相互理解、共同进步、彼此扶持才是最佳状态。这座城里的老友——何姐夫妻、吉祥夫妻、丽丽夫妻，在这类问题上，都是这样做的，且一直幸福着。在他们身上，我学会了分寸和明理。

下高速后进到城里，马路变了许多，早已分不清方向。城，已不像我那时待的城了。租住过的简陋出租屋，也已被改造得华丽璀璨。旧事已过，一切更新。新的春光，新的世界，风轻轻，情绵绵，虎年，那个敢闯敢拼、果断干脆的虎妞归来了！

女 人

望着屏幕的一刹那，我窥见了低头靠在旋风肩膀上略带微醉眼神和撇嘴欲哭的羊，那一刻，同为女人的我，心似乎要碎。灯光下，眼前这个身材娇小却又身挑重担的女人，我像是探到她身后的委屈，光鲜背后却如此柔弱的女人，像极了三四年前一见到人就会落泪的那个"她"，只不过"她"没有如此优秀，而且早已修复得更加坚强……

"世界上若没有女人，这世界至少要失去十分之五的真、十分之六的善、十分之七的美。"翩翩女人花，优雅自芳华。世间有千万女子，也有百千姿态：

有的在水一方，清扬婉兮，如同从诗词歌赋里走出；

有的撑着油纸伞，染着淡淡惆怅，从江南烟雨中走来；

有的天性爱自由，不善伪装，开朗大方，随心随风去流浪；

还有的静享清欢，浅喜深爱，从容不彷徨，安然守着岁月；

当然，更多的是平淡归真，周而复始地为柴米油盐而打拼……

别人眼里的画面多么美好！别人朋友圈的事多么幸福！可我们也知道，现实中成年人的世界，没有"容易"二字，生存必定不易，生活终究是生活。

也许你是有焦虑症的企业老总、心系多方的政界干部、摸爬滚打多年的职场精英，抑或是丈夫的妻子、孩子的母亲、父母的宝贝……上天赐予了女人许多角色，足以尽情展示女人的美。也许安静的时候，你会觉得很累。做到温柔至极时，你也知道巾帼不让须眉，遇到事时，女人终究会扛得住！女性除了真善美，还

有坚强！

　　蒙蒙细雨中迎来了女子的节日。我们就是这世间的美好，我们也值得这世间所有的美好。愿我们笑对人生，活成自己喜欢的模样，愿春风十里，都不如最美的我们。不辜负每一份深情，不浪费每一寸时光，不要被生活压弯了腰，不要被时光催老了容颜，用心生活，用心爱。

　　愿我们永远都有爱与被爱的能力，愿每个女子有柔软的心肠，更有坚硬的铠甲，追自己的梦想，做自己的英雄。

晨 雾

我想，霾和雾是有区别的。霾让人害怕，唯恐避之不及，见则逃之夭夭；雾让人流连，不忍离开。今早散步的堤上没有霾，只有远处扑朔迷离的雾，翻涌弥漫，有似现于人间的仙境。

在通往老家的艳州桥还没有拆除维修时，我大约每天都会在堤上走个来回，有时是晨练，有时是夜间散步，还有时是回家看望父母，早晚、四季的景色美不胜收，都曾一览无余过。可是，我又好久没有这么静下来慢慢地欣赏过了呢！

此刻，我就这样静静地立在堤边，眺望远方，仙雾缭绕在家门口的澧水上，一层接着一层氤氲，神秘莫测，让你琢磨不透到底延伸到了哪！迷雾上空泛起红云，微风徐徐，掠过水面。仙雾眷恋着澧水，澧水享受着大雾笼罩，水面落花慢慢流，水底鱼儿慢慢游，这平常的景象，美得让人怎能不爱呢！微风吹拂着我的头发，让我完全忘记了身体的不适，一种久病初愈的舒坦，一种清空大脑的放松，一种洗涤双眸的滋润。

东边的红霞是在跟我对话吗？希望我像巴金先生一样，用朴实的语言把海上日出那样壮观、辉煌的景象如电影镜头一般捕捉到，呈现给大家？"状难写之景如在目前"，显然，我还没法做到呀！或者我试着像蒙田先生一样热爱生命，赋予一些词语特殊的含义，拿"度日"来说吧，天色不佳，令人不快的时候，将"度日"看作是"消磨光阴"，而风和日丽的时候，却不愿意去"度"，这时，是在慢慢赏玩、领略美好的时光。

雾从远处我不曾靠近过的船只那儿轻轻涌来，日光淡去。我发现，我开始对一切美丽的事物怜爱珍惜，不管是一缕空气，或是一滴露珠，不管是对着一颗含苞待放的花骨朵，或是对着一颗年轻喜悦的心，我总会认真地对待、欣赏，体悟它们存在的意义。生命里，是不是还有一些原本很美好的事物，也会因为我的不知不觉与不变，而离我越来越远了呢？

撒娇是一种幸福

"我都连续八天没有休息了！呜……"

蒙眬间，我听到一个显得有点稚嫩的女孩声音，从旁边房间传来，我能判断出这是在接听电话。她是打给亲人还是男友的，我一时不能确定，但听得出那是她很亲密很重要的人。她声音哽咽，似乎受了很大的委屈，我心里有些心疼起这个小女孩。

我喜欢胡乱猜测，尤其是一个人的时候，想象力虽不太丰富，但判断基本准确。声音正是刚刚为我打针的护士的。见面时我猜测小姑娘是大学毕业后刚参加工作不久，看得出工作起来不是那么熟练。她应该只有二十多岁，斯斯文文，很清秀。从她的电话里得知她是第一次参加工作，应该还属于实习阶段吧！想必是不太习惯，或是因为孤单想念家人了，所以就给亲近的人打电话诉说。

我不由得想起自己第一次当学徒的往事。应该说每个人的性格都不相同，我属于报喜不报忧的，习惯将最好的一面展示给大家。父母问及状况时，我会一律答道："可好啦！能学技术，还管吃管住。虽没有工资，但至少也不用另外交学费啊！"我是真心觉得很划算。人都会算一笔账，我的目的是不交学费学技术，大家各取所需，至于做家务、为师傅接送小孩、没有节假日又算得了什么呢？我是乐意的，态度积极心态好，赚到的自然是我了。人都要离开父母，这是迟早的事，在安全范围内成长，苦点，倒不算什么。我习惯了隐忍，不会吱声。过年过节时，我照例会穿得很时尚走亲戚，似乎这是日子过得很好的表现。青春有时想来很有趣，有种懵懂无知，却有嚼劲！

　　性格使然吧，我一路好像都艰辛，好在生活还算顺畅。想起玲玲姐闲聊时教导我的："女人，得学会示弱，那么逞强干啥呀！"她的观点可能是对的，我却总是听听就好，一笑而过。玲玲姐有她充满智慧的生活观，将生活过得甜蜜幸福，绝不是她要显摆：饿了，老公给她做饭；渴了，老公递水过来；想出门透气，老公就安排时间陪着游山玩水；想购物了，随便买……有时你真会怀疑，优秀的都是别人的老公？爱是相互的，我想活得通透的男人其实应该都很简单，你怎么样引导，他应该就会乐意怎么样配合吧！玲玲姐的生活离不开老公，尽管她老公的工作也很繁忙。从这段模范夫妻关系来看，女士还真得自我反省了，不要什么事都自己扛，一副压根儿不需要男人的样子，到最后让两个人疏远、淡漠，家庭空有其名，两人都不堪其累。

　　一个人躺在病床上，我想：世间男女，情感微妙，最不能分明。多少男子坚韧刚强，铮铮铁骨，独当一面，但对于心仪的女人却伤春悲秋，满腔深情，百炼之钢也化作绕指柔了。无非希望得为佳偶美眷，心心相印，二者是所谓"灵魂伴侣"，相依相守，不可分离。男如长松，女似松萝，譬喻虽腐，然确属现实生活。

　　从现在起，要开始学着温柔。若是真信了她们的教导，或许现在会有人陪伴在身边吧！也许，我也该像小女孩那样，不时撒个娇，示个弱？

　　希望小女孩工作愉快，生活快乐，一直被所爱之人柔情眷恋、白首深爱。

踏雪而歌

春节期间，我驱车八小时赶到了莽山。此行无他，只不过听闻这里雾凇迷人，想来领略一番。

在景区东门游客接待中心下车，发现这里真有些偏僻。场地太小，加之可能天气寒冷，又是春节，没有想象中的人多，心里不免有点失望。据说旺季观光客人山人海，一派熙攘。但现在，人影稀疏，我只能想到"寥若晨星"这个词汇。整个大地都在暗暗沉沉的底色里，远景群峰蒙眬，不甚分明，让人怀疑山里是否有雪。

友人吉祥陪我前来，我们乘坐缆车上山。当轿厢升到高空中时，极目四望，全是浓雾，俯身向下看，透过云雾缝隙，在深山峡谷，处处可见莹莹白雪。那挂在千树万树枝头的冻雪，如朵朵绽放的梨花一般，枝条上透明皎洁的雾凇，更令人目眩神迷，如睹仙境。大自然的鬼斧神工，让人叹为观止，白雪装点的这个世界，将琼楼玉宇带到了凡间。生命中可以遇见诸多美景，我们就这样"高高在上"，享受一路遇见美的过程。周围景物微妙的变化，都让我们心生欢喜。

出了缆车，随游人沿着弯弯曲曲的山路前行。山风习习，大雾笼罩下，有时候视野里一切都模模糊糊。周围没有鸟鸣，甚至没有流水呻吟喘息，凛冽的寒气冻住了山泉。没被雪覆盖的山石角落，也没有常见的斑驳苔痕。吉祥和我走着说着，回忆曾怀相同理想并肩前行的那些岁月。到一处开阔的地方，我们停下来。面前是一片云雾腾涌的山谷，远处山峰耸立，若隐若现，我们就像是站立在波涛汹涌的茫茫大海边。一时童心忽起，我们向着渺远的"对岸"高声呼唤自己的名字，聆听那悠长而又遥远的回音在山间一阵阵传递。当穿越了不知道多少山峰的回音再次飘回耳边时，我们彼此相对，不由会心一笑。

如果不看手机，我们已分不清走了多久。蓦然听见前方游人欢呼，我们也立即赶过去。眼前的景色堪称惊艳。越过一座山峰后，惊现深谷，仙雾缭绕中，一束透明发亮的光线跃动着，直接照在鹤立远处的峰顶，那山峰宛如云雾掩拥的汪洋上的孤绝之岛，任由清辉流泻，色彩变幻，鲜明浓烈，灿烂夺目。这是怎样的一个金黄蓝紫翠绿渲染的奇异世界，一切好像梦幻一样。在你惊呼时，却又转瞬不见。这样的偶一现身，总让人怀疑刚才是不是真的见过这些绚丽奇景。原来，有些"美"，只会在瞬间出现，而且根本不容人靠近。身临其境的感觉，无法用言语来描述。这种一瞬间对于美好与时间的领悟，非常微妙。苏东坡曾说："自其变者而观之，则天地曾不能以一瞬；自其不变者而观之，则物与我皆无尽也"，这里面的意味，面对时间，恐怕不仅仅是旷达。所幸爱美的我们，习惯用影像将遇见的美好小心留存，安放进时光隧道，珍藏在我们的生命里。

我们继续向前，翻过一座山后，依然可以欣赏那些奇妙光点与色彩再度重叠。在这里，随游客来到垂直玻璃电梯间，直线上升观看云海。厚实的云层上，我们看见另一番迥然不同的天地。洁白的云铺展开来，如同广袤的云的原野。这片洁白的"原野"之上，吹过来微微的风，有点温暖，使人感觉春意融融。由此俯瞰，峡谷两旁的山壁上，陡峭岩石间，倔强挺生的青松，积雪消融，显得郁郁葱葱，生机盎然。脚步迈进大山后，领略了一天四季，美若仙境，原先充满疑问的心早已被折服。

美因为无常，才显得更珍贵，就像万事因为皆难前定才显得神秘莫测一样。生命里有一种力量让我们痴狂。生的欢悦会随时出现，犹如这随时遇到的美景，因为这些无所不在，才显得生命光耀鲜活，人生和大自然一样，处处皆有风景，当然，更有很多不完美。十几二十岁时阅历较少，生命体验不够，我不能明白生活中很多事情的关联。行万里路，对于加深自己的认识想必是起效的。曾在一本书中看到："在生命里，我们几乎每时每刻都在犯错。那所有应该做而没有做的，逐日侵蚀沉淀之后，贮满泪水，成为遗憾湖。那所有不该做而又做了的，层层堆积重叠之后，暗影耸然，就成为悔恨山。"如今，在生命那曲折的山间，我可以沿着一条路走，克服坎坷，小驻片刻，欣赏风景，减轻那压在心上的重负，去阅读，去书写"生命"的秘密，有时和"生命"和解，让自己取得些许平衡。

只有这样，也只能这样，我才能用足够长的时间不断去回味，回味那灿然、短到不能再短的美丽瞬间，用这方法吸收、学习、修正，使自己也变得美丽。找回那久违的自己，追寻与回溯生命的本真，就像登上这云霞灿烂的莽山顶，静静注视着眼前光影一直在那儿变幻不停。

雪　花

迎面而来的雪花，随车轮飞速旋转，轻盈飘落。我想，她应该是很欢快的，她是多么想降落到人间，看看这繁华的世界！

我一直想描绘这空灵的雪，可我知道，笔下贫瘠的词语又怎能描绘得了这素净的六出花！寂静的周围，她无声飘扬着，我又怎敢去打扰她漫天纷纷扬扬地落下！她似乎永无止息，在不可捉摸中不断循环。

数不清有过多少场雪，如水流过的年华里，那些留在心里的音容笑貌，融化了一些，也保留了一些。

日子没有白白过去，一些记忆值得珍惜、收藏，像极了这记忆中不断往返的雪！

我喜欢"回顾"。许多美丽的时刻，实在舍不得忘记。

每一场雪的离去，归来，都像极了人生道路上那每一道转折，每一次变化。

我会无限依恋，频频回顾。

哪一场雪花轻？哪一场雪来得猛烈？似乎会有一种比较。

哪一场雪才是我应该舒展一生去拥抱的呢？

雪花飘落，似乎在静静地端详着我，看着我微笑。

坚定往前迈，让生命飞扬，白头又何妨！

一梦幽思

你应该是一场梦，我应该是一阵风。

——顾城《你和我》

忽然做了个很奇怪的梦：梦见和那个原本没有血缘关系的人成为亲人，相处了多年，突然分开。过了几年后再相见时，竟已完全不认识我了。醒后油然而生一丝失落。

女人在高兴、失意或是其他各种情绪笼罩时，习惯找个人分享和倾诉。尤其是在情绪低落之时，对方如果耐心倾听并加以分析、开导，自己心中才会释然，豁然开朗，翻过此篇。我也是个普普通通的女人，也同样如此。心情有点郁郁，便向向来智慧的潘咨询，她柔和地解答说："对方是相处久的人，难免会牵挂。或许是他们要开启新生活了，完全不会再有接触，所以才有了这样的梦！"芳听闻，则发表不一样的见解："梦即担心，因而与现实相反。已经渗入每个细胞，扎入心里的情感怎么能抹得掉呢？"我知道，人之所以做梦，肯定跟身边人或身边发生的事隐约有着某种联系。不是有首歌唱道："我会枕着你的名字入眠……"大概是日有所思夜有所梦，心心念念某个人，自然会梦中相遇。只不过一个浮现在意识中，一个已是暗藏在潜意识里了。

其实，不仅是梦里，平时也常常会无端地想念一些人。某条街道、某个物件，在某个谈话间、折叠衣物时、与人用餐时……在想念时，时光是分段的，幼时、青春期、年轻时等，因此感觉生命也是由一段段明暗交错的缤纷影像构成，每一段都会和一些人联系在一起。有些是朋友，有些是不得不与他们发生联系的人，有些因为爱，有些却转变成了恨，这些形形色色人的存在与遇见，让我们踏入社会的脚步有了着落并留了痕。因常常会想起，生命里的情感便大致可以分解成这样：一些被你所爱的人分去了，一些被你所恨的人分去了，一些被你无所谓爱或恨的人分去了。如是被这三种人分解去，在漫长的岁月里想念他们，带着往昔的感情色彩，或爱或恨，或浓或淡，或长或短。有一些莫名的颤动，若隐若现，欲升还沉，也是生命实在而丰足的体现。

是否还记得？时光隧道里，人们都曾多么专注地设计美妙的未来，多么细致地描绘多彩的前途，然而，尽管固执、真诚、坚韧，生活也仍会以我们全然没有料到的另一种面目呈现于面前。无论是向朋友、向爱情，还是向生活，真不必希求太多，无须痴想太多！只要我们每一刻都在认真地做人、认真地生活。

当想念滑过生命中的那些人时，所有的爱憎都蒙上了一层淡淡的光晕，这些在你生命里出现的人，如春风吻过发梢般温和，透过光晕你再看，心胸在无形中被放大，爱和憎早已化作一种体验生命的欣慰了。

我们都是照亮别人的光

"静阿姨，我开通了一个微信公众号。写得不是很好，但我觉得有了第一次，以后会慢慢更好的！"

"您的文章我每次都阅读，向您看齐！"

被梨子莫名地连连称赞，我很难为情。

"梨子优秀，阿姨要向你学习呢！"我真心回复着。

梨子是我五年前认识的小女孩，我初回到澧县时，她正念高中，天南地北的两人原本不可能有交集，结识还得从她母亲说起。

因工作关系，她母亲成了我的客户，一年业务不多，加了微信但不太熟的那种。发达的网络，能让微信好友随时随地浏览朋友圈，关注动态，这手指尖的滑动，让梨妈妈对我的生活习惯略有了解，比如骑行、晨练、读书、记日记等。青春期的孩子有的好动，有的喜静，梨子属于窝在沙发里便不想动的类型，细心的母亲想办法敦促她贴近大自然，找回孩子身上该有的活力，于是找到了我，简单说明情况后，问及可否带梨子骑车在周边转转。我也为人母，非常能体会她的感受，爽快答应。

夏日早晨，太阳不烈，小道荫翳，骑车时带风，很是凉爽。在有坡道的彭山骑上个二三十公里，这运动量于孩子来说，正合适。按约定，我跟梨子在某酒店门口集合。

"阿姨好！我是梨子！"女孩礼貌地打着招呼。

热情、大方，是梨子给我的第一印象。

"很高兴认识梨子哦！老远看见便猜到是你。"

"一点点胖，和你母亲描述的差不多。"我的补充，让梨子害

206

羞地遮住了面，同时，想必是在怪母亲介绍得过多吧！肯定没有怪我太直白！网络词的使用化解了尴尬，到底是性情相似，相差一二十岁的两个陌生人，首次见面就很合拍，有点像"对的人总会遇见，与年龄无关"。

清晰地记得，我特意叫上很爱拍照的骑友离境姐姐陪同，这样一场骑行怎能不留影纪念？两大一小三人三车就这样开心出发，中途拍照、摘瓜、听知了，不亦乐乎。晨骑在愉快中结束，小梨子偷偷告诉我，以后只要有时间，还要同阿姨一道骑行。人是需要被肯定的，大人也是。我喜欢这样的约定。

最好的关系，是相处不累。成人的世界、孩子的世界都是。后来的时间，时不时会通过微信联络，梨子告诉我考上了大学，大部分时间在学校，开学也忙等。再后来，就是分享她大学被表扬的消息。参加军训、义工、跳舞比赛等信息，是我点开她朋友

圈翻看知晓的，之前那个嚷嚷着要减肥的小女孩早已长得亭亭玉立，训练时着军装的模样英姿飒爽。再后来⋯⋯

"现在，都快参加工作了吧？"我自言自语，小声嘀咕着。

"静阿姨是我前进的标杆！"

梨子的话把我从记忆里拉扯出来。人最怕的就是周围的人都在努力而你却原地没动，与迈开步子飞速前进的梨子相比，我实在是自觉惭愧。与其说被她当榜样，不如说我是被她鞭策着，共同成长。与孩子说话，不能马虎。对于现在开始写作的她，尽管我没有太多经验分享，仍认真思索后回复道："梨子，敢于提笔的你本身就很优秀。阿姨跟你讲述一下我个人的感受，写文字是现实的自己与内心的自己的一场对话，在这里面，有悲伤、喜悦，有值得高兴的大事，有微不足道的小事，能记录亲情、友情，能留住美好，能触摸自己的内心，见证自己的成长。所以，写自己想写的东西，留下自己想留下的事，这种感觉真的挺棒！按自己的感觉走，就这样慢慢地、一步步地往前，许多年后你再回头，会发现这将是你人生中一件非常有意义的事。"我向来表达不出太深奥的道理，仅以对自己说的一番话鼓励她。

"很高兴梨子能与我分享。阿姨祝福你！"我为青春激昂的梨子送上真挚的祝福。同时，也将美好祝愿送给梨子的妈妈。孩子优秀，与母亲的培养密不可分，必须肯定背后的母亲。

人这一生会遇到很多人，有些与你擦肩而过不曾留痕，有些有过短暂交集，时间久了便遗忘，有些因琐事过节反目成仇⋯⋯我跟小梨子的相遇，算不上知己，但在这茫茫人海中，偶尔如灯塔一般彼此照亮。偶然间，眼睛和心能相互读懂，相互关心与惦记，这应该也是难得的心有灵犀与共鸣吧！

我们都是照亮别人的光！所走的路径不同，所选择的方向不同，但那束光，会一直在小城闪烁。

第四辑

爽心乐事阅奇观：读书远行

读《欧也妮·葛朗台》

读此书之前有这样一个小插曲：曾听闻过《欧也妮·葛朗台》讲述的是吝啬鬼的故事，我对这样的内容毫无兴趣，所以就没有阅读。谁知和一向颇为矜持的小芳聊天时，想必是习惯展示自己多么有才华，她偏偏主动聊到文学并提及该书情节，希望我互动回应时，我如实回答没读过。她立刻不屑地说："这都不知道？你这没读书的孩子真是没文化。"愣在原地的我三分钟后才回过神，于是立即就冲到书店，第一次用难以平复的不平衡心理寻找该书，想看看这到底是本什么样的书籍，读与不读到底会有怎样的差别。

我是一口气读完的。《欧也妮·葛朗台》是 19 世纪法国小说家巴尔扎克所著，故事讲述了发生在法国一个叫索莫的城市里几个不同身份的人的日常生活，刻画了葛朗台夫妇和他们的女儿欧也妮·葛朗台，管家拿侬和夏尔这五个主要人物。巴尔扎克创造了一个真实而生活化的背景，情节并不复杂，整体反映了法国当时的社会状态和人们的生活状态。这部诞生于 1833 年的小说在历史洪流中脱颖而出，享誉世界，成为经典。故事内容不做过多讨论，刻画的几个人物形象的确有血有肉。葛朗台的女儿和妻子是典型的老实、重感情、懂忍让的人，没有家庭地位的她们非常希望可以有一个富有温情的家，但一家之主葛朗台恰恰就不是这样的人。

抠门的葛朗台唯钱是亲，对金钱的追逐和欲望是空前的、无法克制的，为此他不惜泯灭人性、践踏亲情，至死不悟，终究也没能带走一分一毫。文学就是这么神奇，正是巴尔扎克细致生动的描绘，让葛朗台成为世界文学史上四大著名吝啬鬼形象之一。这点，可谓绝妙。

葛朗台是一个成功的商人，却是一个人生失败的人。这个既可笑又可悲的守财奴一生都在和钱打交道，每天脑中都在想着如何赚钱，如何省钱、再省钱。恨不得没有任何开销。为此失去妻子、女儿、侄子的亲情和朋友的友情，离开人世时身边只有女儿和女佣，生命的最后一刻也要奋力抢夺黄金的他，永远也无法明白"钱财乃身外之物"，亲人才是长伴一生的财富。金钱是生存需要的物质基础，亲情却是人世间生存的纽带。人应该为财富而努力，但没有必要执着入迷，有一些本真的东西，是任多少金钱也换不回来的，情感的富足是一生的财富，是只属于自己的财富。对金钱的追求合理有度，知足常乐，亲情和谐才会幸福相伴。否则，满屋黄金又有何用？

另一主角欧也妮，是葛朗台的女儿，与父亲形成鲜明对比。她漠视金钱、善良纯朴。少女时心心念念沉浸在自己的爱情里，处在人生起点的她做着幼稚的花朵盛开的幻梦，只想摘下一朵雏菊占卜爱情。经历事故之后的她，尽管无法再享有当初那份美好和快乐，但她依然面色洁白、安详、闲适，嗓音柔和沉着，举止朴实，她依旧拥有四十岁女人的美丽，拥有苦楚造就的高贵气质和不被世俗玷污的圣洁灵魂。能坚持做自己，已很是可贵。

同样难能可贵的还有一人，就是忠实能干的拿侬，我认为她是一个很正面的角色。三十五年来总是光着脚丫、衣衫褴褛地站在葛朗台的工厂前，听箍桶匠和气地问她："好孩子，你要什么呀？"心中的感激之情和年轻时一样新鲜。这个已完全融入了这家人生活的拿侬，享受着这种"平等的甜蜜感觉"，并陶醉其中。有时候听到主人一句"哦，可怜的拿侬！"的感叹时，她总是用一种难以言表的目光望他一眼，这句只需动动嘴的话成了她们友谊的枷锁，每说一遍，枷锁便增加一环，友谊更坚不可摧。这就是语言的魅力，"士为知己者死"大抵就是如此。对生活充满感恩、多年不变的她成了当地最有钱的佣人，单身的她在古稀之年也过上了她世界里的幸福生活。这份甜，自然只有品尝者自己才最清楚。

这是小说，小说中的人物是被金钱所支配的，现实中肩扛责任的成年人为追求财富努力生活，正能量的优秀者比比皆是，像夏尔一样，不择手段，"连回家的路都忘了"的也大有人在。追求财富的度，要自己把握。拼命赚钱时，那维系自己与家人感情的纽带别松了，陪伴是最长情的告白，于家人、朋友，都如此。

书内感受也好，书外经历也罢，"拥有"是人生最宝贵的财富，拥有知识和能力让人骄傲自豪，拥有亲情和友情让人幸福快乐，不懂珍惜则会埋没于凡庸，分文不值。所以，守好自己的幸福，控制贪念，知足方能常乐！

不怕人生的转弯

林清玄的文章，优美、没有负担，而且不会让你变坏。《不怕人生的转弯》，极好！

作家与平常人不同的地方，在于善于发现细节。寻常之处亦能引发深意。《不怕人生的转弯》这篇文章来自林先生在成都演讲收到女粉丝信笺后做出的回复，女孩信笺大致内容是"从小仰慕，没想到今得一见，如周星驰电影里的火云邪神"，发出"相见不如怀念"的感慨。林先生回复："相见也美，怀念也美，你长什么样子一点都不重要，重要的是你的头皮里面的东西，如果你有东西，你就可以活得很开心，你就可以活得很自在，活得很有智慧。"我觉得林先生的话句句都好听又实在。

林先生生在有十八个兄弟姐妹的穷苦家庭。在那个三百年来没有出过一个作家的居住地，连到隔壁村庄去的车票都买不起的环境里，林先生从小就立志当一个杰出的作家，长大以后去环游世界，以及娶一个像奥黛丽·赫本一样的妻子。从他的故事可得知，环境不能决定未来，过程也不能决定未来，但是心的向往能决定。

立志要当作家的林先生每天在街上乱走，看看有什么好的东西、好的题材可以写。在一个村庄，看到一个小孩子蹲在围墙旁边，脸上露出非常幸福而神秘的微笑。跑去一看，结果发现，他旁边摆了一个汽水的空罐子，小孩的笑容显然是喝完汽水以后打嗝的满足感。从小都没有经历过喝汽水喝到打嗝的小林，发誓这辈子一定要将汽水一口气喝饱，直到打出嗝来。一年后终于有了一个机会，小林提了两大瓶的汽水跑进家里的茅房躲起来，把门闭住，一口气灌完两瓶七百五十毫升的汽水，肚子胀得像怀孕九个月一样，半天后肚子咕噜咕噜响，突然一口气从肚子里面升上来，打了一个嗝，终于感受到打嗝的滋味是多么美妙，美妙得连茅房的味道都觉得不错。打开门迎来阳光普照，人生多么美好。有此经历的林先生写了篇《幸福的开关》：幸福的开关并不是你拥有很多的财宝，幸福的开关是你要打开心里那个通往幸福的状态。你一打开，即使非常微小的事情，你都可以感到幸福，你一打开，即使人生遭遇了非常大的挫败，你也可以感觉到幸福。真是幸福！

小时候的林先生看世界地图，第一眼看到的是埃及，他想去看看。父亲知道他的想法后曾说："我用我的生命保证，你这辈子绝不可能到埃及。"因林先生的生命拒绝被保证，因为有梦想，他倾注所有精力趴在方桌上写作，二十几岁时离开台湾，旅行的第一个地方便是埃及，他在金字塔前面给父亲写明信片："亲爱的爸爸，记得小时候，你打我一巴掌，踢我一脚，保证我这辈子绝对不可能来到这么远的地方。"爸爸一边看明信片一边说："这是哪一巴掌打的？打到埃及去了。"他笑着，父亲笑着，彼此肯定的笑！

在人生最早萌芽的时候，坚持是非常重要的，这种坚持可以决定你的方向，决定你要往什么地方走。

林先生以亲身经历告诉我们：贫穷，没关系，穷人有很多宝藏是有钱人没有的。穷人的第一个宝藏是每一天都睡得着。很多的有钱人，晚上要吃安眠药才睡得着，可是穷的家庭，连在水泥地上、木板上都睡得着。第二个宝藏是每一顿饭都吃得下，饥荒时连蟑螂都吃，现在还有什么可挑剔的？什么都吃得下。第三个是不怕人生的转弯，从非常穷的环境中出来，当面对人生的选择时，可以想，大不了回到十几岁背着一个布袋离开家乡的时候。第四个非常重要的宝藏，就是处处无家处处家，你看起来好像没有地方可以住，其实到处都是你的家。我们可以爬山，爬到山顶从山上往下看，看繁华的地方，看屹立的大楼……有钱人的家在哪里？有钱人的家在豪宅别墅。穷人的家在哪里？穷人的家在天空、在远方、在森林、在河海交界的地方。你没有什么可畏惧的。

《止学》闲笔

"止"之释义，有停止、拦阻、截止等许多意思。我们知道"适可而止""及时止损"等词，也很容易明白其中蕴含的道理。可"止"单就字面上看似乎总给人一种停止的意味。实际上并非如此。"止"也可能是一种隐性的前进，就如好车，不仅要看速度，更要看重它的刹车系统一样，"止"就是控制速度的刹车，极为重要。在很多时候，知道如何让自己"止"于所应"止"，关乎一个人的胜败荣辱，对大人物来说，它甚至决定了其平凡与伟大；而对一个普通人来说，它也同样决定成败得失……"止"之奥妙，存乎一心，而不可尽言。

"止"的思想古已有之，《道德经》《庄子》《论语》都有言及。在"止"与"不止"间，有一道成功和失败的分水岭，也是成功者和平庸者的分界线。闲暇之时阅读了《止学》一书，是隋朝大儒王通（文中子）集成，全书分《智》《用势》《利》《辩》《誉》《情》《蹇》《释怨》《心》《修身》十卷，详细阐释了所谓的"止"之学。据闻清人曾国藩少时深爱读此书，颇得其中奥秘，其一生作为和成就，也处处都有"止"的烙印。

"大智知止，小智惟谋"，有大智慧的人知道适可而止。《利》卷分享给我们的箴规是："天贵于时，人贵于明，动之有戒。"人的欲望是无止境的，正因如此，节制欲望、战胜欲望才是成功之人所应具有的卓越品质。求取利益当进则进、当止则止，既不能急功近利、贪得无厌，也不能消极无为、心灰意懒。要做到恰到好处，并非易事。相较而言，知"止"之人过得更加平平安安，问心无愧，他们能充实地过好每一天，远比绞尽脑汁、贪得无厌、整日提心吊胆的人活得踏实自在。正确地看待利益，从思想上淡化荣辱观念，用哲人的眼光来审视人生的价值，这才是人生的真正利益所在吧！

在情感上能有进有止，也是一个成熟、理智、成大事者的突出素质。《情》卷注释里提到了《钗头凤》一词的男女主角——陆游与唐婉的故事：两人的婚姻不被陆母祝福，在朝廷以孝治国的当时，陆游虽然和唐婉感情非常融洽，但是终究拗不过母亲的坚持——他尽管极不情愿，但最后还是只能忍痛割爱，和唐婉离婚。他把思念压在心底，整装向前，卸下懊悔、歉疚、忧伤等精神负担，终于成就了自己的一番事业。在人生的旅途中，如果我们能够化苦涩为甜蜜，升华出以苦为乐、无怨无悔的处世哲学，能在荆棘遍布的尘世路上杀出重围，看见另一重风景，那无疑是因为我们知道了应"止"于何处。

我们知道改变命运的方法多种多样，知"止"的作用独特，不可替代。良好的性格总是沉稳、内敛、自制，刚柔并济，用理性处置面临的一切。有所不为的"止"，蕴含着高度统一的进取和克制，它不会使人急功近利，也不会使人消极等待；它总能让人避过急流险滩，迂回达到既定目标。《心》卷里"欲无止也，其心堪制"，也是教我们在思想上加强"止"的认识和修养。正确的人生观主宰着人生的方向，决定命运，是战胜人性弱点、克服心理障碍的灵丹妙药。作为一种人生境界和哲学高度，"止"在精神层面深合人情物理，阐释起来博大精深，韵味无穷，是无数贤人能者所极力追求的目标，益处自不待言。

"止"是带着善良的智慧，纯净朴拙，无人可敌！

读《自得其乐　随遇而安》

　　汪曾祺老先生是文体干净、简洁的小说家和散文家，手头有他的一本散文集，题为《自得其乐　随遇而安》，如果光看这题目，还以为是那种心灵鸡汤。打开目录一看，才知道实非如此。

　　我比较喜欢看汪老的文字，第一辑《四方寻五味　壶中日月长》，就是我很感兴趣的内容。主要写一些各地耳熟能详的食物，如咸菜、苦瓜、鱼、豆腐等。美食对于爱吃的人来说，当然具有天然吸引力，阅读时也会意趣盎然，每一篇我都看得很细，且做了一些笔记，记录下自己的简单见解。

　　以第一篇《苦瓜是瓜吗?》为例，作者通过孙女吃瓜时自言自语地为瓜分类这个细节，思考苦瓜是否是瓜的问题。光是从这个问题的提出，就能看出作者心思极其细腻。后又从苦瓜之名、苦瓜产地、湖南人与北京人对苦瓜的喜爱程度等方面进行详细阐述，将苦瓜与文学创作相关联，并分析出三点，我们不难看出作者最终想表达的意思：一是承认苦瓜是菜，承认苦在生活五味里的地位——谁也不能把苦从五味里剔除出去，以此提醒老作家、评论家们不要偏食，不要对自己看不惯的作品轻易否定。其实我们与人打交道也是一样，莫要轻易否定、排斥他人。二是通过《辞海》里"未熟嫩果作蔬菜，成熟果瓢可生食"的食用方法，做出"苦瓜愿吃皮的吃皮，愿吃瓢的吃瓢"的总结，广而言之，对于作品，也可以见仁见智，人弃人取，各随尊便。古语云"天生我材必有用"，我认为和汪老说的具有相同的哲理性。三是正面回答文章开头的问题：苦瓜，说它是瓜也行，说它是葫芦也行，只要是可以吃。就好比文学作品，说它是现实主义的也行，说它是现代主义的也行，只要它真是一个作品。

汪老之所以被称为大家，绝对不是空有虚名，从第一篇文章便已能领略。

再如《咸菜和文化》。似乎笔下又是小题材，却又确实与文化沾上了边。说白了是因为有一颗细致的内心，一双善于发现的眼睛和一个爱思考的大脑，而且汪老从来不会信口胡诌，每每引经据典，考据谨慎，思考细致，且层层推进，这样的思考必然就有深度。

文章以与友人对话开篇，想到咸菜文化，导入正题。天南地北的咸菜，如北京、天津、保定、苏州、云南、四川、湖南、福建等地所产的，都有介绍，基本上都是作者亲眼所见，也可见其阅历非常广。同时，作者博览群书，积累的知识量非常大，为其写作提供了丰富的素材。而对于书籍中关于咸菜记载的查证，也是件很有意义的事情。文章探讨咸菜的起源，就是借助查证《说文解字》，使文章更具说服力。由咸菜引到酱菜时，讲到《齐民要术》提及的酱油，就让读者充分相信作者考据的真实度，让人对其观点深信不疑。同时也很能让读者增长见识。比如我之前未看过《齐民要术》，立即订购了一本，供以后阅读或者查考之用。

文章的后部分，作者开始表达自己的观点。对于介绍人和物起源的考察，应视情况而定，太久远没太多意义的东西就没必要一探到底。比如作家小说里写到古文化，点到即止，没有必要穷尽一切，追根溯源。有些太古老的东西，作家就没必要去追溯找寻了，那是考古学家的事，所谓"术业有专攻"，说的应该也是这个意思。

顺便延伸到小说要表现的文化：首先是现在的，活着的；其次是昨天的，消逝不久的。理由很简单，因为我们看得见，摸得着，尝得出，想得透。那我可以理解为：生活中也一样，对身边的人与物，我们不要忽略，该学会理解当下，珍惜当下。

整体说来，见多识广是我读汪老书籍的第一印象。书籍能开拓思维、催人成长。我想这应该也是我看到第一辑关于食物的文章后的感触吧！博闻广见，是一个优秀作家需要具备的基本素养，是成为优秀作家的前提。行万里路，晓百家事，才能更加洞达世界人生。我也曾去过北京、南京、苏州、杭州、云南、西藏、成都，我笔下怎就未曾留住经过这些地方时的细枝末节呢？四川的火锅、苏州的昆曲、西藏的酥油茶、内蒙古草原上的烤全羊……这些都是值得记忆的呀！用心观察生活，品味生活，是我今后体验人生的必修功课。

许多人的经历和过往都很类似，爱写作的人往往会用笔尖记下，不至于遗忘。那些随时光慢慢消失的东西，从来就不属于你。只有留下来的文字，才是你不会丢失在黑暗里的曾经。

大山的深处寻找生活的"密码"

（一）天亮

一只纺织娘在不远处的芭茅丛里鸣叫了一夜。凌晨时分，我醒了，夜色正在褪去，头顶上方依然繁星密布，柔光洒向一顶顶扎在山顶的帐篷。这一刻，辛苦了一天的人们仍在熟睡，有的发出了沉沉鼾声，有的翻个身继续入睡，直到打鼾的人止住了粗重的鼻息，周遭才恢复了一片寂静。

我的帐篷里布置简单，一盏风灯挂于篷顶，地上铺着充气垫，摊开睡袋，我钻进里面，安睡了一晚。这时，我的思绪开始活跃起来。我伸了伸手，触摸帐篷外沿，感受内外的温差，顺便将放在外帐角落的鞋子往里头塞了塞。十月的山顶微寒，若不做好防护措施，浓重的露水足以将衣物全部浸湿。

就在昨天日落前，登山队找到这片开阔的空地，其实是一片高山草甸，很适合扎营。来自几个城市的两支队伍将帐篷安扎在了一起，这不仅是大家志同道合，能够聊到一起，也是为了安全考虑。在陌生的荒野，必须要防备万一，遇到突发事件，大家能共同应对。毕竟人多力量大，会让人更加放心。

醒来没法再入睡，我索性爬起来，欣赏此时的风景。夜色完全褪去，山丘、峡谷、树木、流水呈现出一种脱俗的神秘，笼罩着一层淡蓝色的烟岚。你几乎感觉不到那水汽蒙蒙的烟岚在氤氲，在飘散，如同梦幻一般，让人捉摸不透。我开始数天上的星星，试图找到最亮的那颗，因为过不了一会儿，太阳就要出来，它们就会隐退，它们就要淹没在那盛大的光明里。

倘若在山下，村庄的公鸡会此起彼伏地打鸣，提醒人们早早起床，预报新的一天来临，已经拉开了工作的序幕；若是在家乡广阔无边的平坦田野，即使没有光亮，我也能清楚地辨出那些熟悉的堤道、田埂；假使是在宁静的澧水河边，星星会把自己明亮的影子投在波平如镜的河面上，我就这般思索着……浑然不觉曙色已经降临，一头撞进了黎明的怀里，深紫色的天空下，抽出了白里泛紫的花穗的芭茅，动情摇曳。即将到来的白天，我们又会踏上漫漫长路。

群山逶迤，莽莽苍苍，随着紫色的光亮如同灼热的炭火燃烧，薄薄的淡蓝色烟岚逐渐如帷幕被拉开一样散去。秋季还是一片葱翠的山林，从夜色里显露出勃勃生机。那湿润的树顶，都镀上了一层不停变幻的瑰丽颜色，深紫、艳红、橘黄、玫瑰色，明丽的色彩互相交融，绚丽夺目……

也许是隔着万重青山，感觉非常遥远的缘故，太阳刚升起的时候，光灰蒙蒙的。草甸周围的芭茅花穗上方慢慢升起一层层薄雾，这是今年以来第一次见到秋天的晨雾，有些冰冷。如果说夜晚的星空如童话般，那此刻云雾叆叇的一瞬，则像进入仙境，雾气似乎越来越大，里面的一切都若隐若现，我将这样的遇见视作一种浪漫，同邂逅沿途的草木、岩石一样，一直保持着令人愉悦的新鲜感。

此时，你可以将自己隐藏，回忆不会再重复的那些过往，也可以在这迷人的时刻沉醉，看自己演一场独角戏，不抽身出来。这里是一个释放自己、回归自己、与自己和解的地方。

天渐渐大亮了，明晃晃的阳光径直照在山丘上，明暗分明，忽然记起杜甫“阴阳割昏晓”的诗句，眼前的景色，不就是昏晓并存的奇观吗？峡谷里还是黑暗一片，山顶和向阳的坡面，都沐浴着阳光。眼前所见的景象，与先前截然不同，金色的阳光穿透植物叶尖和枝条上的露珠，折射得五彩缤纷，汇集着晶莹闪烁的奇妙光影，露珠不时滴落，嗒嗒有声。随着太阳越升越高，气温也骤然回升，完全苏醒的人们开始拔营收拾行囊……

（二）沿途

我曾一次次跋涉在南北许多高地上。现在，我心里明白，此行自己要邂逅中国南方巍峨的五岭之一——都庞岭腹地，那高耸入云的韭菜岭是我重装徒步要抵达的地点。这里显然不是那么为人所熟知，它是偏僻的，也就是说，它一直都远离喧嚣的"中心"。从来就没有什么伟大的人物来过这里游历、题咏。它作为一座大山，处在一种传统文化的盲区里。它保持了自己的蛮荒状态，没有被"装点"——也许，这是另一种得以保存自己本色的幸运？我之所以走近这里，是不是也将要发现一个本真的自我，一个不事铅华、返璞归真的自我？

有人说，徒步不是一场单纯的运动，而是一种修行，修的是一颗心，重装（背包客背上很重的帐篷、睡袋等装备，行走在大山）徒步走的是一条路，而到达路的尽头，需要探寻，附带坚韧和挑战。

我们沿着一条蜿蜒的痕迹往山顶攀爬。之所以说是一条痕迹，当然并不是人修的路了。那是无数次人和野兽经过时踩踏出来的。这条痕迹穿过山坡上浓密的冷杉林。这些长得笔直、耸入云霄的巨大树木，一棵紧挨一棵，你的目光所及只能看见赭褐色的粗大树干，每一段空隙都被这些粗细一致的树干填满，那些伟岸的密密麻麻的树干，撑起了巨大的绿色顶棚。阳光透过头顶浓密的枝叶，投下一个个金色的星星点点，落在树干上、林地上，灌木的枝叶上，闪闪烁烁，跳跃迸溅，如同活泼的水珠不断滴溅开来。满耳都是秋蝉嘶鸣，林间还有轻柔吹过的微风，似在对着情人絮絮低语，又似独自惆怅呢喃。我们穿行其间，就像走进了一座恢宏的宫殿，万木高矗，金碧辉煌，壮丽而奇幻。根深叶茂的生命之树，张开所有的枝叶和根须，吸吮生活的养分，尽情享受着这片领域里生灵的细微及律动，这是否就是它们扎根土地的密码？

这是一个值得留恋的地方。我们穿过林地，到了山顶。在这里看见了一块竖立的水泥牌子，上面写着"韭菜岭"三个大字。旁边有一根旗杆，挂着一面触手可及的红旗。这就是驴友圈里所说的地标，到这里也就表明我们已顺利抵达山顶。站在这里俯瞰四周，视野开阔，真有千山万壑自天际奔赴而来的雄伟气势，使人心胸顿时豁达。这里山脉依然峻峭，走在林木茂密的山脊上，眺望远方风景，海拔两千米的云海，从峡谷翻腾到山坡，又从山坡退回到山麓，如此消长不停，让人疑心从里面会飞出一只硕大无比的鲲鹏，拍打出惊涛骇浪，翻卷侵袭过眼前的神奇世界。一切都令人心旷神怡。这撼人心魄的奇景，带给我们不一样的惊喜。我们欢呼，我们好奇，我们继续前行，去遇见更多不可思议的风景。

山西麓是高山原始森林，密不透风，全是冷杉环绕，连绵的山谷里长着各类树木和竹子，它们天然长成，却仿佛是被敬业的林场工人精心栽培管理后变得茂密的。前方的路途中，脚步踏过的灌木丛逐渐变小，每个人虽然都已经疲倦不已，但前行的步履却愈发坚定。

昨天是顺着山谷一路向上，今天一整天几乎都要"顺流而下"。原本相对比较宽阔的溪流贯穿整条路径，因干旱，河道干涸，可清晰看见一堆堆大小不一被水流冲刷打磨得光溜溜的岩石。这些白色的石头有的大如小屋，有的如牛，有的如磨，有的如瓜，有的如拳，高低错落，大小相间，有些河道中间的岩石被溪流冲洗得发白，有些靠岸的岩石则蒙上了青苔，旁边生长着茂盛的蕨类植物。在岩石的间隙里，不时会蹦出一只螽斯，在寂静的山野，我们除了听见蝉鸣，再就是只能听见这种小虫子热闹的鸣声了。

我们需要踏着石头，沿河道垂直向下走九百米，落到山脚。与来时铺满泥土和落叶的山道完全不一样，巨大的白色岩石层层叠叠蜿蜒而下，已没法正常徒步前行，每一步都需手脚并用，稍有不慎，就有可能跌倒或者碰伤。原本挤在一起的队伍也逐渐拉开距离。一部分人一步一个脚印缓缓挪动，向下渐渐远去；山洪暴发之时，水流湍急之处，地表泥沙会被冲走，越冲越深，往往会形成一个巨大的水潭。我们不时会遇到这样的干涸深坑，当我们又到了一个深坑边时，余下的另一部分人已经汗流浃背，气喘吁吁，累得有气无力，也可能早就饥肠辘辘，于是他们索性席地而坐，拿出食物，撕上一片牛肉，啃上一块面包，补充体力，期待下一个转角处会更接近目的地。

深秋时节，让人觉得似乎不对劲。似火的骄阳炙烤群山和森林，冷杉树脂馥郁的芬芳弥散在空气里，夹杂着其他一些草木的气味，偶尔一阵清风，冲散夏日遗留的烦躁。在北方的家乡天气骤冷的时分，这里的太阳依然火热，衣袂、身上浸渍的夏天的咸咸味道，顽强不屈，不肯消退。

我选了一块平坦的大石头坐下来稍作休憩。风飒飒而来，吹拂过草木，枝叶惬意而轻柔地颤抖，漫山遍野洒下一些点缀林地的斑驳光圈。天空依旧湛蓝，成片的云朵继续陪伴我们跋涉，知了的歌唱声依然凑热闹似的撞击着众人的耳膜，俨然弄错了季节。

荒野之中，一路穿行，每个人都会发现不一样的风景，也会发现自己在接受一些新的东西。这些新东西会不会潜移默化地改变我们？或者说，这本就是进入大山深处，要寻找和建构的认知方向和想象方向？

受到一个外部信息的刺激时，我们自然就会调动起记忆中的一个或几个，乃至很多个以往的经验，在艰难的跋山涉水中，我们不断探寻、收获。不经意的某个时间，从记忆深处回想，一个超越现实里的另外一个"自己"，竟得以捕捉。

当我拄着登山杖再度起身，一鼓作气朝山下走去时，我欣赏到了一幅美妙的图画，徐徐西坠的落日余晖，为山谷涂上了明亮的金色。队伍全部走出大山。头顶上，满山苍翠如同潮水一样在晚风中涌起，夕照的余晖如火焰般熊熊燃烧。

双铺之光

金秋十月的澧州大地上，阳光明亮，生机勃勃的沃土，到处都充满了希望。在这美好的收获时节，我有幸被澧县作家协会邀请，参加涔南双铺村的采风活动。这有点出乎我的预料，因为我本不属于"作家"这个群体，虽然我也喜欢写几篇小文自娱自乐。

这是我第二次往涔南这个方向走动。第一次还是2017年回澧那年，因工作关系要拜访涔南党委书记张书记。农村孩子没啥见识，长这么大除往澧州以南外，澧州的东、西、北三个方向压根儿没到过。人生地不熟，黄桥至涔南镇政府，经黄家套、曾家河等地，硬是一路问了四次才到达。如果早些时候懂得行千里路、读万卷书，也不至于现在这样孤陋寡闻吧！我知道，此番我答应来，就是要长长见识的！

涔南双铺村是一个新成立的村庄，听村里黄书记介绍了些基本情况：该村由二十七个组组成，拥有耕地五千五百亩，党员九十八人，贫困户四十二户，贫困人口一百二十人。村部的各项工作由村干部及党建联络员等八位同志共同处理。今年我曾下乡到村部待过些时日，工作模式大约是知道的。每天都有各项大事小事需要处理和落实，上级的、百姓的，应接不暇，用流行语来说：我们是为百姓服务的。我不解地向村部陪同者们问道："这么多乡镇为何会来双铺？这里有何过人之处？"村干部及百姓个个底气十足，神采奕奕，都争相自豪地你一言我一语为我解惑。这里还真不简单，田园综合体项目落脚在此，这里建成了美丽乡村，是今年隆重推出的旅游村，这里有家庭农场，出现了新式的职业农民……

风轻轻，云淡淡，天蒙蒙，地软软，山初瘦，水微澜。伴着十月的微风，跟随村干部前往传说中的蔬菜基地。宁静祥和的田间小路，不再是纵横交错、凹凸不平的泥泞小道，而是已经硬化且平坦光亮的水泥路面，看起来非常整洁，颇有现代农场的格局。离我生活如此近的地方，居然有这样的现代化场景，真是大大出乎意料。

沿着水泥路缓缓而行，一眼望不到边的整齐划一的一垄垄菜地映入眼帘。环顾四周，远处的村庄绿树掩隐，朦朦胧胧，田里远处的高架电线，成了一道网络风景。这不正是一幅色彩鲜艳的田园画卷吗？宽敞气派的蔬菜棚里，茂密的辣椒硕果累累，莴笋一排排生长，整齐有序，在喜笑颜开的施水老人家的照管下，长得如手臂般粗细。看那茁壮的长势，今年又有好的收成。路边的老奶奶热情大方地告诉我们："必须得承认，专业的事真得专业的人做，我们现在可是职业农民呢！"看着一簇簇细长的青尖椒，女同志们都忍不住要摘上一把，捎带一点回家去吃，说是看起来都觉得非常好吃。在新鲜蔬菜的引诱下，免不了各种采摘，控制不住那恨不得带走整个农庄的"贪婪"。

眼前的这片黄土地，许多年前只是种植一些传统农作物，勉强解决人们的温饱，现在的产业化，解决的是全村的发展问题。这样的新乡村风景，或许才具有最深沉的美丽，如同秋天一样，充满了收获的喜庆，也最有分量。

第二站，我们到澧县有名的黄家套生态庄园。这儿的田野似乎一点也不野，宽阔平坦的省级柏油马路为这个村庄披上了一层大气的商务色彩。我们一行人有说有笑地迈进庄园，领略这现代化生态庄园的新风貌，也感受了六千年前行船洲的神秘传说。垂柳环绕的湖边，一群天鹅悠然戏水，好生热闹。前面的高树上挂着灯笼，旁边就是碧绿的草地，几个人坐在那里，沏上一壶

热茶，就可以谈古论今了。避开城市的喧嚣，情侣们可以到这里来，叙一叙情话，聊一聊过往或者伤痕，谈一谈不相干的风月，卸下身上的重担，捧一本自己喜欢的书，找一个阡陌纵横、炊烟袅袅、鸡鸣犬吠的地方"诗意地栖居"。来到黄家套庄园，我仿佛有些明白，这里或许就是一个符合我们心灵想象的"桃源世界"。从村干部到老百姓，他们嘴角上扬的弧度里，蕴藏的是何等的幸福啊！"没有农民的小康不是全面小康"。如果没人关注农村环境，没人带领农民发展前进，没人带动农村市场，我们今天看到的可能就是另一番景象吧！

　　我是生于农村成长于农村的人，看到农村如此生机勃勃、农民日益富裕，内心着实兴奋且备受鼓舞。艾青在八十年前说"为什么我的眼里常含泪水？因为我对这土地爱得深沉"，八十年过去了，中国大地早已从满目疮痍、百孔千疮变得欣欣向荣、繁荣兴盛，这变化是几代人勤奋积累的心血和结晶，是几代人对生活赤诚热烈的拥抱，是几代人对这土地深沉的爱。

今天的黄家套田园综合体项目，正因人们赤诚、热烈而深沉的爱，才在这片土地上创造了一个奇迹！他们以热火朝天的干劲，打造出了一个声名远扬、如花似锦的全新现代化村庄。发展至今，已获得了各级部门和领导的高度重视，"国家级蔬菜标准园""国家五星级休闲农庄""湖南省农业产业化龙头企业""湖南省特色产业示范园""湖南省五星级乡村旅游景点""湖南省现代农业示范园""常德市十大农业品牌""常德市十佳农庄"等荣誉当之无愧。实现年接待游客三十五万人次以上，旅游项目年收入一千八百万元以上，成功带动当地农产品增值百分之三十以上，带动周边三百余户农户共同受益。没有"撸起袖子加油干"的实干，没有"不忘初心，砥砺前行"的践行，何来产业现代化，脱贫精准化？为项目点赞，为黄家套喝彩，为双铺村全体村民祝福！

秋日静谧里，站在庄园中，迎着金色的太阳，任阳光抚摸。渐渐地，阳光穿透了厚厚的衣裳，抚热了肌肤，融暖了心房。我融化在温情脉脉的阳光中。相信黄家套与我一样，在快乐的每一天里都会有崭新的阳光。

浙江行

上有天堂，下有苏杭。苏杭因风景秀丽，"人间天堂"的美誉传遍世界。作为一个喜欢旅行的人，苏杭，是一定要去的。腾出时间，说走就走，此愿终得实现，不亦快哉！每个人的眼界不一样，思维模式不一样，游记感受自然也不一样。我的游记延伸不到大方向，仅随心所欲地欣赏沿途经过的路边景致、别样风物，记录那曾抵达过的地方。

出门前，工作一直较忙碌，加上临时腾出时间，没像往常一样自己做好攻略或者邀上三五好友。找了个当地的旅行团，接单人员为常德老乡，简单沟通后成交，只身前往。五小时高铁，当地导游接车，顺利下榻酒店，算是一个人出行最安全的方式。

众人不解，一个人玩有什么乐趣？适合在外的虎，自有虎外出之趣味。沿途赏景，听取新闻，揣摩人文，逍遥自在，且无人打扰，落得清静！第一站到达的西溪国家湿地公园位于杭州市区西部，距西湖不到五公里，湿地公园内生态资源丰富，自然景观幽雅，是中国第一个集城市湿地、农耕湿地、文化湿地于一体的国家级湿地公园。走进荫翳林子，听蝉傍柳而行，寻个小店，点杯饮品，翻翻书。生活中最常打动和提醒我们的往往是那些朴素、细小的事物，比如一声蝉鸣、一阵微风，或是一缕阳光。2021 年夏，我如此静坐在陌生的城，感受夏天的味道，这些都将成为旧时光留下的线索。

人　文

浙江，吴越文化、江南文化的发源地，被称为"丝绸之府""鱼米之乡"，因境内最大河流钱塘江曲折蜿蜒，被称为"折江"，即"浙江"。省会杭州地处中国华东地区、钱塘江下游、京杭大运河南端。自秦朝设县治以来已有两千二百多年的历史，是中国著名的七大古都之一。

语言：俗语说得好，出门旅游，回家吹牛！旅游是个学习的过程。在游玩过程中便能增长我们的见识，了解一点异地语言、人文风俗等。每个地方有每个地方的乡音。吴侬软语，素为人所称道，大概就是对苏杭这边语言的一种赞美吧！杭州话原则上指吴语太湖片杭州小片方言，完整地保留中古全浊声母和入声，保留较多古汉语用字用语。乘车时间听着导游分享当地方言也是趣事。以司机和女士为例，华东地区可不叫司机、小姐，杭州话称"师傅""××导"，苏州话则称"啊狗""百鱼"。在杭州，"加加累"就是"谢谢你"的意思，跨越到苏州，则要说"下霞类"，相比而言，苏州话更加软糯，怪不得人们对这里充满了好感。吴越女子的软语糯言，可让人受用？只是那呢呢喃喃温柔如水的你侬我侬，外人几个能懂？

文化：杭州人文古迹众多，西湖及其周边有大量的自然及人文景观遗迹，这里处处都有文化，如西湖文化、良渚文化、丝绸文化、茶文化以及流传下来的许多故事传说。在西湖四周，吴越文化、南宋文化、明清文化留下了深刻印记，无数文人墨客留下佳话诗篇，诸多园、亭、寺、塔体现着杭州先民们的勤劳智慧，展示了他们丰富多彩的生活状态。可以说，西湖的周围，处处有历史，步步有文化。关于苏杭的名句或名言可谓数不胜数。白居易的《忆江南》里道出了江南之春的美好：

江南好，风景旧曾谙。

日出江花红胜火，

春来江水绿如蓝。

能不忆江南？

忆江南，最忆是杭州。苏轼的"欲把西湖比西子，淡妆浓抹总相宜"说尽了西湖之美。南宋诗人杨万里在《晓出净慈寺送林子方》一诗里留下"接天莲叶无穷碧，映日荷花别样红"的佳句，至今让人回味。谈笑风生赏花间，心里有香，看花也更加有意思了。一直未变的是"山外青山楼外楼"，说不尽古都繁华，西湖风物。暖风游人，笙歌沸地。人山人海看花开的情景，总有尘世间一种说不尽的美好吧！

看点：细心留意道路两旁的房屋，顶上都有一个不锈钢圆球。据说第一家房顶放三个球的是一个姓吴的人，现在住在上海，经营着一家很大的公司。他希望自己弟弟多读书，在考试中能连中三元。不锈钢圆球其状类似葫芦，谐音福禄，象征着财富，也是取其吉祥的寓意。于是当地居民跟风就都建成了这样。这一带人们生活富裕，得益于京杭大运河和通商口岸的便利，以及自身发达的工商业，加之江浙地区一直人才辈出，尤其是商界人才特别多。到2021年4月，杭州月平均收入增长为九千六百九十八元。就在5月，在2021城市商业魅力排行榜中，杭州获评为新一线城市第二名。从这个富有寓意的不锈钢圆球细节里，可以看出他们对生活寄予美好寓意，也一直追求着美好生活。传说是真是假，其实已不重要。

近年来，浙江商人群体声名鹊起，在外投资的数百万浙江商人每年创造的财富与浙江省全年的生产总值相当。这群聪明能干的人都有的优秀特点一是无中生有、有中创新。生意人的成功大都是使用别人口袋里的钱来成就自己的梦想。很多浙江商人都是在"零资产""零资源"的情况下，善用别人的资本，用活今天的资本，巧用明天的资本，用好自己的资本，成功实现了从贫穷到富裕的跳跃，创造了无中生有的致富神话。二是能吃苦。有位经济学家说过：经济规律只有一条，就是适者生存。这也是浙江人经商的理念，他们认为：想要在严酷的竞争环境中生存下去，就应该像水一样，适应环境。水总是能够根据周围的环境，随势而变，不拘一格。早期的义乌，你能看见到处走街串巷的小商小贩。善于根据周围的环境，不断调整自己、改变自己，这样才能够在竞争中始终立于不败之地。水的精神，赋予了浙江人"一有土壤就发芽，一有阳光就灿烂"的超强生存能力。三是很聪明。浙江人坚信：没有人的地方，水草最为丰美。这种思维，使得浙江人总是能够在"没有市场"的地方找到市场。从混乱的市场中，找到商机。从鲜为人知的边缘经济的夹缝中，杀出一条血路。这样的精神用于生意、学业、工作，便会像具备蓝海战略思维的企业家们一样，畅游在无竞争的蓝海中。

如果说，真有什么魔力能抵达繁花盛开的世界，那一定是向善的力量。交谈中发现，在人人参与慈善的浪潮中，浙江慈善令人瞩目。

杭州这个地方，女子出嫁的风俗，也有别于其他城市。婚礼正日俗称"拜堂"。以前，早一日下午，花轿抬至男方家大厅，晚间，百烛齐燃，灯火辉煌，称为"亮轿"。女方早一日亦要备席请新娘，称为"辞家宴"，俗称"别亲酒"。拜堂之日，以巳午未三时为多，花轿从男方家出发，到女方家后停在厅上。新娘由喜娘伴随着遍辞父母和家属亲戚，然后，由一人执红烛，一人执红灯笼，引上花轿。古俗，婚礼系昏礼，须晚间举行，所以吃正席得晚上。次日回门。

女子坐月子的地点与众不同，在娘家。且生女孩压力一般大于男孩，嫁妆丰厚，八床被子、两双鞋、上好的珍珠、翡翠镯子以及压箱底的钱，一样都不能少。女孩就是家中宝啊！如今虽然移风易俗，但是女子出嫁的风光排场，应该还是一样的吧！

风 景

杭州以它的明山秀水著称于世，它"淡妆浓抹总相宜"的自然风光吸引了天下众生。而苏州以秀丽、典雅的园林为人所留恋，拥有小桥流水的婉约景致，令人心驰神往。

因为一个人，爱上一座城。许仙与白娘子的浪漫故事感天动地，流传至今；苏小小与阮郁的爱情故事萦绕西湖，矗立的慕才亭就是最好的见证。到苏堤上走走，能感受苏大才子的气息，但最心心念念的，倒是向往已久的乌镇。

位于浙江省嘉兴市桐乡市的乌镇，别名乌墩、青墩，地处桐乡市北端，京杭大运河东侧，西临湖州市，北界江苏省苏州市吴江区，为两省三市交界之处。那仿佛谁用黑铅笔涂抹了的灰黑乌镇，像是遥远的梦。在梦里，有石板铺设的小巷蜿蜒交错，忽左忽右，似乎在寻觅什么。傍晚时分的巷子弥漫着炊烟和饭茶的香味，小船从古老的拱形桥下，枕着潺潺水声，安静穿过。不一会儿，河道两岸的木屋以及那些泥灰剥落的旧宅同时披上五颜六色的光。心里掠过一丝惊喜，这是我骨子里喜欢的意境。我知道，这并不是缥缈的梦，小镇的宁静碧水，当真让我感受到了一种可心的自在和放松。楼房倾斜的屋顶敞开胸怀欢迎着远道而来的人们，无数脚步化作支流，向四面八方迤逦流去。换上汉服的我，束好头发，像修行的隐士，茕茕独行于苍苔斑斑的褐黑岩石路面上。深紫色星空下，飒飒凉风拂过，河岸边稠密葛藤缠缠绕绕，垂向水面。万物之中不停息的生命律动浑然交融，已是无限美。驻足在离船不远的码头上，默坐了一会儿，仿佛听见"幽寂"在低语。抛下每一瞬间的生活负荷，天宇、河流、古老苍翠深入脑海，任由思绪冥想，真挚丰富的情感也如风云般变幻。

弯弯的月亮从幽黑的树顶爬向高空，散射出的清冷月光，把小河里的波浪点染得银光闪闪，模糊的树影、房屋轮廓使两岸逐渐披上神秘色彩。今后不知是否有这样的缘，能在此度过许多时日……

苏杭走上一圈，空中有花香，手中有墨香，口中有茶香，不虚此行。

策马川西

立冬后回忆秋天，定是要提笔的。冷热空气交替，夹杂着怀旧与憧憬。秋高气爽里，好伙伴同声相应，同气相求，一声呼哨，一些有趣的灵魂凑在一起，国庆长假间一路所见所想在心灵上激起的层层浪花，始终让我如在梦寐，犹如品过红酒后的甘甜，久久令人回味……

放飞的心

放假的心情，早在放假前一两周就开启了，同志们心里装着小时钟，"嘀嗒嘀嗒"着倒计时。疫情后的首次"远征"，让所有人即将放飞的兴奋情绪无法掩盖，冲破各种阻力，在做好安全措施的前提下，开启了三车十二人甘孜路线的自驾游，用这样的方式，奔向318国道，邂逅那抹壮丽的中国红。

人们习惯快节奏的生活，习惯于用最快的方式到达目的地。我们的旅行通常有别于普通的打卡式经过，自建团队里的每一个人都充分发挥着自身能量：精通地理的好哥哥足以成为旅行专家，从路线规划到细枝末节面面俱到，考虑到位，不会绕路，且时间把握精准；小组里的活跃分子还会毛遂自荐地出任"生活部长""财务部长"，将外出必备的吃住安排妥帖；强壮的司机哥哥们一路往西，跨越一千多公里，十四小时后顺利抵达康定境内，沿途即走即停，回程一气呵成。常言道：风光始于足下，辛苦与快乐同在！弱不禁风的市里妹子静儿何曾吃过这种七天跨越甘孜州七座县城的"艰苦"，一路的高反和赶路的"苦"，硬是咬牙扛过来，照片上灿烂的笑容，却也是真实的，那是苦尽甘来的喜悦……

常德人在"吃"上绝不会亏待自己，尤其看重口味。辗转各个城市，除品尝各地招牌特色菜肴、点心外，随身携带辣子酱、花生米等家乡小吃也是必不可少。不算拥挤的车里，剥着老爹油炸的兰花豆有说有笑，不紧不慢地打量祖国山河，这群本就没有烦恼的"野马儿"，愣是将美好一一纳入眼帘，留在了心里，并集体将此豪迈之行的主题定为——共度"十一"，策马川西！

高山河流

秋天，有太多的美景不可辜负。来到了陌生地域，就得好好欣赏。沿途许多的山，有的绵延万里，一目尽天涯；有的险峭入云，巍峨高耸；有的风光迷人，景色绚丽；有的人迹罕至，荒凉寂静……

此次目的地甘孜，是我国早期民族频繁迁徙的"民族走廊"腹心地带，集中了青藏高原向云贵高原和四川盆地过渡的迤逦之美，车轮行驶过的每一寸土地都可谓天堂。在这里，我们可以一睹贡嘎雪山真容，在海拔四千二百八十米的康定机场，柔情的江南女子们激动地为伟大祖国生日献礼，祝福祖国繁荣昌盛！在这里，我们可以选择巍峨的卡洛神山，伸手去触碰那片湛蓝的天空，在大自然描绘出的动人画卷里许下诺言。在这里，我们可以停留在雀儿山脚下的玉隆拉措旁，静卧在山坡间巨大的黑色石头上，慢慢欣赏夕阳西下时，那坐落于山脚的原木修建的房子，山谷间如同优美白色弧线的道路绕过溪流、村庄，指向遥远的天边，美得让人回味无穷。在这里，我们可以尽享措卡湖那抹扣人心弦的宝石蓝，它那清澈的镜面将天空、云彩、山峦、树木和游人，都收纳其中，赤橙黄绿色彩纷呈，浓烈得如同一幅绚丽的油画展现在眼前。当然，我们也可以在牧歌悠扬的川西高寒草原上、雄奇俊美的天地间肆意驰骋……

秋天的色彩，是那么鲜明而丰富，远山茫茫如黛，公路蜿蜒盘旋。这里是山的王国，山不同，景色便不同。有的山坡只是点点枯黄碎草覆盖，有些有小片苍翠灌木，有的山则树木茂密，叶子或红或黄的树，披着一身秋日金色的阳光，暖暖地站着，令人陶醉。众人随云朵的脚步，轻柔地从天空下辽阔雄伟的大地上悠悠走过，每一片天空都蓝得肆意而纯粹，每一片土地都美得那么绚烂而深沉。"跑马溜溜的山上，一朵溜溜的云哟"，当面对着令人战栗的美景之时，有多少人会情不自禁哼唱这首《康定情歌》呢？当我坐在一块巨石之上目眺远方时，看见距离公路不远的红色小屋炊烟袅袅，屋旁河水流淌着，河水湍急，浪花飞溅。河流深深浅浅，或明或暗，让人油然生出一种诗意，使得天高地阔的川西，瞬间渗透了诗意的人间烟火气。这里还藏有自带神秘气质的隐世天堂——理塘，你会发现这片天空格外明亮通透！

当然，还有一种美，是冷酷的，而且是令人惊喜的！汽车行驶在甘白路上，翻过连绵起伏的山坡，岩盆、岩丘、冰川砾石令人目不暇接，沟壑纵横，石岩竞秀，嶙峋突兀，形态瑰怪，奇貌豁然于眼前。这些奇岩怪石仿佛向我们静静地诉说着来自亿万年前惊心动魄的地质变迁运动。继续前行，草原逐渐进入戈壁模样，公路下方有大面积的沼泽地，红军长征所过草地大约就是这类似的环境吧！在地欲包裹天的川西北高原，荒野之美令人震撼，于是男人女人开始各种狂拍……

这里也是水的海洋。甘孜州地处长江、黄河的源头地区，我们的车辆穿梭在干流流经之处的高山峡谷，沿金沙江顺流而下。随着两岸地形的变化，奔腾不息的溪流性格也有显著的不同，时而顺流，时而逆流，且一山一河很有规律地相互间隔，一点也不乱套。川藏之间的金沙江，左右两边高大的山峰紧紧夹峙，就像

　　沿途许多的山，有的绵延万里，一目尽天涯；有的险峭入云，巍峨高耸；有的风光迷人，景色绚丽；有的人迹罕至，荒凉寂静……

　　　　　　　　　　　　　　——《策马川西·高山河流》

行进在高墙下面一条很深的小胡同里，河面的宽度只有一二百米。沙鲁里山的东面，大支流雅砻江和它并肩奔驰，像是争取早日会师。赠曲河和金沙江黄绿两股水流交汇，天然融合令人惊叹自然的神奇。深达一千米甚至一千五百多米的峡谷，形势险峻，抬头望，山顶接云天；俯首看，江河如银线。有些河段，两岸山坡崩落下来的巨石阻塞江心时，会激怒江流发出雷鸣般的吼声，以雷霆万钧之力奔流而下，激起一串串乳白色的浪花和水雾，使人感到惊心动魄！1935年的巧渡金沙江便是长征经典战例，在这山水雄浑交融之地即能深刻领会到"金沙水拍云崖暖，大渡桥横铁索寒"的壮阔意境！

悠久文化

在山地，慵懒的太阳会略缓一些爬上山梁，但丝毫不影响我们对这片大地的敬仰！温和的光线掠过山峰的新鲜空气，普照在我们所抵达的城市。大部分房子都是四四方方的楼，像个听母亲话的中年汉子，乖巧地依偎在山边。街道基本不太宽阔，树木都已经换上了这个季节的新衣裳，好似从春天一路跳跃走来，逐渐变成了睿智深沉的长者。小城的树梢上悬挂着县城特有的灯饰，都相约着照亮树干上的五星红旗，使普通小街显得庄严又肃穆。鸟雀在树梢窃语，一波波当地居民手持转经筒，纷纷朝着山的那边奔去，也携着我们祈祷的心。

这一带，除景色让人垂涎欲滴外，悠久的藏文化也让人着迷。"每一座寺庙都是一个艺术宫殿"，在历史发展过程中，各种文化相互交融，形成了既有与其他藏区相同的藏族文化共性，又有自身多元化文化历史印记的鲜明地域特征。在甘孜州有一千三百多年历史的藏传佛教，充分展现着藏文化早期的包容性以及发展过程的多样性。

所经县城中，令众人印象尤为深刻的，要属这座紧靠西藏的德格县城，这里有被称为藏文化宝库、三大印经院之首的德格印经院，素有"雪域文化宝库"之誉。我们在这里逗留很久，美丽大方的卓玛引领我们参观并逐一进行讲解。普及知识后方知这是藏区经版数量最多、文献学科最全、印刷质量最高的印经院，完整保存着二十七万余块珍贵印版、画版等，也是目前世界上唯一还在手工印制经文的"印刷厂"。每个工房都有工匠们认真工作的身影。暖阳透过刻有窗花的木式窗子，斜照在正涂抹酥油准备印刷的藏族工匠那粗糙的手上，传承上千年的藏族手工印制经文工艺随着娴熟拨动的指尖，清晰地呈现于大众眼前，日常平凡的工作状态令人震撼，院内院外虔诚转经和参观的人们络绎不绝也就不足为奇了。

独具民族特色的寺院、官寨、碉楼、桥梁和白塔在这一路比比皆是，这些散布在甘孜净土上闪闪发亮的珍珠，以固化的建筑形式无时无刻不在彰显着藏区古朴的特色、深厚的文化积淀和浓郁的人文环境，融入时代精神，让生息繁衍在高原的藏民族，创造着灿烂的藏族传统文化。

领取生活

"甘孜"，藏语意为圣洁美丽的地方。如果说世间有一个能洗净心尘、安宁思绪的地方，那绝对就是甘孜……如果不用文字记录，地理知识略差的我通常不会记得到过哪里，但是看过的丰厚而神秘的自然美景绝不能忘。

秋是收获的季节。不深杯酒满，不小圃花开，挤点时间，在317、318观景大道上消解满身的疲惫，在途中遇见野生鹿、天路十八弯、层出不穷的护林标语以及同样身在异乡的老乡时畅快呼吸，用一种"在路上"的状态和心情，没有预设、保持期待，以各种视角领略万物生灵栖息成长的乐园，用一腔热爱邂逅神奇秀美的自然风光，品味奇异厚重的康巴文化，认真对待属于自己的工作和生活，在偌大的世界里诗意地栖居！只在自己心中领取、品味、把玩、获得，便得逍遥。那么，领取秋，领取冬，领取四季，也便能领取生活了。

会走路的梦

假若人生如一条长街，我不愿错过每一处细小的风景。
——2020 年 9 月 10 日于北大

　　每个早晨都独一无二。五点的北京天已很亮，阳光灿烂，绚丽的朝霞铺展在明亮的天空之中，犹如未经开垦的土地。这样的日子，让人心情也开朗起来。略带仪式感地着一袭旗袍，怀着崇高的敬意，前往北京大学，这是我认为极有意义的事情。如此坚定、正式，大概是源于文化底蕴不深的"学子"对知识的渴望吧！这里对于一般学子是遥不可及之所，因此总令人神往。这种感情虽夸张又实在！我将其称为"求学之路"。

　　按百度导航，在东四十条站乘地铁 2 号线至宣武门，转 4 号线抵达北京大学东门。出站便望见校门口气势恢宏的"北京大学"牌匾，我犹如新生报到般颇为激动。从曾翻阅过的资料上了解到，北京大学是中国第一所国立综合性大学，创办于 1898 年，初名京师大学堂，1912 年改为北京大学。1916 年，蔡元培出任北京大学校长，陈独秀、李大钊、毛泽东以及鲁迅等一批杰出人才都曾在北京大学任职或任教，这里也是五四运动和新青年运动发源之地。

　　北大有东西校门之分。西校门作为燕园（中华人民共和国成立以前，北京大学和燕京大学是不同的两所大学；中华人民共和国成立后国家对大学进行重组，燕京大学的文科被并入北京大学，理科被并入清华大学，北京大学搬到原燕京大学的校园——燕园，也就是今天北大的校园）的标志性建筑之一，已经成为北大形象的重要代表，也是人们认识北大的重要窗口，是北大的象征，蕴含着丰富的精神文化。

现在映入眼帘的东门，灰色的主色调，典雅庄重又蕴藏着面向未来的现代感，立柱式的校门主体简洁挺拔、庄重大气，柱式本身更是独具匠心，攒尖屋顶造型取自燕园南北阁并参照圆明园柱式和近代建筑大门柱式加以优化，兼顾了中国古典建筑元素及西方建筑特色，这就是我对北大建筑的印象。因为特殊关系，我未能入园，驻足于此。

北大圣地，莘莘学子向往之地。没能以优异的成绩走文化之路，自惭形秽！

比起大字不识的奶奶，我显得颇有知识。打小似乎就非常"刻苦"，一直便是早四点起床独自上学，同学们揉着双眼斜挎着书包卡点进教室时，我已背下几篇课文；带着英语老师所教的两个班早读；被不苟言笑的数学老师一度表扬；被语文老师称为得意门生。学生总是喜爱老师表扬的，如今偶尔想写上两句，多半得益于初二恩师刘老师的鼓励，那会儿好像每天都会得到称赞和指点，幸福的时光呀！

可是我又是愚钝的，没能挤进一中校门，学业就此作罢。如果当初能体会老师的语重心长认真对待所有学科，如果当初能义无反顾地坚持求学，也定会拥有高中、大学美好的校园生活吧！未曾到过的领域，愈发令人向往。显然，我是无知的，并为此付出了代价。大伙津津乐道的大学生涯，便成了我曾一直追寻的目标。因为旁人无法理解的这种对学习的渴望，所以才有了现在教育儿子的经验之谈：这个世界是平衡对等的，读书之时不吃读书的苦，走入社会就会吃社会的苦。小学语文教材里《别饿坏了那匹马》一文的作者许老师到家中做客时，与儿子进行过关于学习重要性的深刻沟通，舞勺之年的儿子频频点头，我猜想他应该是真正懂得"学而时习之，不亦乐乎"的含义了吧！感谢许老夫

妇！

随着时光流逝，学生时代的如烟往事渐渐淡去，偶尔会在某一个时间突然清晰。教师节时想起小时候聊梦想时脱口而出的是当一名人民教师，理想终究是要付出超乎寻常的努力方能实现……原来，我们一直没有忘怀的，不仅仅是青春年少时的快乐时光，还有刻印在心底的对教师深深的敬仰！

居里夫人说，不管一个人取得多么值得骄傲的成就，都应该饮水思源，应当记住自己的老师为他的成长播下最初的种子。三尺讲台育桃李，一支粉笔谱春秋。光阴荏苒，日月如梭，一年又一年，站在北大西门写有"热烈欢迎新同学"的横幅下，迎来送往中，我看见一届届的学生来来去去，教师们默默耕耘。第三十六个教师节之际，致敬所有教育战线的工作者！

人生之路，会走路的梦，走好每一步！

卢沟桥

卢沟桥亦称芦沟桥，位于北京市丰台区，因横跨卢沟河（即永定河）而得名，是北京市现存古老的石造联拱桥。

桥头旁的小卖铺出售关于卢沟桥的书籍，我买了一本，翻读着当地流传的关于卢沟桥的诸多传说。据准确资料记载：南宋淳熙十六年（1189）六月，卢沟桥始建；1961 年卢沟桥被列为第一批国家重点文物保护单位；卢沟桥全长 266.5 米，宽 7.5 米。1937 年 7 月 7 日日本在此发动全面侵华战争，史称"卢沟桥事变"（亦称"七七事变"）。中国抗日军队在卢沟桥打响了全面抗战的第一枪。

桥东的碑亭内立有清乾隆题"卢沟晓月"的汉白玉碑，为燕京八景之一。桥墩造法颇有特色，墩下面呈船形，迎水面砌作分水尖，外形像一个尖尖的船头，其作用为抗击流水的冲击。桥上的石刻十分精美，桥身的石雕护栏上共有望柱 281 根，柱高 1.4 米，柱头刻莲座，座下为荷叶墩，柱顶刻有大小不等、形态各异的石狮子。

关于卢沟桥的狮子，民间有句歇后语说："卢沟桥的石狮子——数不清"。明代《帝京景物略》也有卢沟桥的石狮子"数之辄不尽"的记载。许多游人试图搞清数目，但数来数去眼花缭乱，最后只有作罢。1962 年有关部门专门派人做了一次清点，逐个编号登记，清点出大小石狮子 485 个。1979 年的复查中，又发现了 17 个，这样，大小石狮子的总数应为 502 个，今后是否还会发现，谁也不敢来画这个句号。

建筑学家罗哲文先生《名闻中外的卢沟桥》一文曾对这些雕

刻精美、神态各异的石狮子有过极为生动的描绘:"……有的昂首挺胸,仰望云天;有的双目凝神,注视桥面;有的侧身转首,两两相对,好像在交谈;有的在抚育狮儿,好像在轻轻呼唤;桥南边东部有一只石狮,高竖起一只耳朵,好似在倾听着桥下潺潺的流水和过往行人的说话……真是千姿百态,神情活现。"我现在近距离、真实地与每一只狮子深情对视着,抚摸着旧石裂缝与新修印痕(1997年6月,有关部门对部分被雷击坏的石狮和望柱进行了修缮补救),感受着古桥经历的时代风雨洗礼和沧桑变迁。天下名桥中,卢沟桥以其高超的建桥技术和精美的石狮雕刻独具风韵,誉满中外,实属古今世界一大奇观。

桥面中间的道路,是整修时完全保留的古桥原状。久经风霜而凹凸不平的北京卢沟桥桥面,承载着伟大的抗战历史,中国人永不会忘!

随后步入宛平城新区内，大批穿着白衬衣戴着党徽的人群接踵而至，问了店家，方知中国人民抗日战争纪念馆就在200米外。

如果奇迹有颜色，那一定是中国红。庄严的抗日战争纪念馆国旗飘飘，前来参观的人一字一幕静静瞻仰着革命先烈的英雄事迹。习惯了被王者震撼，为英雄掩泣，我们每个人终归于平凡。今天的幸福生活，是一代又一代的英模历尽千辛万苦换来的，我们将以他们为榜样，认真工作，认真履职，全心全意为人民服务。在场的人应该都是这样勉励自己的吧！愿我们都能在这平凡的世间熬过一切苦难，热气腾腾地过好每一天。

"人生如逆旅，我亦是行人"，短暂的北京行结束了。回程列车上，金黄的农田，空旷的群山随风而驰。风也是馈赠，把自己递给万物！我们继续说着话，漫无边际……

时光为我们收藏一切！北京，定会再去。现在，处理着旧闻，酝酿这一篇文字，如填一阕旧词，愿字里有乾坤，词里有日月，墨里有思念……

赶海系列故事

每早起来，我总要晨练，多数时候是晨跑，少数时候练拉伸，即使游玩到西藏、北京等地都是如此。此番落在岛屿沙滩，晨跑是不便了，且空着肚子一个人胡思乱想，想到什么就随手记下，暂且取名叫作《清晨笔记》吧！

勤快的时候，我比较爱写，有时一气呵成，有时只写一两句话，或是几百字的小片段。无章法，随意而已。"字"淡淡的，像说白话。前段时间读汪曾祺老先生的散文，书中他告诫青年作家：起步的时候写得新一点、怪一点、朦胧一点、荒诞一点、狂妄一点，不要过早地归于平淡。这样的话让我有点担忧，那种又想成长，可能力又欠缺的担忧。我的水平还只停留在记流水日记的层面，没法达到我期望的高度与要求。趁海风吹过脸颊的闲暇时光，我且记录一下与此次赶海有关的一切吧。

赶　车

此次出行，选择了绿色卧铺，这还是 2019 年 12 月漠河归来后首次乘坐，差不多隔了两年半的时间。

端午假期，安排了赴广东赶海的活动，行程为两天两夜，先说说启程的小插曲。

我们选择了 2 号晚上 9:28 从常德出发的火车，一觉醒来次日上午能到目的地的那种，节约了时间，还解决了入住问题。下班后吃晚餐，晚七点不慌不忙从澧县出发。这次属于拼团，由澧县、临澧、常德三地人会集，中途，我需要在临澧接上领队。

按照领队发的地址，顺利接到传说中的优秀青年。户外人惯有的热络，让大伙儿快速熟悉起来，车上畅聊到忘记了时间，抵达火车站附近时已经九点。此时离火车开动仅剩二十几分钟，眼下堵车，火车站周边一公里，长长的"火龙"缓缓前行，车内的大家伙儿开始焦虑，领队建议停免费场地再打的，有人建议直接开到车站，宁愿出高额停车费，意见没法统一时，我朝右边农户家望去，提出直接停在农户家的建议，领队迅速下车上前与之沟通，并快速招手示意我们靠过去。我们知道，办法总比困难多，沟通有效！

农家热情地指挥我们停于屋后的草坪上，付停车费时，笑脸相迎的大姐坚决不要。

"都是老乡，停个车有什么嘛！给人方便。"

因赶时间，我们没做太多推辞，取车时定偿还这份情。

紧接着我们一路狂奔，时间紧迫，不容磨蹭，否则我们就会错过列车，原来制订的计划就会泡汤。

匆匆越过斑马线，几个人小跑起来，穿过火车站出口，径直奔到进站口，扫码、掏身份证，人和行李箱过安检，一系列流程后，时间所剩无几，更是让人揪心。继续小跑，终于来到列车旁，看到列车上的车厢号后，悬着的心才放下来，但仍然焦急而又兴奋地往前冲。工作人员温馨提示着"赶上了赶上了，小心点，别慌！"此时的车站有丁点小雨，雨水和汗水浸湿了衣服、头发、皮肤。在列车启动的那一刻，它们与风一起融合，甜醉了空气，同伴们露出孩子般的笑脸。一番整理后，掏出特意准备的花生米、啤酒小酌，开始嘻嘻哈哈聊起刚才的紧张经过……

卧　铺

我的票是卧铺中铺，许是车上攀爬的本领生疏了，身体已没有先前灵活，还好，不算笨拙地爬了上去，弯腰躺下，实际情况压根儿也不允许我随意动弹。一躺在床单上，就闻到列车独有的气味，这气味，说不上刺鼻，也说不上好闻。后悔自己偷了懒，没带个薄睡袋出来。这个想法让我自己愣了一下：什么时候开始"讲究"起来了？难道这就是所谓的"矫情"？

想起多年前经常坐火车的那些零零碎碎的过往，那时的理念是"过程不重要，重要的是结果"。为了攒下积蓄，我经常咬牙坐硬座，想着反正能到目的地，路上辛苦点不要紧，哪怕是从湖南最南边到最西边，绿皮火车需要十多个小时，一个月两次、四个来回的频率。想到这里，嘴角自然地向上翘起，似乎在为那个"吃得苦、霸得蛮"的湖南女孩点赞！直到今日，我仍然从不后悔曾经的付出。

当然，也有睡卧铺的时候，比如：2004年第一次从石门到郴州；2005年一次从吉首返回郴州时，孩子他爸（当时还是男友）把我的硬座退了悄悄换成卧铺票；2016年带儿子去香港游玩时，儿子临时闹脾气要回长沙，情急之下买了从深圳到长沙的高价软卧；2018年西藏自由行，为了能适应高反，从青海到西藏也是卧铺；2019年从哈尔滨到漠河……坐火车的经历太多，未必能每次记清楚，但每一次卧铺的故事都刻骨铭心，除非失忆，不然我应该是不会忘记的。正像有人说的，人生如一条河流，无数的记忆成了河底的鹅卵石，随便拾起一颗，上面都会赫然刻着两个大字：青春。流逝用力把它扔入时间的旋涡中，飞入人生逐渐消失的年华之中……也许，正是这些经历，才拼凑出我的青春和那个适合走四方的我。

"碗面、八宝粥、矿泉水啦！"久违的叫卖声将我唤醒，说置身云端显然有些夸张，但从较高的位置往下看，视野确实发生了变化。车轮有节奏地发出声响，疾风呼啸而过，从天黑到天明，一夜里，我竟没有辗转。列车开始广播提示乘客节约用水。

此时的我，已不再吃火车上的泡面，自己备了面包牛奶。刹那间，我又想到了水，拿出笔，写下关于雨的诗，仿佛真成了一位诗人——很草根的那种。

初　见

从东莞火车站下车，乘大巴约三小时，到达目的地——汕尾。沿途高速上，不时有女士驾驶摩托在行驶。湖南高速上不会出现这种现象，尤其是瓢泼大雨中，骑行人的安全更是令人担忧。出门在外的人，都期待平安。幸运的是，当车抵达目的地时，天变得晴朗。

听说，这里原来是个小渔村。因有了个"汕头"，故更名为汕尾。

毫无疑问，这里的人世代以捕鱼为生。他们所住的房屋结构也与湖南不一样，都是方方正正的房子，房顶没有屋瓦。我问其原因时，领队一本正经地解释说"海边台风大，盖瓦会吹跑"，听着有道理。车辆经过村庄，径直来到一块杂草坪。待车辆停稳后，女同志和孩子们迫不及待地跑到草坪边缘，放眼望去，不远处，无边无际的日光蓝映入众人眼帘，碧海蓝天之下，沙滩也相当干净。难怪这里成了不少露营和赶海爱好者的好去处。

"大海，大海！"孩子们手舞足蹈，欢呼雀跃，那情景像是鲜花遇到雨露，鱼儿遇到了水。所有人立刻拿起手机想要拍下这令人激动的情景。

长途跋涉之后，首先得解决吃饭问题。下车时已经一点，第一顿中餐安排在沙滩边的一户渔民家吃海鲜。所谓沙滩边的渔民家，是指当地渔民临海搭建的一个简易棚，用来招待前来游玩的客人，提供用餐、充电等服务。只见一个皮肤黝黑、带着金项链的瘦弱男子出来打招呼，想必就是棚子的主人。看他那模样，让我想起有些油画上健硕憨实的渔民形象，似乎有点差别，但我相信每个渔民背后，都有关于大海的故事，都有一种独有的生存力量！还未踏上海岛，我就被这海边的人和美景所吸引。在这里，远离机车喧嚣，靠大海吃饭的渔民们每天早出晚归，他们在风浪之间，在茫茫的海上，辛勤劳作，得到满满的收获。到这里游玩的人们，于是就可以吃到各种各样新鲜的海鲜。我们入乡随俗，也点了一些海鲜。不一会儿，主人全数呈上，品类丰富，众人皆大欢喜。渔民们每天所吃的大多数食物都是自己捕捞的海鲜，这让生于江南的我们非常羡慕，但如果换位思考的话，想必他们也会羡慕我们的平静生活，羡慕我们的鱼米香吧！

饱餐后，妇女儿童们再也按捺不住，赤脚飞奔向沙滩，与大海热情相拥，游泳、拍照，不亦乐乎！因我们的行程里今晚是沙滩烧烤和露营，领队趁大家自由活动的空当，立即驱车到菜市场，开始准备晚上烧烤的食物：泡面、饮用水、调味料、各种肉制品、水果等。

登　岛

没错，我们此行的主要活动就是——赶海。

所谓赶海，指趁退潮时到海滩去捕捉、拾取各种海洋生物。我们赶海的地方不是下午游玩的野沙滩，而是远处的网红岛——龟龄岛。

龟龄岛位于汕尾城区捷胜镇海面，造型奇特，地貌丰富，因岛的模样酷似一只浮水的乌龟而得名。"这个岛扼守海上航道咽喉要塞，是厦门、汕头至香港、广州航线的必经之地。在我们本地也颇有名气，外出读书或工作之人，回乡探亲也会到岛上游玩。夏日、节假日及平时的周末，游人较多，一般都是五人以上结伴而来，花两百元包一艘快艇来回。"在海边靠捕鱼为生的村民们热情地解说，不由得让我们对龟龄岛更加充满了向往。

我们上岛乘坐的交通工具就是"快艇"，其实就是渔民们用来载客的快船。船里设施朴实无华，救生衣、救生圈等安全设施齐全，同我们一起上船的还有我们自备的渔具以及各种必备物资。不得不说，人都是有童心的，登船的一刹那，所有人的大海情怀，被波浪起伏翻卷、渔舟泛泛的画面点燃。人们尽情地感受着大海带来的新奇和愉悦，周围轰轰作响的发动机，被翻滚而来的巨浪拍打的船只，偶尔的颠簸……都会引来大家兴奋的尖叫。船尾排出的浪花，似一朵朵蘑菇，像一柱柱喷泉，向后涌去。也像一条路，一条浪花之路。迎面而来的船同我们的船在茫茫大海上航行，于无际的大海上，看去只不过是一个个小圆点。就是这样的圆点，足以让人释放所有的不良情绪。

来到岛上的众人没有犹豫，纷纷换上装备下水。有的穿上潜水服，有的换上游泳衣，海中捕、石上钓、网里捞、岸边捡，各

种赶海活动正式开始。我则开始欣赏另一番风光：天上的云朵堆满了远处的沙滩，高高的，柔柔的，似乎在诉说着曾经的美丽。岸边，树木葱茏，虽不算高，但枝叶繁茂有层次，处处有阴凉；花草遍地，虽不算芬芳，但清新怡人，赏心悦目。听说岛上是不住人的，其"孤悬海中"和"荒凉海上"造就一种天然的美景，像是无粉饰的图画，无虚假的造型，一切回归自然与本真。

同船过来负责我们安全的渔民也没有闲着，每天都看的景色早已无法让他觉得有什么新奇，我同他坐在岸边聊了起来。眼前这位二十多岁的青年，母亲是从四川嫁过来的，他就出生在村里，也算是土生土长的海上人了。常年的风浪使他肤色黝黑，成长得体格健硕。他屈腿坐下时，双手环绕着膝盖，手臂的短袖里，露出洁白的皮肤，我心想小伙子没出海前想必很白吧！朴实、热情向来是中国渔民和农民的典型特征，与青年交流时，他不厌其烦地为我解答着各种关于海上生活的疑惑。

"在这里只有捷胜镇沙角尾村才打鱼咧。5月1日至9月16日禁海，不许打鱼。"话匣子打开后，青年没有了先前的腼腆，变得很健谈。

"渔夫所做的事，可不只是简单的撒网收网而已，可玩的活动多着哩！打捞回来的海产如何辨别有毒无毒、如何烹饪等都是有学问的，像魔鬼鱼、虎鱼、沙毛都不可直接食用。"言语间，青年望着遥远广阔的海面，似乎沉入了一种遐思，看得出他对大海有着很深的感情。对岸的家，在波澜壮阔之外，显得那么宁静和神秘。听得入迷的我，甚至感觉赶海人就像一个个身怀绝学的武林人士，在海岸边各展绝技，大显身手。我的思绪也飘到远处。我出生在澧水河边，没有见过大海的我，家门口的河曾是我的全世界。在那小小的世界里，装有我们儿时捕鱼的美好记忆……

从记事起，每逢下雨天，雷声滚滚，同学就拿着深绿色的密网出门，网上有铁丝做成的圆，到沟渠边或者小河旁捕鱼。那时河水没有污染，池塘、田里头总有些小鱼，下雨时，有流水的地方，就有泥鳅、小鱼。我们喜欢赤着脚，欢欢喜喜地找有流水的地方捕捉鱼儿，有的用挡网，有的用虾网，有的用箬箕，没有工具的用手也能摸鱼。朋友方是个极其聪明的人，沟渠里徒手捉鱼就特别有技巧，他会用脚踩到有流水的地方，慢慢抬起一点点脚指头，鱼虾们会以为是出口，全部拥挤在一起，拥到他预设的"洞"内，然后只要弯腰从脚下捉出来，不费吹灰之力，沟渠边的竹篓就会装满。那会儿物资贫乏，很多家庭吃鱼靠自己出门捕捉。新鲜鱼儿煮汤特别鲜美，孩子们就着鱼汤吃饭也津津有味，河边长大的孩子因此不曾缺过营养。

在我们闲聊的时候，岛屿上的游客们正下海寻找着海胆和其他海生动物，每当他们浮出水面举起猎物时，心中的喜悦都隐藏不住，似乎在说：别人打的是鱼，我们享受的是赶海人生。

追　风

因管控偷渡，岛上不许夜宿，众人再次乘船回到沙滩，晚餐的烧烤也将在沙滩上进行。

晚八点，碧绿的海面已被黑暗笼罩，远处的霓虹不忍退去，温柔地打着侧光，海浪哗哗作响，涌上沙滩，裹着泥沙，又退回去，泡沫飞溅喷涌，浪花迸裂，如一颗颗晶莹珍珠飞撒在空中。海水温柔地舐舐着双脚，围在脚边，轻轻絮语。一去一回的潮水，如大海深情的倾诉和悠长的呼吸，让人沉醉于这美好的时光。如果一位诗人就站在海边，他一定会猜想大海那澎湃的心情。

在另一边，领队娴熟地架上烧烤架，已开始了自助烧烤。食材系白天菜场挑选的方便面、火腿、青菜、水果以及鲍鱼粽。特别要提出的是三十五元一个的鲍鱼粽，里面包裹着鲍鱼、板栗、鸭蛋黄、红豆等食材，让湘江游子们在海滩上感受到了浓浓的端午氛围。黑夜里，红色的炭火带着一丝神秘，在啤酒的催化下竟有"日照金滩起雾烟，系船粗缆卧沙闲。稚童流上寒无觉，垂钓髯翁眼欲穿"之感。

晚上的海滩没有了白天的炙热，那清爽潮湿带着淡淡海腥味的海风，轻拂着人的头发，轻吻着面颊，身体的每一处都感觉清凉舒适。这怡人的海风就像艳丽丰盈的女人一样诱人，使人沉迷于她的拥抱和爱抚。吃饱喝足的人们不会立马休息，而是再次活跃起来。我和周在海边拾来的小海螺平滑、圆润、亮闪闪的，我想象着如果有两个配成一对，做成耳环，沾染上海风的味道，戴上一定会瑰丽不凡。

听说晚上是螃蟹活跃的时候，我们戴着头灯，提着桶，来到海岸礁石边。经过大海的一番磨砺，卵石变得更加光滑。灯光照射在海底，蝌蚪大的鱼苗都清晰可见。"是螃蟹！我看到了！"周眼睛厉害，一眼看到正在往石头缝里钻的红色蟹，我们几个一股脑儿围上去，戴着手套的手伸进泥沙，螃蟹倒是机灵，并没有让我们顺利抓到。估计没跑多远，待混浊的泥沙沉淀后，我们屏住呼吸，静静地守在石头边，目不转睛地盯着。三四分钟后，一只钳子缓缓探出，像是捉迷藏的孩子出来看看外面的情况，有之前失败的经验后，沉着冷静的我们安静地等蟹放松警惕，完全爬出来后快、准、狠地一把抓住，捕蟹成功！惊喜之余，才发现手臂上、膝盖上全部划伤，还渗着血。

我们这是初学者小儿科的伎俩，在礁石的另一角，经验丰富的两位领队的做法就完全不一样。他们换上了帅气的潜水服，手持渔网，一下扎到了海底，听他们讲，五六米之下吧。灯光照射，海阔足够凭鱼跃。海底又是一个神秘世界。也许水下的世界千载未变，但一直生生不息。美丽的珊瑚礁吸引着众多的海洋动物竞相在这里落户，八爪鱼、石斑鱼清晰可见。领队说："石斑鱼不喜欢远游，它们喜欢栖息在珊瑚礁的岩洞或珊瑚枝头下面。它们是化装高手，可以有八种体色变化，往往顷刻之间便可判若两鱼。它们具有与环境相配合的斑点和彩带，在洞隙中静观动静，遇有可食之物，便迅游而出捕食之。"几个男人讨论着捕捞海生动物的技巧，分享着捕捞的喜悦，两小时左右的时间，蓝色塑料桶内，第二天的海鲜食材已准备充分。

无边的海岸勾勒出大海广阔的胸怀，展示了它独有的无穷魅力。我随手拾起了一块石头，向那翻滚不息的波涛掷去，我想试试我这富有情感的少女心，是否也能在它永远激情涌动的心间，激起一阵浪花。我还要将帐篷搭在沙滩上，躺在水天之间，倾听海浪有序轻柔地拥挤、追赶，欣赏淡淡的浪花轻轻爱抚沙滩，发出柔情的呢喃，又携着细细的沙子，回到大海。我要在这软声软语里，沉沉睡去，做着美丽的梦……

清晨，叫醒我的不是江南的鸟鸣，而是昨夜未眠的海浪。刚好吹来一缕清风。

五点半时天已大亮，我醒了过来。我忘记了我在海边，我脑子里的梦境还没有散去，我继续沉浸在我的梦里。可是，一阵阵海浪声拍打着海岸，清新的空气里，海鲜粥的香味已经飘来……

五一记行

一般出去游玩，我会于当天或整个行程结束后记录行程，权作游记。这次因为工作等原因，五一出游的记录迟了半个月。在这周末的夜晚，听取窗外蛙声一片，抽空整理一些思绪，我想手执丹青画笔，去描摹春风的柔情；我想将一些令人愉快的事件，赋予独特的意义。

亚里士多德将人生的幸福分为三类：来自外面的幸福；来自灵魂的幸福；来自肉体的幸福。我的幸福，则是与家人共处。今年的五一尤为特别，其因有三：一是自己参加工作后第一次五一休假；二是父母同时不上班，难得；三是儿子恰巧有空。分居两地的三辈人一起度假实属可贵，于是邀约上姑父姑母，带上父母、儿子，在儿子学校周边几处景点展开了五一假日之旅。我们在葱茏的绿意之间，一路迤逦而行。尽管这些地方均是我去过多次的，但与家人们一起游玩，却是有着独特味道的。我称此次行程为红色之旅，充满了蓬勃生机！

花　絮

临时告知家人能见儿子，父亲极为兴奋，不愿出门的他立即带上自己喜欢的军用水壶、每餐必备的小酒，母亲简单收拾些衣服，准备好儿子喜欢吃的酱油干子、常德米粉，晕车的姑母连忙口服晕车药，打包好平时积攒的土鸡蛋，愈老去愈愿意看到后辈茁壮成长的老一代，带上满车的土产品，风尘仆仆赶去和后辈相见，这份特殊的感情，是孩子们目前无法体会的。

三小时车程，用姑父的话说是"飞快"。老人家一路都没打瞌睡，兴致勃勃地欣赏每一处风景，生怕错过高速路旁那些青山绿水、小城、村庄、跨越湘江的宏伟高架桥……目的地到了，几天不见，儿子似乎比想象中更高大了，他看见长辈有点腼腆，但还是很有礼貌地一一打招呼，幸福感瞬间就温暖了三代人。

（一）夜晚星城

相处时间有限，我想尽量多让他们看看外面的世界。晚餐后，陪爷孙几个在有着浓浓湖湘文化味的坡子街转转，感受一下这个有着一千两百多年悠久历史的千年老街的热闹。不得不说，引领时代潮流的繁华星城，假日里着实让人大开眼界。火红的"长龙"热情环绕着湘江，使周围道路水泄不通，十分钟可到达的路程至少堵了一个钟头，每个十字路口都人山人海，这便是星城的夜。

一下车，首先映入眼帘的绝不是霓虹闪烁的高大建筑，照例是奔腾不息的人流。坡子街头、五一商圈、解放西路酒吧街、黄兴南路步行商业街连接成片，如不是手牵手，随时可能会走散。这阵仗，一般老人早已心慌、气喘吁吁，但眼前七十岁的姑父却精神极佳，竟能随我们脚步，一步也没落下。这国内外皆有影响力和知名度的民俗美食街，曾被评选为大众点评必吃街，来此必定是要驻足品尝上一些小吃的，只是在人挤人的时刻，需要一些排队技巧。老少四人分工协作：排队的排队，占座的占座，买饮品的买饮品，观望的观望……高度配合与耐心等候下，终得到一个四人座的空席，小吃上齐，大家坐好，戴上手套，开始大口吃起羊排、牛排。老人跟随年轻人的生活节奏感受他们的生活状态，儿子放下读书包袱品尝美食，那一刻，老少谈笑风生，脸上的笑容都那么灿烂，他们是幸福的！

三小时游逛，我担心老人们疲倦，为快速回家，我们选择了最便捷的地铁。生活在县城的老人乘坐地铁次数有限，过关卡进站时，父亲与姑父熟练地跟着前面过往的人验证、出入，无须叮咛嘱咐，尽管到住宿地已是凌晨，老人们依旧还很兴奋，精神抖擞，丝毫没有跟不上时代脚步的落寞感觉。父亲笑话姑父："在家的时候这里疼，那里不舒服，是装的？这不是身体好得很嘛！"众人大笑。是啊，老人也喜欢新鲜，也需要透气，多出来走走，的确能让人心情愉悦，有益身心健康，长辈们的体力虽不如年轻人，但他们也一样希望看看新世界。

（二）巴陵故事

人是有精神需求的。综合时间、地理方位等因素，我将出游第一站放在岳阳楼，行程不太远，老少皆宜，让他们不至于太疲惫，见识见识湖南十大文化遗产之一，也有意义。

在温度没升起来前，我们顺利进入人潮拥挤的岳阳楼。园中城墙高耸，假山层叠，长亭点缀其间，暮春花归去，浅夏绿意来，令人感到兴味盎然。我们沿着一条蜿蜒盘旋的石阶小路慢慢走。一路上的人，有的大手牵小手，有的三两相伴，都徐徐地走着。在石阶中间的缝隙里，密密簇生着绽放的苔花。

"岳阳楼始建于公元220年前后，相传为三国时期东吴大将鲁肃的'阅军楼'，西晋南北朝时称'巴陵城楼'，唐代李白赋诗之后始称'岳阳楼'。"通过网络搜索，我像导游一样为家人们介绍。茂密的林子里洒有温和的阳光，细碎的光亮在叶影中摇晃，欢快的鸟儿从这棵树的树梢跳到那棵树的树梢，看到参观的人们，不住地婉转啼鸣。

我们走累了就坐在亭子里歇息一会儿，拍照合影。亦可凭栏观巴陵胜状，洞庭一湖，浩浩汤汤，无限壮美。一路走来，倒也不觉得累。

古老的岳阳楼历尽沧桑，我踏着千百人走过的石阶，遥想那曾经的风雨，即使这里的一粒小小石子，也许都会有它漫长的记忆：庆历四年春，滕子京被降职到巴陵郡做太守。第二年，政事顺利，百姓和乐，各种荒废的事业都兴办起来了，故重新修建岳阳楼，扩大了原有的规模，将唐代名家和当代人的诗赋都刻在其上，并嘱托范先生务必写文记述此事……洞庭之壮观、岳阳楼之雄伟，前人记述详尽。水墨之间，浓淡相宜。来往于此的文人墨客，观赏自然景物而触发的感情大概都会有所不同吧？

愿我们，走过繁花似锦的春，将馨香隐于心间。笑看风云起落，不以物喜，不以己悲。珍惜所有温暖的情意，做最好的自己，善待身边人，珍惜眼前人！

归　途

离别可以使粗人变得细心，硬汉变得心软。短暂的两天过后，迎来分离，老人们开始对后辈唠叨"注意身体""认真学习""与人友善""一有时间记得打电话"等，一番叮咛后，儿子留校，我们启程回家。

沿途风景依旧，父亲姑妈两姐弟一路畅聊，看来心情非常不错。他们聊着他们的孩提时代，聊着我不知道的岁月。

"起床起床，人家已经挖了五亩地了。"

"他家是大超支户，把板凳都作价抬到大队去啦！"

……

"超支户是什么意思？"我问父亲。

"就是特困户，穷得揭不开锅啦，大队出工还没结算就提前支出的一些户头。"父亲踌躇满志解释的表情，好像是在说，我们家可不是超支户哦，这让我感觉他有点类似于没被老师喊上讲台挨批的孩子所有的那种庆幸味道。后依稀听见他们聊到一些收鸡粪、捡茅草等伴随着童年的趣事，那份苦与乐，如今记忆犹新。车上的四位老人话题不停，当真很高兴。

时光丰盈了我们的人生，同时也催老了父母的容颜。俗话说：老小老小，越老越小。老去的人像极了小孩，也有天真烂漫时。我们感叹"光阴似箭，岁月如刀，刀刀催人老"的同时会发现，在溜走的时间里，自己陪伴父母的时间实在是太少了。所以，适逢假期，尽可能地陪伴着他们，走一走，看一看，拉拉家常，弥补曾经的忽略和遗憾……

我喜欢这样的假日时光，微风不燥，阳光正好。带着我还未老的家人，领略风景，相知相惜，任岁月悠悠，细水长流。

信手辞春，浅夏茵茵。柔软的风，轻轻地吹过。此刻，信手铺开岁月的宣纸，时光清浅，许你安然。

绿水青山见故人

仁者乐山，智者乐水。青山绿水，如诗如画，总让人愉悦。我这颗心早已生根于山水之间，乐山乐水，深入血液，出乎天然。大概每个人都有自己的内心风景，供灵魂休憩吧！古今多少达官贵胄、墨客文人，甚至平民百姓，留恋山光水影，抒发闲情逸致，一切沉浮悲欢，一切境遇或情感，都能在山水间变得真实而平淡，最终归于宁静。这也是我喜欢寻幽探胜，乐此不疲的原因吧！

如果说我对哪里的山山水水有一份特别的感情，那无疑就是东江湖了。因为那里，留下了我懵懂而充满激情的青春，我年少的追求和梦想。还有更重要的一点，就是结识了我人生中最为珍视的朋友。大年初三一早，我一直惦记的萍兴奋地发来消息："听说你要来东江湖，太激动了，昨晚上失眠了。"多年未见，我已预料到她依然会这般热情。她就出生在东江湖畔，饮湖水长大的。萍是我曾经的同事，那时我们都只有二十来岁，正是桃李年华，清秀单纯。她后来随哥哥们去省城做起了家族生意，我们还是保持着密切的联系。得知我有此行，她非常高兴，要盛情迎接。只是没料想，已是两个孩子母亲的萍，电话里依旧像小孩那般大嗓门嚷嚷着说："来我们这山窝窝里，别的没有，只四五十间客房，倒是让你随便住，开了个水帘洞，让你随便玩……"我能感受到她在电话那头手舞足蹈，眉开眼笑，而电话这头，我却蒙了：自家开了个水帘洞？

如果说，古有陶渊明所描绘的桃花源般的世外之境，那么东江湖就是中国不可多得的人间天堂。那里得天独厚的生态环境，给我很深的印象。在别人眼里，东江湖也许只是一处美丽景观。但在我眼里，东江湖还是我的"金钵钵"。为什么这么说呢？

　　我的第一个工作地点是郴州。这还得从我的职业说起。学校出来后学艺，我成为一名摄影师，不是自由摄影者，而是人像摄影，从事新人婚纱照的拍摄工作。影楼人都知道，我省耒阳的蔡伦竹海、郴州的仰天湖以及东江湖都是有名的外景拍摄点，也是新人们的网红打卡地，吸引了无数摄影爱好者和游客，其中东江湖最为出名。要知道，十多年前，万元婚纱单可享受东江湖外景拍摄，在郴州这座还算富裕的城市，这样的业务自然不少，影楼摄影师们跑东江湖便成了家常便饭。结婚旺季，一个月会有一半的日子在这边。我也是这样的摄影师之一。有人会说，那也挺好啊，既欣赏美景又赚钱。其实不然。如果你换个角度想想：每天往返五小时车程你试试？被太阳暴晒你试试？饿着肚子逗新人开怀大笑你试试？拍完一对立马又来一对，没有间歇休息你试试？摄影人眼里的美，只为新人打造，生存面前，是无暇顾及诗情画意的，初秋云雾缭绕的小东江、大珠小珠落玉盘般的猴古山瀑布，在我们眼里，只是天然道具，澎湃的激情全都放在为新人出大片的创作上了。有时工作按部就班，千篇一律，同样的景点同样的动作，只是换了拍摄对象。遇到新郎新娘颜值皆高且配合时，摄影师的灵感会展现得淋漓尽致，一番煞费苦心后，照片得到客人认可，我那颗脆弱的心灵，也会得到一丝慰藉，觉得满足与骄傲。这是摄影行业里最大的成就感。

　　如今已告别摄影多年，但那份苦与乐，一直珍藏着。此番一个人走走看看，不为工作，没有思想包袱，假装带着"情怀"：一滴晶莹的水珠映着兀自生香的灵魂从诗经中、从唐诗宋词中缓缓滴落，滴进大山里，滴进田园里，滴进世人的希望里，低吟浅唱，生动圆润，汇聚而激溅，流动而浩渺，伴着清风，伴着诗情，也伴着我一直前行……

驱车数小时后，我终于进入景区。车子以每小时三十公里的速度缓慢行驶，浓绿的水迎面而来，照人眉睫，染人衣裾。这片可爱的水面如翡翠般静卧山脚，山色浓黛，倒映明净绿水之中，妖媚秀丽，婀娜多姿，如一群各逞窈窕的少女。山水交融，境界幽邃，光影荡漾，迷离惝恍。山往水还，两相对应，似乎情侣，如胶似漆，不可须臾分离，水摇山影，山立水心，蒙茸草木，披拂山头，如美人簪花，丝丝涟漪，因风猗猗，似縠纹未平。一切都是那么和谐而轻柔，连山石也因为水韵变得轻盈而空灵。置身在这奇景之中，令人目不暇接。我感到无比愉悦、轻松。车在慢慢前行，我贪婪阅览过的山水，渐渐被摄入汽车的反光镜，一起留在了身后。宋词里说，水是眼波横，山是眉峰聚。山眉水眼，我深信不疑。在古人看来，山水是活生生的，有生命的，不然，这山水之间怎会有眉目传情？我今天只是一个来领略她迷人风韵的游人，只想好好欣赏那眉眼盈盈处的风景。

"蒹葭苍苍，白露为霜。所谓伊人，在水一方。"柔情似水的娇俏佳人，在柔波荡漾的《诗经》中妖媚了千年。正因为有水的滋养，那女子定是手如柔荑、肤如凝脂、眉目含情、腰肢柔软。这般美好，怎不令那多情的男子为之倾倒，日思夜想？静卧的东江湖，波澜不惊，一碧万顷，不正像《诗经》中的女子那般，让人赏心悦目，流连忘返吗？她的所有美好，都不由得让人联想起优美雅致的女性风韵。大诗人苏轼，就将西湖比作西子，古人飞扬的文采里，时时透露着对水的钟情与痴迷。而东江湖一望无际的秀丽，更是将水展现得至纯至美，令人遐思。

东江湖的景致与人的灵感相碰撞，会合成另一种美丽。当年我在这里的经历，让我有了最真切的关于美的体验。这里有漫江碧透、鱼翔浅底的清澈；有"明月松间照，清泉石上流"的清幽；有"落霞与孤鹜齐飞，秋水共长天一色"的清明；有"云自无心水自闲"的清净。这里没有险滩激流、喧哗澎湃，水的淡泊

　　山色浓黛，倒映明净绿水之中，妩媚秀丽，婀娜多姿，如一群各逞窈窕的少女。

——《绿水青山见故人》

无争，润物无声，山的默默耸峙，历劫不移，都在书写着"有情"二字。大自然创造的神奇山水画卷，充满了奇思妙想，也是没有文字的诗，不时让我惊讶于那些神来之笔，给大自然原始的美赋予了更深刻、更广泛、更灵动的意境。

东江湖如女人般温婉细腻，清新雅丽，是大自然生命的律动，让我无时无刻不感受到其旺盛的创造力。山和水一起，共同演奏着一支神秘的乐曲，这是惹人沉醉、令人安静的抒情曲，过滤人间的烦恼，超越世俗的困苦。一长篙、一蓑衣、一盏渔火、一叶扁舟，已成为东江湖的旅游标配，清澈的湖面曲曲折折铺展开来，微风习习，漾起层层涟漪。自然永远让人觉得神奇，她在不经意间，就能将伤痕累累的心灵治愈，通过这些平常的景物，通过丰富的颜色、奇崛的形状，还有神秘的变化。东江湖的山水，又像是一剂人生清凉剂，具有一种召唤我们回归的力量，一种让我们渴望走近她、亲近她的力量，一种类似文学般的力量！冬日不太晴朗，遇上了云雾缭绕，远远的一抹苍黛色，就是巨大画卷的背景。清流穿过无数碧玉螺般的点点青山，不时飞起一群群白鹭。绿竹猗猗，轻烟淡淡，如梦幻般迷离朦胧。

"山得水而活"，人又何尝不是？水孕育了人类，也孕育了人类文明，人类与水的关系密不可分，相互依存。萍的家在一个叫清江的地方，整个东江湖走完，过了清江镇便是。沿途除了青山绿水外，还有大片橘园，竖立着如"民族要复兴 乡村必振兴"这样的标语，展现着新农村建设的新风貌。早些年萍的家里也有种橘，现在旅游业发展起来了，这一带的人们靠山吃山，靠水吃水，纷纷办起了农家乐，萍家也是其中一家。她投资一千多万打造旅游项目，因地制宜开发旅游景点，非常成功。这就有了开头"水帘洞"的说法。萍的话语轻松得令人目瞪口呆，在她眼里，或许这再平常不过吧，就像在农村随便抓只土鸡、捉条鱼炖个钵子那般？萍的父亲也是赶潮流的优秀代表，这里由他全盘管理，自学制作短视频，拍摄编辑均不在话下，自娱自乐竟也吸引了六千多粉丝，点击量达十一万。昔日安静的小镇一下子活跃起来，客流量一天能达一千多人，真令人刮目相看。

住过萍的旅店，游过"水帘洞"，旧友一起度过了一段美好的时光。临别前，按当地风俗，萍的父亲要放上一挂鞭炮，祈祷孩子们或者亲友平平安安，我们收到祝福，在鞭炮声中依依不舍地驱车离开。东江湖已经成了我心上的湖，她恬静、美丽，如同一个理想，永远明净。她朝晖夕阴，气象万千。我不可能阅尽其态。但是当她就在我的心中时，我才发现她永恒不变的一面。那里存放了我对于自己的期许，记下了我的渴望和希冀。我在这里和朋友相聚，穿越了时光，扫去了流逝的痕迹，过往就静静地，如同东江湖一样，躺卧在那里。她就在那里。一直都在那里，并没有失去。归途中，我看见村庄周围的水面，在炙热光照下形成蒸汽，冉冉升起。那云雾在高空一定会化作一滴滴雨水，那一滴滴轻盈的雨水，将会飘洒于季节的相框里，滋养万物，然后回浩渺的烟波中休养生息，等待着下一次的升腾与重逢。